Jean Heglan

Dans la forêt
(1996)

Texte abrégé par Nathalie Laurent

LE DOSSIER
Un roman d'apprentissage qui questionne le progrès

L'ENQUÊTE
Le progrès menace-t-il la nature ?

Notes et dossier
Nathalie Laurent
Certifiée de lettres modernes

Hatier

Sommaire

OUVERTURE

Dans la forêt

ISBN : 978-2-401-06368-6

Où se passe l'histoire ?

Les événements racontés dans le roman concernent l'ensemble des États-Unis, et ont des répercussions sur le monde entier. On les perçoit uniquement à travers l'histoire de deux sœurs, qui vivent dans la région de San Francisco, à cinquante kilomètres d'une ville imaginaire appelée Redwood. L'action se déroule essentiellement autour de leur maison familiale, à la lisière d'une « forêt mixte à prédominance de sapins et de séquoias ».

Aux États-Unis

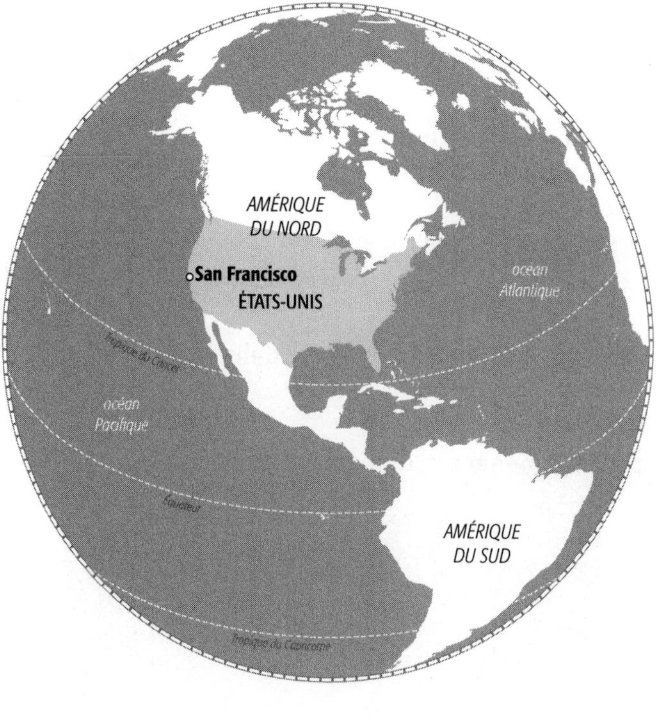

Dans la région de San Francisco

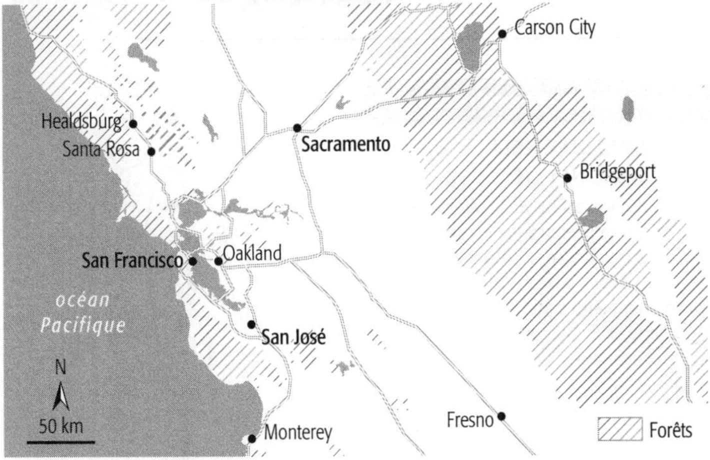

Dans la forêt

Qui sont les personnages ?

Les personnages principaux

PÉNÉLOPE, DITE NELL OU PARFOIS NELLIE

Nell est la narratrice de l'histoire.
À 16 ans, elle préparait les tests d'admission pour intégrer la prestigieuse Université d'Harvard, avait envie de lire le plus de livres possible et commençait à s'intéresser aux garçons.
Mais l'année de ses dix-sept ans, tout change : elle se découvre alors une détermination et un courage insoupçonnés.

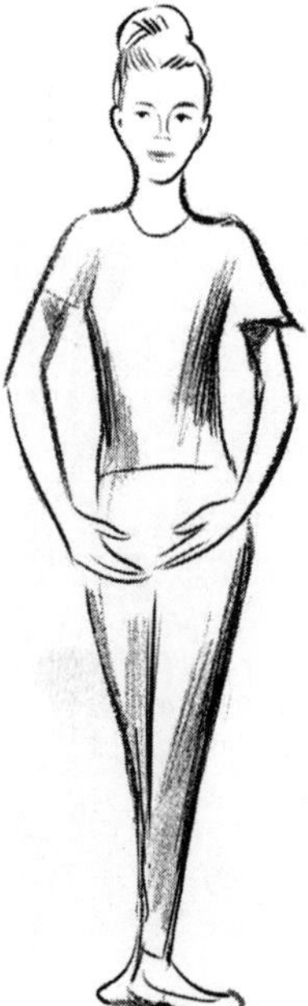

EVA

Eva a un an de plus que sa sœur Nell. Si cette dernière est fascinée par les choses de l'esprit, Eva emploie toute son énergie à entraîner son corps, car elle a la ferme intention de devenir ballerine. Quelles que soient les circonstances, elle danse… et cette force, alliée au lien puissant qui l'unit à sa sœur, l'aide à tenir dans l'adversité.

Les personnages secondaires

LES PARENTS

Les parents d'Eva et Nell apparaissent dans de nombreuses scènes de flash-back.
Ils ont choisi d'élever leurs filles au contact de la nature.
Leur mère leur a transmis l'idée qu'elles étaient libres de leurs choix.
Leur père leur a montré que tout objet peut être utilement recyclé.

ELI

Eli est un garçon que Nell a rencontré à Redwood.
Un peu plus âgé qu'elle, il parle peu et préfère le plus souvent observer.
Son attitude distante et ironique le rend très mystérieux.

Quelle est l'histoire ?

Les circonstances

Dans un futur proche, la société que nous connaissons s'est effondrée : pour une raison inexpliquée, il est impossible de se procurer de l'électricité ou de l'essence. Il n'y a donc plus moyen de s'informer, de communiquer ou de se déplacer, et il devient difficile de se procurer de la nourriture. Deux sœurs, orphelines depuis peu, sont seules dans leur maison loin de la ville. Elles espèrent que, bientôt, les choses vont retrouver leur cours habituel…

L'action

1. C'est le jour de Noël. Dans la maison d'Eva et Nell, il n'y a ni lumières, ni festin, ni chaleur.
Nell commence à écrire dans le cahier que lui a offert sa sœur.

2. Nell décrit ce qui est arrivé : dans le monde entier, les sources d'énergie sont taries ; isolées, les deux sœurs survivent grâce aux réserves de leur garde-manger.

Le but

À travers l'histoire d'Eva et Nell, c'est notre monde qui est mis en question. Et si, un jour, tout s'arrêtait ? Et si nous avions tort de croire que nos conditions de vie très confortables sont un dû ? Et si nous nous trompions en pensant que la société de consommation peut durer éternellement ?

3. L'écriture fait également remonter des souvenirs plus anciens. Nell se souvient de ses parents, de son enfance, et de l'année terrible qui vient de s'écouler.

4. Marquées par le deuil de leur vie passée, Nell et sa sœur vivent dans l'attente d'être sauvées, puis, progressivement, elles apprennent à faire face...

Que se passe-t-il à l'époque ?

Sur le plan politique, économique et social

• LE LIBÉRALISME ET LA MONDIALISATION

L'ex-URSS et la Chine se convertissent au libéralisme, s'ouvrant au commerce international et aux investissements étrangers. Entre 1998 et 2010, le PIB mondial double, passant à 74 milliards de dollars internationaux : les richesses produites et échangées atteignent un volume record.

• LES TENSIONS LIÉES AU PÉTROLE

Le pétrole est une source d'énergie incontournable pour les activités économiques et la vie quotidienne des pays industrialisés. L'approvisionnement, la propriété ou la distribution du pétrole motivent ou accentuent de multiples conflits.

• LA RÉVOLUTION DU NUMÉRIQUE

Dans les années 2000, l'importance du numérique (internet, téléphones mobiles...) est telle qu'on peut commence à s'interroger sur la « techno-dépendance » de nos sociétés.

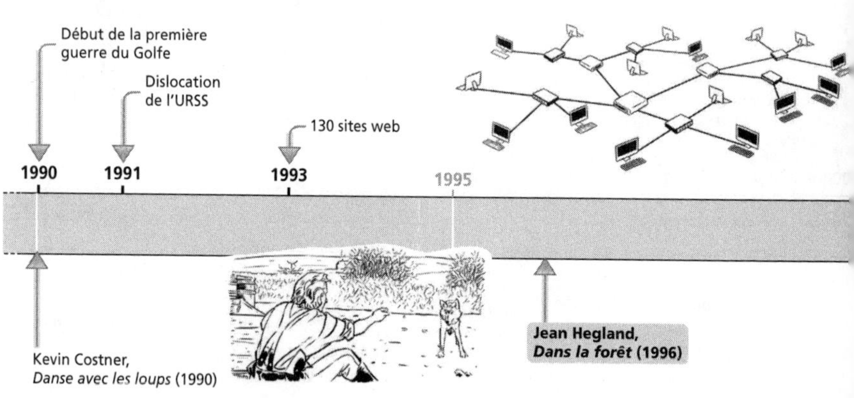

Sur le plan écologique

● LE RÉCHAUFFEMENT CLIMATIQUE

On constate que la température moyenne à la surface du globe augmente depuis le début du XXe siècle. Les effets observés sont inquiétants : fonte de la banquise, hausse du niveau de la mer, épisodes caniculaires...

● LA BIODIVERSITÉ EN DANGER

Depuis le Sommet de la Terre de 1992, il est établi que la biodiversité est gravement menacée par les activités humaines. Une étude du WWF (2016) indique que plus de la moitié des vertébrés ont disparu entre 1970 et 2012, notamment à cause des activités humaines (déforestation, pollution, chasse, pêche...).

● DES ENJEUX ÉCOLOGIQUES

Depuis la fin des années 1980, l'ONG Global Footprint calcule la date où l'humanité a épuisé les ressources naturelles de la Terre pour l'année, et commence à puiser dans les stocks de ressources non renouvelables de la planète : en 2019, ce « Jour du dépassement » était le 29 juillet.

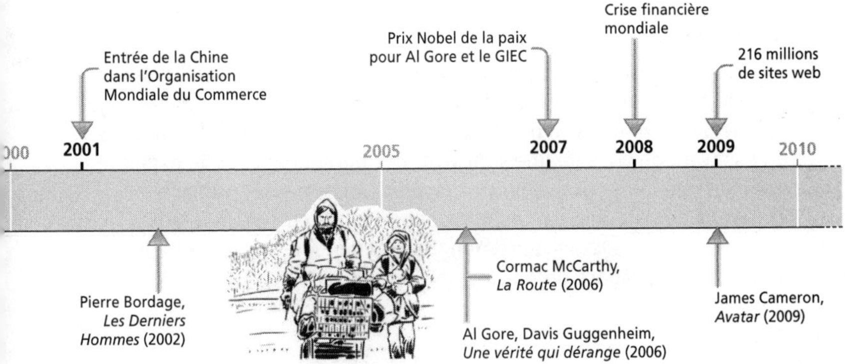

Qui est l'auteur ?

Jean Hegland (née en 1956)

Portrait de Jean Hegland, 2 février 2017.

• LES LIVRES

Née en 1956, Jean Hegland grandit entourée de livres. Ses parents étaient tous deux professeurs de littérature et lui ont transmis leur passion. Elle devient elle aussi enseignante, et donne notamment des cours d'écriture créative dans le cadre scolaire, mais aussi lors d'ateliers d'écriture ou de conférences.

• LA NATURE

Native de l'état de Washington, elle se passionne dans son enfance pour la vie sauvage des Indiens d'Amérique. Plus tard, elle s'installe en Californie du nord, où elle élève ses trois enfants. Aujourd'hui, elle vit dans sa propriété de 22 hectares, près d'une grande forêt, consacrant une partie de son temps à l'apiculture et à l'approfondissement de sa vaste connaissance de la nature.

• L'ÉCRITURE

Entre 1991 et 2019, Jean Hegland a publié quatre livres, qui lui ont chacun demandé plusieurs années d'écriture. Elle raconte qu'elle a besoin de faire beaucoup de recherches, en lisant, mais aussi en essayant de vivre ce que vont vivre ses personnages. Elle explique, par exemple : « En écrivant *Dans la forêt*, j'ai ramassé, préparé et mangé des glands, j'ai testé le goût de beaucoup de végétaux comme les deux sœurs du roman, j'ai arpenté les bois. » À l'heure actuelle, elle prépare un nouvel ouvrage.

En 1996, Jean Hegland publie *Into the Forest*

Un long travail d'écriture

« Une nuit, je ne pouvais pas dormir, raconte Jean Hegland, alors j'ai décidé de me raconter une histoire. Lorsque le soleil s'est levé le lendemain matin, j'avais imaginé deux sœurs adolescentes vivant seules dans une forêt du nord de la Californie, qui ressemblait à bien des égards à la forêt où ma famille et moi avions récemment déménagé. » Elle se lance alors dans un travail acharné : « Il m'a fallu plus de cinq ans et vingt-cinq brouillons pour écrire *Dans la forêt*. »

Une première publication

Le manuscrit est d'abord publié par une maison d'édition régionale, féministe et à but non lucratif. La diffusion du livre est limitée — 14 000 exemplaires vendus — mais Jean Hegland s'estime pleinement satisfaite.

Un succès majeur

En 1998, le manuscrit de *Dans la forêt* est racheté par une grande maison d'édition new-yorkaise, qui lui assure une large diffusion : le roman devient alors un best-seller. Il est par la suite adapté au cinéma (2015), traduit dans 14 pays dont la France (2017), et même adapté en bande dessinée (2019).
Dans une interview, Jean Hegland précise : « Je n'écrirai jamais la suite, mais je me retrouve parfois à penser aux personnages, à ce qui leur est arrivé, et je me demande comment elles s'en sortent à présent. »

Couverture de la première édition de *Into the Forest*, aux éditions Calyx, en 1996.

Entretien
avec **Jean Hegland**

« Qu'est-ce qui vous a donné envie d'écrire l'histoire d'Eva et Nell ?

Développer cette idée dans un roman m'a permis d'explorer un certain nombre de sujets qui m'intéressaient beaucoup à ce moment de ma vie, notamment le lien entre sœurs, les forêts, l'avenir, et les relations des êtres humains avec la nature.

Quelles difficultés avez-vous rencontrées en écrivant *Dans la forêt* ?

Vous pourriez dire que tout dans ce livre était difficile pour moi !

Parmi les défis particuliers auxquels j'ai dû faire face, il a fallu découvrir qui étaient vraiment Nell et Eva, structurer l'histoire pour qu'elle suive les saisons d'une année, et faire des recherches sur des sujets tels que le ballet, la chasse au sanglier et la préparation des glands.

Mais chacune de ces difficultés était aussi une opportunité. Chaque défi m'a incitée à approfondir mes personnages et mes thèmes, et m'a aidée à en apprendre davantage sur ce que je voulais dire et comment je voulais le dire. Je suis convaincue que *Dans la forêt* est un roman bien meilleur qu'il ne l'aurait été s'il avait été plus facile à écrire.

Pourquoi avez-vous choisi deux héroïnes pour raconter cette histoire ?

Une des raisons pour lesquelles j'ai voulu écrire sur les femmes est que la plupart des histoires d'aventures que j'ai eu le plaisir de lire concernaient des hommes. Je voulais imaginer ce que ça pourrait être pour deux jeunes femmes d'essayer de se créer une vie seules dans la forêt.

J'ai choisi d'écrire à propos de deux sœurs parce que je n'ai pas de sœur et je me suis toujours demandé à quoi pouvait ressembler cette relation.

Saviez-vous dès le début comment l'histoire allait finir ?

Bien avant de comprendre qui étaient vraiment Nell et Eva, où et pourquoi elles étaient seules dans la forêt, je savais comment je voulais que leur histoire se termine.

En conséquence, un autre défi auquel j'ai été confrontée alors que j'écrivais était d'essayer de convaincre les lecteurs que, compte tenu de la situation dans laquelle se trouvent les sœurs, leur décision finale est une bonne décision à prendre.

Ce récit raconte-t-il un effondrement ou une renaissance ?

Pour moi, *Dans la forêt* est vraiment une histoire de renaissance. La fin n'est pas la fin heureuse d'une comédie ou d'un conte de fées, mais je la trouve beaucoup plus optimiste que désespérée. À la fin de l'histoire, Eva et Nell ont réussi à surmonter de nombreux obstacles et ont appris énormément sur elles-mêmes et ce qui compte vraiment pour elles. En outre, elles ont acquis de nombreuses compétences qui peuvent les aider à survivre – et même à prospérer – dans la nouvelle vie qu'elles ont choisi de se créer.

Je pense que la renaissance implique toujours de l'espoir, et l'inspiration est un type d'espoir important. Nell et Eva sont des adolescentes privilégiées et égocentriques qui se développent en jeunes adultes, partageant le sens des responsabilités et une profonde reconnaissance de leur appartenance à la nature, et je trouve que c'est une source d'inspiration.

Qu'aimeriez-vous dire aux adolescents qui vous lisent ?

Tout d'abord, j'aimerais vous remercier de lire cette histoire. J'espère que vous la trouverez divertissante et qu'elle contient des éléments qui vous aideront à penser votre propre vie d'une manière nouvelle.

L'histoire de Nell et Eva est pour moi une métaphore qui m'a permis de réfléchir à ce qui compte le plus dans ma vie et à ma propre relation avec la nature. Nous ne pouvons pas tous vivre dans la forêt, mais écrire *Dans la forêt* m'a appris qu'il est important pour nous de nous rappeler que peu importe où nous vivons, nous faisons toujours partie de la nature. La forêt vit – ou meurt – en chacun de nous.

Propos recueillis et traduits en français par Nathalie Laurent

LE TEXTE

Dans la forêt

Forêt de séquoias, Californie.

Pour Douglas Fisher et Garth Leonard Fisher
À la mémoire de Leonard Hegland

Chapitre 1

C'est étrange, d'écrire ces premiers mots, comme si je me penchais par-dessus le silence moisi d'un puits, et que je voyais mon visage apparaître à la surface de l'eau – tout petit et se présentant sous un angle si inhabituel que je suis surprise de constater qu'il s'agit de mon reflet. Après tout ce temps, un stylo a quelque chose de raide et d'encombrant dans ma main. Et je dois avouer que ce cahier, avec ces pages blanches pareilles à une immense étendue vierge, m'apparaît presque plus comme une menace que comme un cadeau – car que pourrais-je y relater dont le souvenir ne sera pas douloureux ?

« Tu pourrais écrire sur maintenant, a dit Eva, sur l'époque actuelle. » J'étais tellement persuadée ce matin que le cahier me servirait à étudier que j'ai dû faire un effort pour ne pas me moquer de sa suggestion. Mais je me rends compte à présent qu'elle a peut-être raison. Tous les sujets auxquels je pense – de l'économie à la météorologie, de l'anatomie à la géographie et à l'histoire – semblent tourner en rond et me ramener inévitablement à maintenant, à ici et aujourd'hui ➊.

Aujourd'hui, c'est Noël. Je ne peux pas l'éviter. Nous avons barré les jours sur le calendrier bien trop consciencieusement pour confondre les dates, même si nous aurions aimé nous tromper. Aujourd'hui, c'est le jour de Noël, et le jour de Noël est une nouvelle journée à passer, une nouvelle journée à endurer afin qu'un jour, bientôt, cette époque soit derrière nous.

➊ **Le livre se présente donc comme le journal intime que la narratrice entreprend d'écrire.**

À Noël prochain, tout ceci sera terminé, et ma sœur et moi aurons retrouvé les vies que nous sommes censées vivre. L'électricité sera rétablie, les téléphones fonctionneront. Des avions survoleront à nouveau notre clairière. En ville, il y aura à manger dans les magasins et de l'essence dans les stations-service. Bien avant Noël prochain, nous nous serons permis tout ce qui nous manque maintenant et dont nous avons terriblement envie – du savon et du shampoing, du papier toilette et du lait, des fruits et de la viande. Mon ordinateur marchera, le lecteur CD d'Eva tournera. Nous écouterons la radio, lirons le journal, consulterons Internet. Les banques et les écoles et les bibliothèques auront rouvert, et Eva et moi aurons quitté cette maison où nous vivons en ce moment comme des orphelines qui ont fait naufrage. Ma sœur dansera avec le corps de ballet[1] de San Francisco, j'aurai fini mon premier semestre à Harvard ➲, et ce jour humide et sombre que le calendrier persiste à appeler Noël sera passé depuis très, très longtemps. [...]

Je pensais que nous étions déprimées à Noël dernier. Je pensais que nous étions déprimées parce que notre mère était morte et que notre père était devenu distant et silencieux. Mais il y avait des lumières sur le sapin et une dinde dans le four. Eva était Clara dans le Casse-Noisette[2] que donnait la compagnie de ballet de Redwood ➲, et je venais de recevoir les résultats

1. **Corps de ballet** : ensemble des danseurs permanents d'une compagnie, dont le rôle est d'évoluer en groupe, souvent pour mettre en valeur le travail des danseurs solistes.
2. **Casse-Noisette** : célèbre ballet classique, dont l'intrigue se déroule le soir de Noël.

➲ **Harvard est la plus ancienne et une des plus prestigieuses universités américaines.**

➲ **Redwood est une ville imaginée par Jean Hegland qui s'inspire de beaucoup de petites villes américaines.**

de mes Scholastic Aptitude Tests ➲, qui étaient suffisamment bons – si je réussissais les College Board Achievement Tests ➲ – pour justifier la lettre que je rédigeais à l'intention du comité d'admission de Harvard.

Mais cette année, tout cela a disparu ou est à l'arrêt. Cette année, Eva et moi marquons le coup uniquement parce qu'il est moins douloureux d'admettre que c'est Noël aujourd'hui que de faire comme si ça ne l'était pas.

Ce n'est pas évident de trouver un cadeau pour quelqu'un quand il n'y a plus de magasin où l'acheter, quand on peut difficilement s'isoler pour le fabriquer, quand tout ce qu'on possède, chaque haricot et grain de riz, chaque cuillère et stylo et agrafe appartient également à la personne à qui on veut faire un cadeau.

J'ai offert à Eva une paire de ses propres chaussons à pointes[1]. Il y a deux semaines, j'ai pris discrètement ceux qui étaient les moins abîmés dans le placard de son studio de danse et je les ai réparés du mieux possible en cachette pendant qu'elle s'entraînait. Avec les dernières gouttes du détachant de notre mère, j'ai nettoyé le satin[2] en lambeaux. J'ai recousu les semelles en cuir avec du monofilament[3] que j'ai déniché dans le matériel

1. **Chaussons à pointes :** chaussures utilisées en danse classique pour danser en équilibre sur la pointe des pieds.
2. **Satin :** tissu lisse, fin et brillant qui recouvre les chaussons de danse.
3. **Monofilament :** fil de nylon épais et solide.

➲ **Les Scholastic Aptitude Tests sont des examens dont le résultat est souvent demandé pour l'admission aux différentes universités américaines. Ils prennent la forme de questionnaires à choix multiples standardisés, qui mesurent les compétences langagières et mathématiques.**

➲ **Les College Board Achievement Tests américains portent sur des matières choisies par l'élève, mettant ainsi en valeur ses connaissances et compétences particulières. Ils sont souvent demandés par les universités pour sélectionner les étudiants.**

de pêche de notre père. J'ai trempé les coques[1] qui étaient tout écrasées dans un mélange d'eau et de colle à bois et j'ai essayé au maximum de leur redonner forme, puis je les ai cachées derrière le poêle[2] pour qu'elles sèchent, je les ai ensuite retrempées, refaçonnées et séchées à nouveau plusieurs fois de suite. Pour finir, j'ai reprisé le satin usé à l'extrémité des pointes de sorte qu'Eva puisse tirer quelques heures supplémentaires de ces chaussons en dansant d'abord sur l'enchevêtrement des points que j'avais cousus.

Elle est restée sans voix quand elle a ouvert la boîte et qu'elle les a vus.

– Je ne sais pas s'ils vont aller, ai-je dit. Ils sont probablement trop souples. Je ne savais pas très bien ce que je faisais.

Mais tandis que j'étais encore en train d'ergoter[3], elle s'est jetée à mon cou. Nous nous sommes étreintes pendant une longue seconde puis avons bondi toutes les deux en arrière. Ces jours-ci, nos corps portent nos chagrins comme s'ils étaient des bols remplis d'eau à ras bord. Nous devons être vigilantes tout le temps ; au moindre sursaut ou mouvement inattendu, l'eau se renverse et se renverse et se renverse.

Le cadeau qu'Eva m'a donné, c'est ce cahier.

– Ce n'est pas un ordinateur, a-t-elle dit alors que je le dégageais du papier cadeau tout froissé, récupéré d'un anniversaire lointain et pas encore sacrifié pour allumer le feu. Mais il n'a jamais été utilisé, aucune page.

1. **Coques** : extrémités rigides des chaussons, sur lesquelles la danseuse se tient.
2. **Poêle** : appareil de chauffage qui fonctionne grâce à la combustion de bois ou de charbon.
3. **Ergoter** : discuter de détails insignifiants.

– Un cahier vierge ! me suis-je émerveillée. Mais où l'as-tu donc trouvé ?

– Derrière ma commode. Il a dû tomber là il y a des années. J'ai pensé que tu pourrais t'en servir pour écrire sur maintenant. Pour nos petits-enfants, ou que sais-je.

Pour l'instant, des petits-enfants semblent moins probables que des extraterrestres venus de Mars, et quand j'ai soulevé la couverture en carton taché et que j'ai feuilleté les pages qui sentaient légèrement le renfermé, toutes blanches à l'exception de l'échafaudage des lignes, je dois admettre que je pensais davantage à réviser pour les Achievement Tests qu'à tenir la chronique[1] de cette époque. Et pourtant, c'est agréable d'écrire. Le bruit sec et rapide des touches de mon clavier d'ordinateur me manque, ainsi que la luminosité de l'écran, mais ce soir, ce stylo est comme le vin de la Plaza dans ma main, et déjà les lignes qui guident ces mots sur la page évoquent plus la chaîne du métier à tisser de notre mère et moins les barres de l'échafaudage que j'avais imaginé qu'elles étaient au départ. Déjà, je vois combien il y a de choses à raconter.

Ce que je voulais vraiment offrir à Eva, c'était de l'essence. Juste un peu – assez pour que le groupe électrogène[2] fonctionne et qu'elle puisse mettre ne serait-ce qu'un seul CD, qu'elle puisse laisser la musique la pénétrer à nouveau jusque dans ses os ; juste un gallon ➲ ou deux pour qu'elle n'ait plus à danser qu'aux seuls battements impitoyables du métronome[3].

1. **Chronique** : récit où les faits sont rapportés dans l'ordre chronologique.
2. **Groupe électrogène** : machine fonctionnant à l'essence qui produit de l'électricité.
3. **Métronome** : petit appareil qui marque le rythme.

➲ **Le gallon est une unité de mesure américaine qui équivaut à 3,78 litres.**

Mais il n'y a plus d'essence. À notre retour de la ville, la dernière fois que nous y sommes allées, l'implacable aiguille de la jauge d'essence était bien en dessous de zéro.

– On a parcouru les cinq derniers kilomètres grâce aux vapeurs d'essence, les filles, avait annoncé notre père. M'est avis qu'on ne va pas bouger pendant un moment. Mais ne vous inquiétez pas, on a plus de provisions qu'il n'en faut, et quand tout repartira, je prendrai le jerrycan[1] et j'irai à la ville en stop.

Notre père est enterré à présent dans la forêt, le jerrycan vide rouille quelque part dans le désordre de son atelier et Eva devra danser aux sons faiblissants de sa mémoire pendant encore quelque temps. [...]

1. **Jerrycan** : gros bidon utilisé pour transporter de l'essence.

LECTURE ACTIVE 1

→ Voir aussi étape 1, p. 280-281.

Chapitre 1 • Le monde d'après

As-tu bien lu ?

1 **Chronologie.** Quand le récit commence-t-il ?
- ☐ le jour où l'électricité s'est arrêtée
- ☐ le jour de Noël
- ☐ le jour de la rentrée des classes

2 Pourquoi les deux sœurs sont-elles sans nouvelles du reste du monde ?

3 Pourquoi leurs parents sont-ils absents ?

4 Relie chaque personnage à son cadeau et à l'espoir qui l'anime :

	• devenir danseuse
la narratrice •	• un cahier
Eva •	• être admise à Harvard
	• des chaussons de danse

Atelier cinéma

Filmer des autobiographies fictives

▸ ***Objectif.*** Explorer d'autres points de vue narratifs.

▸ ***Préparation.*** Par groupes, choisissez un personnage qui, au même moment que la narratrice, est confronté à l'effondrement de la civilisation, par exemple : un commerçant de San Francisco, une vieille fermière, un informaticien... Rédigez son récit à la première personne : qui est-il ? qu'a-t-il perdu ? comment se sent-il ?

▸ ***Réalisation.*** Désignez une actrice/un acteur pour incarner le personnage et filmez son discours. Projetez l'ensemble des films.

▸ ***Réfléchir ensemble.*** Pourquoi, d'après vous, Jean Hegland a-t-elle choisi le point de vue d'une jeune fille pour évoquer cette situation ?

Chapitre 2

Une nouvelle journée de pluie. Hormis une sortie rapide ce matin pour aller chercher du bois et ouvrir le poulailler afin que Bathsheba, Lilith et Pinkie grattent le sol détrempé de la cour, nous n'avons pas mis le nez dehors. Dire que Noël, c'était hier. Sans ce cahier et le fait qu'Eva a disparu dans son studio dès l'aube, personne ne l'aurait su.

– Tu vas user de nouveau ces chaussons en un jour, lui ai-je dit quand elle est revenue à midi.

– Je sais.

Elle a écarté de sa poitrine son T-shirt trempé de sueur, a bu un autre grand verre de l'eau qui s'accumule, goutte à goutte, dans l'évier de la cuisine. Puis elle est retournée prestement dans son studio sans un mot.

Même maintenant, Eva peut user les choses jusqu'au bout. Moi, je veux tout garder, tout consommer à petites doses indéfiniment. Je peux faire durer douze raisins secs ou un vieux sucre d'orge[1] d'un centimètre et demi une soirée entière, prolonger le plaisir comme si c'était une personne âgée qu'on promène dans sa chaise roulante sous le soleil hivernal. Mais Eva continue d'engloutir.

– Autant en profiter tant qu'on en a, dit-elle, et elle danse jusqu'à ce que ses chaussons soient en lambeaux, avale sa part de raisins en une bouchée, allume des bougies et les laisse se consumer, et ne s'inquiète jamais de ce qui est perdu.

1. **Sucre d'orge** : bonbon en forme de bâton, fait de sucre coloré.

Bathsheba, Lilith et Pinkie sont les trois poules que possèdent les deux sœurs.

– Pourquoi pas ? demande-t-elle avec un mouvement brusque de la tête, un petit coup adroit du poignet. Rien ne dure éternellement. Et puis, ce n'est pas comme si on n'allait plus jamais voir de raisins secs.

La semaine dernière, j'ai lu dans l'encyclopédie un article sur une tribu d'indigènes[1] de Basse-Californie ➲ pour qui la viande était un mets si rare qu'ils attachaient une ficelle à un morceau de chair animale afin de pouvoir la mâcher, l'avaler puis la ressortir, et avoir le plaisir de la mâcher et de l'avaler à nouveau. J'étais gênée quand je l'ai lu, parce que je pensais à moi qui suis incapable de me séparer de quoi que ce soit, incapable d'affronter même la plus petite perte.

Eva n'est pas comme ça.

– Nous avons assez de vivres, se moque-t-elle quand elle me voit hésiter longuement devant une poignée de cacahuètes rances[2] ou les dernières gouttes de la sauce soja. Nous ne mourrons pas de faim.

Elle a raison. Les étagères du garde-manger regorgent encore des provisions que nous avons achetées lors de notre dernière expédition en ville et des bocaux d'un litre de tomates, de betteraves, de haricots verts, de compotes de pomme, d'abricots, de pêches, de prunes et de poires que notre père a mis en conserve avec notre aide l'été dernier. Il nous reste encore du riz, de la farine de blé, de la farine de maïs, des haricots pinto[3] et des lentilles. Il nous reste des macaronis, du thon et des soupes en boîte. Nous avons un peu de sucre, un peu de sel, une pincée

1. **Indigènes** : peuples originaires du pays où ils vivent (par opposition aux colons).
2. **Rances** : trop vieilles, qui ont pris une odeur forte et un goût désagréable.
3. **Haricots pinto** : variété de haricots roses.

➲ **Les indigènes d'Amérique étaient présents avant la colonisation par les Européens et vivaient principalement de chasse et de cueillette.**

de levure. Nous avons du lait en poudre et du fromage râpé. Nous avons encore un demi-pot de matière grasse végétale, une variété disparate d'épices et toutes sortes de produits comestibles en vrac – les boîtes de conserve sans étiquettes achetées chez Fastco, une boîte de Jell-O à l'orange qui doit bien avoir six ans, un pot d'olives farcies.

Nous avons plus qu'il n'en faut pour tenir. Mais malgré tout, je dois lutter contre mon envie de m'accrocher à tout ce que nous possédons encore, comme si gâcher une autre goutte ou un autre petit morceau risquait de nous envoyer à la dérive pour de bon. Quand je pense à la façon dont nous vivions, à la désinvolture avec laquelle nous usions les choses, je suis à la fois atterrée et pleine de nostalgie. Je me souviens d'avoir vidé des corbeilles à papier qui auraient tout d'un trésor aujourd'hui – des corbeilles remplies des cylindres en carton des rouleaux de papier toilette, de vieux kleenex, de crayons cassés, de trombones tordus, de feuilles de cahier froissées et de sacs en plastique vides.

Je me souviens de m'être débarrassée d'habits déchirés, tachés ou qui n'étaient plus à la mode. Je me souviens d'avoir jeté de la nourriture – d'avoir raclé des monceaux de nourriture de nos assiettes dans le bac à compost[1] – simplement parce qu'elle était demeurée intacte sur l'une de nos assiettes pendant toute la durée d'un repas. Comme je regrette ces corbeilles à papier pleines à ras bord, ces reliefs[2] de plat. Je rêve d'enfourner des sachets entiers de raisins secs, de brûler douze bougies à la fois.

1. **Compost** : récipient où on laisse se décomposer les déchets organiques, afin de les transformer en fertilisant pour les plantes.
2. **Reliefs** : restes.

Fastco est un supermarché, dans le roman.

Le Jell-O est un dessert typiquement anglo-saxon, fait de gélatine colorée et sucrée.

Je rêve de me laisser aller, d'oublier, de ne me préoccuper de rien. Je veux vivre avec abandon, avec la grâce insouciante du consommateur au lieu de m'accrocher comme une vieille paysanne qui se tracasse pour des miettes.

Dans l'encyclopédie l'autre jour j'ai lu : *Amnésie, perte de la mémoire provoquée par une lésion cérébrale, un choc, la fatigue ou une maladie. Lorsque l'amnésie s'installe pendant une durée prolongée, l'amnésique commence parfois une nouvelle vie sans rapport aucun avec son état précédent. On parle alors de « fugue dissociative ».*

J'ai relevé la tête de la page, j'ai regardé par la fenêtre les poules qui grattaient la cour vide et j'ai pensé, Voilà, c'est notre fugue dissociative – le temps perdu entre les deux moitiés de nos vraies vies.

L'hiver dernier, quand il y a eu les premières coupures d'électricité, elles étaient si exceptionnelles et si brèves que nous n'y avons pas vraiment prêté attention. « Ils doivent sans doute réparer les lignes », disions-nous, ou, « Un arbre est sûrement tombé à cause de la pluie. Ils vont bientôt remettre le courant. » Et effectivement, les lumières ne tardaient pas à clignoter, le lave-linge à reprendre son ronron et ses trépidations dans la buanderie[1], l'aspirateur à repartir en vrombissant, et une seconde plus tard, nous considérions à nouveau l'électricité comme tout à fait normale.

Maintenant que j'y repense, je suis sûre que nous étions tous les trois en état de choc. Hébétés, toujours sous le coup de la mort de Mère, moins de neuf mois auparavant, nous n'avons peut-être pas pris conscience, quand il en était encore temps,

1. **Buanderie** : local où l'on fait et où l'on étend les lessives.

Ici commence le premier des longs flash-backs permettant de reconstituer l'histoire des deux sœurs.

qu'après des décennies d'avertissements et de prédictions ➲ les choses commençaient vraiment à manquer. Et puis, comme nous vivions loin de tout, nous étions habitués aux épisodiques coupures d'électricité et à attendre que le courant soit rétabli dans les zones plus peuplées avant de l'être chez nous. Peut-être aurions-nous dû nous douter plus tôt que ce qui se passait était différent. Mais même en ville, je pense que les changements se sont produits si lentement – ou s'inscrivaient tellement dans la trame familière des problèmes et des désagréments – que les gens ne les ont vraiment identifiés que plus tard, au printemps.

Pendant longtemps, le courant cessait quelques minutes par jour seulement, juste assez pour que ce soit agaçant, embêtant. Le micro-ondes s'arrêtait d'un seul coup, le linge retombait mouillé au fond du séchoir, le dîner refroidissait à moitié cuit dans le four. Si l'un de nous prenait une douche, l'eau coulait en un maigre filet alimenté par la gravité sans la pompe électrique pour lui donner de la pression. Si je travaillais sur l'ordinateur, l'écran s'éteignait et la tour poussait un râle avant de planter. Si Eva s'entraînait à la maison, le CD sur lequel elle dansait s'interrompait, et elle sortait en trébuchant de son studio comme si elle venait d'être réveillée par une gifle.

S'il faisait nuit et que notre père était rentré du travail, l'absence soudaine de lumière le tirait parfois du chagrin dans lequel il s'était perdu et il nous divertissait en inventant des jurons absurdes tout en tapant du pied et en s'agitant dans l'obscurité. « Que Dieu bute un beignet », ou « Les cons font pousser des roses », hurlait-il tandis qu'il se cognait aux coins des

➲ Jean Hegland se réfère ici aux nombreuses analyses qui, depuis les années 1960, ont tenté d'alerter l'opinion publique sur la fragilité de la société de consommation.

tables et renversait des objets du plan de travail en cherchant la lampe torche, les bougies, les allumettes. Au bout de dix ou quinze minutes, quand l'électricité revenait, Eva et moi étions presque déçues car nous savions que son énergie maniaque[1] se dissiperait bien trop vite et qu'il retomberait dans le désespoir.

Pendant longtemps rares étaient les jours durant lesquels le courant n'était pas coupé au moins une fois. À la fin, rares étaient les jours où le courant revenait. À un moment, nous nous sommes rendu compte que nous avions perdu l'habitude de chercher à tâtons l'interrupteur en entrant dans une pièce. Nous avons arrêté de tendre le bras automatiquement pour tourner le thermostat du four quand nous voulions cuire quelque chose ou pour ouvrir la porte du frigo quand nous avions faim. Nous avons retiré les couvertures chauffantes[2] de nos lits, rangé la cafetière électrique, roulé les tapis sur lesquels nous ne pouvions plus passer l'aspirateur. Notre père nous a appris à moucher ➲, remplir et allumer les lampes à pétrole qu'il avait autrefois défendu à notre mère de jeter, et pendant quelque temps, c'est avec elles que nous nous éclairions quand la nuit tombait.

Tandis que l'hiver déclinait et que le printemps fleurissait, nous nous sommes habitués au manque de fiabilité de l'électricité et avons mis au point une méthode pour en profiter chaque fois qu'elle revenait. Nous laissions la lumière de la cuisine tout le temps allumée, et quand elle vacillait avant de se stabiliser, Eva se précipitait dans la buanderie pour lancer une machine

1. **Maniaque** : en proie à un état de surexcitation qui peut parfois s'emparer des personnes dépressives.
2. **Couverture chauffante** : couverture dans laquelle est inséré un élément qui chauffe grâce à l'électricité.

➲ **Moucher la mèche d'une lampe à pétrole ou d'une bougie consiste à couper la partie consumée qui empêche de bien éclairer.**

puis filait dans son studio, mettait un CD et, ignorant l'échauffement à la barre, commençait à danser tandis que je tirais la chasse pour évacuer l'eau sale des toilettes et ouvrais les robinets pour remplir la baignoire et l'évier tant que la pompe électrique marchait. Ensuite je courais à mon ordinateur et travaillais d'arrache-pied avant que tout ne tombe de nouveau en panne.

Père avait acheté il y a longtemps un groupe électrogène pour alimenter la pompe à eau au cas où il y aurait un incendie et que nous soyons privés d'électricité, et parfois nous l'allumions afin qu'Eva puisse danser et moi tenter d'aller sur Internet et lire les nouvelles, ou du moins la propagande – violente ou rassurante selon les sites – qui s'autoproclamait comme telles. Mais même quand il arrivait que les lignes téléphoniques fonctionnent, il était pratiquement impossible de se connecter. En général, je supportais si mal de gâcher les moments où le courant marchait à attendre un accès Internet que je renonçais et me mettais à étudier avec acharnement pendant que le groupe électrogène s'essoufflait dehors. À la fin, comme le temps passait et que l'essence commençait à manquer, Père nous convainquit de ne l'utiliser qu'en cas d'urgence.

Au début, quand le courant sautait alors que nous préparions un repas, nous sortions le réchaud à gaz[1] Coleman et terminions la cuisson sur ses brûleurs qui sifflaient jusqu'au jour où nous n'avons plus pris la peine de ranger le Coleman. Lorsque nous avons fini la dernière bonbonne de gaz et qu'à la

1. **Réchaud à gaz** : petit appareil alimenté par un réservoir de gaz, qui permet de faire chauffer boissons et nourriture.

Les grands incendies sont fréquents en Californie, favorisés par les conditions météorologiques de la fin du printemps à l'automne.

Coleman est une marque de réchaud très répandue aux États-Unis, au point que c'est devenu un nom générique.

quincaillerie[1] on n'en vendait plus, nous avons trouvé comment cuire des pommes de terre sous le charbon du poêle dans le salon et appris à faire sauter des pancakes[2], à cuire des haricots à l'eau et du riz à la vapeur sur le dessus.

Nous avions consommé depuis longtemps ce qu'il y avait dans le congélateur. Et au bout d'un moment, nous avons dû renoncer au frigo, aussi. Notre père a creusé un trou dans le ruisseau, l'a tapissé de pierres et de sacs-poubelles en plastique noir, l'a recouvert avec un panneau de signalisation cédez-le-passage qu'il avait récupéré autrefois à la déchetterie, et l'a fièrement appelé "réfrigérateur". Eva et moi nous plaignions de devoir tout envelopper pour que l'eau ne pénètre pas dans les aliments, d'avoir à descendre au ruisseau chaque fois que nous voulions du lait ou une laitue ou de la margarine, jusqu'à ce qu'il ne reste plus rien à conserver au froid.

Le téléphone s'est éteint de la même façon que l'électricité. Pendant un moment, après que le courant avait cessé d'être fiable, nous pouvions encore passer un coup de fil de temps en temps si nous étions suffisamment persévérants. Composer le numéro jusqu'à ce que les sept chiffres sifflent dans nos têtes prenait parfois toute la matinée, tout ça pour entendre la voix électronique de la compagnie de téléphone répondre poliment, « Nous sommes désolés. Toutes nos lignes sont occupées. Veuillez raccrocher et rappeler ultérieurement. » Mais tôt ou tard, nous parvenions à obtenir la communication, nous pouvions encore signaler au répondeur de la compagnie d'électricité que le courant avait de nouveau sauté.

---

1. **Quincaillerie** : magasin où l'on vend toutes sortes d'utensiles et objets utilitaires en métal.
2. **Pancakes** : petites crêpes épaisses que les Américains du Nord mangent au petit déjeuner.

Un soir, début mai, Père est rentré à la maison avec un fusil de chasse, et quelque temps après est arrivé un jour où il n'est plus allé travailler du tout.

– J'ai comme l'impression que les vacances d'été commencent plus tôt cette année, avait-il annoncé la veille tandis qu'il faisait cuire des œufs sur le poêle pour notre dîner. À cause de cette fichue infection ➔, il manque la moitié du personnel et il semble qu'on ne trouve pas d'antibiotique pour la soigner. Et maintenant, il y a des rumeurs de méningite[1]. L'administration a l'air de penser que tout le monde fera des économies si l'école s'arrête un mois plus tôt.

Il avait soupiré et ajouté :

– En temps normal, je serais contre ça, mais cette année je suppose que je suis prêt à prendre des vacances. Et puis il faut que je remette des bardeaux[2] au toit et que je remplace les poutres pourries sous la buanderie avant que tout reparte à l'automne prochain.

À ce moment-là, la poste marchait sporadiquement[3], et les magasins fermaient plus souvent. Pendant plusieurs mois, les fonctionnaires avaient été payés avec des billets à ordre jusqu'à ce que les banques refusent d'honorer les reconnaissances de dette du gouvernement. Puis les fonctionnaires n'avaient plus été payés du tout.

C'est incroyable la rapidité avec laquelle tout le monde s'est adapté à ces changements. J'imagine que c'est comme ça que les gens qui vivent par-delà la forêt s'étaient accoutumés à boire

1. **Méningite** : inflammation grave des membranes qui entourent le cerveau.
2. **Bardeaux** : tuiles de bois destinées à protéger des intempéries.
3. **Sporadiquement** : de façon rare et irrégulière.

➔ **On comprend implicitement que des maladies nouvelles commencent à se répandre.**

de l'eau en bouteille, à conduire sur des autoroutes bondées et à avoir affaire aux voix automatisées qui répondaient à tous leurs appels. À l'époque, eux aussi ont pesté et se sont plaints, et bientôt se sont habitués, oubliant presque qu'ils avaient un jour vécu autrement. [...]

Une fois que Père eut arrêté d'aller travailler, nous étions si coupés de tout, même de Redwood, qu'il était parfois difficile de se rappeler qu'il se passait quelque chose d'inhabituel dans le monde, loin de notre forêt. C'était comme si notre isolement nous protégeait. En juin dernier, quand la lune a brillé toute rouge à cause des incendies d'Oakland ➲, on aurait dit un avertissement nous enjoignant de ne pas nous éloigner de la maison, et les nouvelles que nous avions les samedis soirs ont confirmé ce message. Aussi avons-nous pris notre mal en patience en attendant l'automne. Comme Père ne manquait pas de me le rappeler chaque fois que je rêvais d'aller en ville, ici au moins nous avions un garde-manger bien rempli, un jardin et un potager, de l'eau douce, une forêt pleine de bois de chauffage et une maison. Ici au moins nous étions protégés des obsessions, de la cupidité[1] et des microbes des autres. Ici au moins un aspect reconnaissable de nos vies interrompues demeurait – et demeure encore même aujourd'hui. [...]

1. **Cupidité** : désir immodéré de posséder argent et richesses.

➲ **Oakland est une grande ville de Californie du nord, située sur la baie de San Francisco. On comprend à demi-mot que des événements graves surviennent à cause de la pénurie d'essence et d'électricité.**

Chapitre 3

Lorsque la bibliothèque de Redwood a fermé, au printemps dernier, la bibliothécaire m'a laissé repartir les bras chargés d'une pile de livres supplémentaire. [...] Mais j'étais arrivée au bout de la pile en juillet, nous avions enterré notre père en septembre, et fin novembre, Eva et moi étions suffisamment remises pour qu'elle retourne à la danse, et moi aux études. [...]

– Qu'est-ce que je vais faire ? ai-je fini par demander à Eva d'un ton pleurnicheur quand elle est sortie de son studio cet après-midi-là.

– À quel sujet ? a-t-elle dit, et elle a attrapé sa jambe en extension et l'a levée si haut qu'elle était presque à la verticale.

– Je suis censée avoir déjà passé mes Achievement Tests.

– Tu n'es certainement pas la seule dans ce cas. Je suis sûre que même Harvard va devoir assouplir ses règles cette année.

– Et si ça avait redémarré là-bas ?

– On le saurait.

– Comment ?

– Il y aurait un avion ou quelque chose. Quelque chose.

– Même si l'électricité revient demain, je ne serai pas prête pour les examens.

Elle a reposé sa jambe puis a tenu une superbe arabesque[1].

– Pourquoi ?

1. **Arabesque** : figure de danse classique dans laquelle le danseur, en appui sur une jambe, lève l'autre vers l'arrière, tout en tendant un bras vers l'avant.

– Je ne peux pas me servir de mon ordinateur ou de mes cassettes de langues, les piles de ma calculatrice sont mortes. Il ne me reste même plus de papier.

– Lis, alors. Les livres n'ont pas besoin de piles.

– J'ai déjà tout lu dans la maison. Deux fois.

– Tu as lu l'encyclopédie ? a-t-elle demandé en enchaînant majestueusement une révérence après son arabesque.

Je regrette de ne pas m'y être mise plus tôt. Je n'en reviens pas de la quantité de choses que j'apprends. Tout est là – les dates, les lieux, les artistes et les philosophes et les scientifiques, les hommes d'État et les rois, les étoiles et les minéraux et les espèces, les faits et les théories, l'ensemble du savoir humain. Tout est réuni ici, tout ce qui compte, tout ce dont j'aurai jamais besoin, et je n'ai qu'une chose à faire, tourner la page. C'est peut-être un peu aride[1], mais ce n'est pas plus aride que mon livre d'analyse mathématique ou mes cassettes de français. Ce n'est pas plus aride que ce que fait Eva heure après heure, seule dans son studio.

Nos parents n'ont jamais planifié nos études.

– Qu'elles apprennent ce qu'elles veulent, disait mon père. Un enfant mange de façon équilibrée si on lui donne une alimentation saine et qu'on lui fiche la paix. Si le corps d'un gamin sait ce qu'il lui faut pour grandir et être en bonne santé, pourquoi son esprit ne le saurait-il pas ?

À ses amis, il expliquait :

– Mes filles ont la jouissance de la forêt et de la bibliothèque municipale. Elles ont une mère à la maison qui leur prépare à manger et leur explique les mots qu'elles ne connaissent

1. **Aride** : peu attrayant.

Supports qui permettaient de conserver les sons sur une bande magnétique, les cassettes audio étaient encore en usage dans les années 1990.

pas. L'école ne serait qu'un obstacle à ça. Par ailleurs, si elles y allaient, elles passeraient plus de deux heures par jour dans la voiture. Dieu sait qu'il me serait agréable d'avoir de la compagnie pendant ces trajets, mais c'est mieux pour mes gosses de rester dans la forêt.

Aussi, tandis que les autres enfants récitaient leurs tables de multiplication et demandaient l'autorisation pour aller boire de l'eau, Eva et moi étions libres de nous promener et d'apprendre à notre guise. Ensemble on peignait des fresques et on créait des pièces de théâtre, on construisait des forts, on élevait des papillons et on inventait des jeux informatiques. On fabriquait du papier, on concoctait de nouvelles recettes de cookies, on éditait des bulletins d'information et on attrapait des vairons[1]. On faisait pousser des courges et on soignait des oisillons et on jouait avec des prismes[2], et nos parents expliquaient à l'État que ce que nous faisions, c'était l'école ➲.

Pendant des années j'ai étudié ce que je voulais, quand et comme je le voulais. Un livre conduisait à un autre de manière aléatoire[3], me promenant de thème en thème comme dans une conversation intéressante, la seule chose qui les reliait entre eux, étant leur juxtaposition sur les étagères dans l'atelier de Mère.

Parce que notre père nous rapportait parfois à la maison des contrôles de connaissance, quand j'ai eu douze ans, j'ai su que j'étais en avance de quatre ou cinq ans par rapport aux enfants de mon âge. Je savais aussi que si l'on fréquentait l'école, il

1. **Vairons** : petits poissons d'eau douce.
2. **Prismes** : objets utilisés en optique pour séparer les différentes couleurs qui composent la lumière blanche.
3. **De manière aléatoire** : sans raison particulière, un peu au hasard.

➲ **Aux États-Unis comme en France, l'école à la maison est un choix possible. Dans ce cas, l'État demande aux parents d'expliquer ce qu'ils font, afin de vérifier que les enfants apprennent bien ce qui est au programme.**

fallait s'asseoir en rangs, faire de longs devoirs dans des cahiers d'exercices ennuyeux et demander la permission pour aller aux toilettes. Pourtant, il y a eu une époque où je m'en fichais, où j'aspirais à cette vie à l'intérieur des autocars scolaires jaunes qui cahotaient sur la route ➲, où je rêvais de faire partie de la cohue des enfants avec leurs bras chargés de livres aux pages lisses et leurs rires faciles, et j'ai commencé à mener campagne pour que mes parents m'envoient à l'école.

C'était peu de temps après qu'Eva eut découvert la danse classique, quand je n'avais toujours pas digéré le vide que sa passion creusait dans ma vie, et je pense que j'essayais de convaincre mes parents de m'inscrire à l'école pour atténuer ma solitude.

– Si je n'ai plus Eva, il me faut quelqu'un d'autre, annonçai-je. Je m'ennuie trop toute seule ici pendant la journée.

– Je suis là, répondit ma mère.

– Mais tu es tout le temps occupée avec tes tapisseries[1].

– Tu pourrais m'aider. À mon avis, ça te plairait de travailler avec les teintures ➲. Et je ne dirais pas non à deux mains supplémentaires pour m'aider à empeigner[2] mon métier à tisser.

En me voyant lever les yeux au ciel et m'affaler sur ma chaise, elle ajouta sèchement :

– Je suis sûre que tu vas trouver à t'occuper toute seule, Nell. Nous ne nous sommes pas passés d'école durant toutes ces années pour commencer maintenant. Le collège est l'une des expériences les plus toxiques que je puisse imaginer.

1. **Tapisseries** : tissus ornementaux fabriqués sur un métier à tisser.
2. **Empeigner** : serrer un tissu avec le peigne du métier à tisser.

➲ **Les autocars jaunes, qui sont utilisés depuis 1939 pour le ramassage scolaire, sont le symbole de l'école américaine.**

➲ **Gloria, la mère des deux héroïnes, teint elle-même les fils qu'elle tisse.**

Le combat a continué. Chaque escarmouche[1] se finissait en vive indignation et ressentiment de mon côté et en confusion peinée de la part de mes parents, qui prétendaient vouloir mon bonheur mais le voulaient comme ils l'entendaient.

J'ai boudé et protesté, mais finalement je suis tombée sur un article au sujet d'une autre famille qui vivait encore plus loin que nous, dont les enfants, non scolarisés, étaient tous allés à Harvard. J'en ai conclu que si ces enfants y arrivaient, j'y arriverais moi aussi. Si Eva n'arrêtait pas la danse, j'irais à Harvard ; puisqu'on m'interdisait d'aller à l'école de Redwood, j'intégrerais la meilleure université du pays, et ce serait bien fait pour tout le monde.

J'ai demandé un ordinateur avec un modem ➲ pour mon treizième anniversaire et j'ai commencé à harceler mon père pour qu'il rapporte à la maison des manuels d'histoire et de science, des cassettes de français, des cahiers d'exercices de maths. Il satisfaisait toujours mes requêtes – bien qu'il s'arrangeât pour glisser quelques romans policiers dans la pile. Mais chaque fois que je mentionnais Harvard, sa réponse était évasive.

– Je ne sais pas si cette institution est aussi sensationnelle que tu le dis, Pumpkin ➲, mais je dois admettre que je serais fier si tu y entrais par tes propres moyens. Mais n'oublie pas que ces gamins y ont été acceptés il y a longtemps.

– Harvard aime les étudiants qui ont une formation inhabituelle.

1. **Escarmouche :** bref échange de paroles hostiles.

➲ **Dans les années 1990, Internet commence à peine à se développer. Le modem est alors un équipement rare.**

➲ **En anglais, *pumpkin* signifie « citrouille ». C'est le surnom affectueux que son père donne à la narratrice, Pénélope (Nell).**

– À l'époque, oui. Qui sait à quoi ressemble la politique d'admission d'aujourd'hui ? De toute façon, qu'est-ce qu'Harvard a de si extraordinaire ? Qu'est-ce que tu vas étudier là-bas ?

Il m'avait semblé qu'entrer à Harvard était un objectif suffisant, mais comme je venais de finir une biographie de sir Alexander Fleming ➲, j'ai répondu la première chose qui m'a traversé l'esprit :

– La médecine.

– Tu veux être docteur ?

– Peut-être. Ou faire de la recherche.

– Eh bien, bon courage, Pumpkin. Je sais que tu te débrouilleras comme un chef dans tout ce que tu décideras d'entreprendre. Je ne veux juste pas te voir te limiter avant que tu aies goûté à tout ce qu'il y a dans le vaste, vaste monde.

Plus le temps passait, plus je travaillais dur, étudiant tout ce que je pensais qu'Harvard attendait que je sache, et au printemps dernier, quand j'ai reçu la réponse du Bureau des admissions, je pensais en savoir beaucoup. À présent, page après page, volume après volume, l'encyclopédie me révèle tout ce que j'ai encore besoin d'apprendre avant d'être prête pour Harvard.

* * *

J'essaie d'être disciplinée dans mes lectures et de ne pas sauter les articles qui ne m'intéressent pas ou ne me semblent pas en rapport avec mes études. Je veux lire l'encyclopédie du début à la fin. Mais aujourd'hui, c'est le 1er janvier, du coup je m'autorise à passer à la lettre C pour vérifier que le calendrier que je fabrique est juste.

➲ Scientifique britannique célèbre pour avoir découvert la pénicilline, Alexander Fleming a obtenu le prix Nobel de médecine en 1945.

Le problème avec les calendriers, c'est que rien ne tombe juste. Les rotations et les révolutions de la Terre et du Soleil et de la lune ne coïncident pas, et tout se termine par d'encombrantes virgules de fraction décimale : il y a 365,2422 jours dans une année solaire, 29,53059 jours dans un mois lunaire, et les semaines n'existent nulle part ailleurs que dans nos têtes d'humains superstitieux.

L'encyclopédie m'a donné une formule algébrique pour déterminer le jour de la semaine correspondant à une date en particulier, aussi, après avoir trouvé quand aura lieu la prochaine année bissextile, j'ai sacrifié toute une feuille de mon cahier pour confectionner un calendrier. Tandis que je dessinais les douze grilles, numérotais leurs cases et notais les fêtes et les anniversaires qu'elles représentaient, je n'ai pas pu m'empêcher de me demander lequel de ces jours à venir se révélera la plus grande fête de toutes – le jour de chance où le monde nous reviendra et rendra mon calendrier obsolète[1].

* * *

Nous nous réveillons tous les matins avec la lumière terne qui filtre à travers la pluie de janvier. Une fois levées de nos matelas, nous échangeons les T-shirts dans lesquels nous avons dormi contre des pulls et des jeans. Eva nourrit le feu[2] et je vais ouvrir le poulailler et rapporter du bois. Pour le petit déjeuner, nous mangeons des flocons d'avoine sans lait ou du riz de la veille, qu'on sucre avec un tout petit peu de cannelle en poudre.

Ensuite, nous nous attelons à nos corvées – couper du bois, nettoyer ou compléter l'inventaire de ce que nous possédons.

1. **Obsolète** : dépassé, périmé.
2. **Nourrit le feu** : met du bois dans le poêle.

Eva danse tout l'après-midi pendant que je travaille et que j'écris. Quand l'obscurité menace et que nous devons nous arrêter, nous rentrons les poules dans leur enclos à coups de cajoleries, nous dînons de haricots, de lentilles ou de l'une des conserves sans étiquette de chez Fastco, puis, à tour de rôle, nous nous accordons le plus grand plaisir de la journée.

Le seul savon qu'il nous reste est le morceau que nous gardons pour notre triomphale expédition en ville, le jour où nous pourrons remplir d'essence le jerrycan vide et recommencer nos vies. Malgré tout, un bain est un de nos rares plaisirs à savourer pleinement, car non seulement ce n'est pas une version affaiblie du souvenir que nous conservons d'un bain, c'est aussi quelque chose de renouvelable. Tant que la source continue de remplir la citerne et que la citerne envoie son filet d'eau dans les canalisations de la maison, tant que le feu peut chauffer une bouilloire, il y aura toujours un bain à la fin de la journée, un bain pour essayer de noyer les cauchemars, pour me laisser si alanguie[1] que je dois presque ramper dans le noir jusqu'à mon matelas en face de celui d'Eva, près du poêle.

Mais même les bains les plus chauds, les plus profonds, les plus longs ne sont pas efficaces indéfiniment, et il arrive un moment où mes rêves, presque toutes les nuits, me chassent de mon sommeil, et je me réveille brusquement, encore saturée de leurs horreurs, sans parvenir à me rendormir.

J'ai encore rêvé de vers la nuit dernière. Pas des petites choses roses qu'on trouve dans le garde-manger ces jours-ci, mais des asticots[2] qui dans mes rêves envahissent la tombe de mon père.

1. **Alanguie** : sans forces, complètement détendue.
2. **Asticots** : larves de mouche, qui se développent dans la viande en décomposition.

Je suis paralysée et sans voix, allongée à côté de lui dans ce trou humide, et nos deux corps – le sien mort et le mien en vie – grouillent de larves. Son corps ne peut réconforter le mien. Et je suis incapable de me venir en aide à moi-même, tandis que je gis là, dévorée par la mort.

Je me suis réveillée dans l'obscurité en entendant la voix de ma sœur, en sentant ses mains fermes sur moi.

– Tout va bien, a-t-elle promis. C'était un rêve.

Alors même qu'elle disait cela, et que mon moi conscient acquiesçait, je crois que nous savions toutes les deux que les rêves viennent d'un lieu, quelque part, qui existe vraiment, qu'un rêve n'est que l'écho de ce qui a déjà été vécu.

– Tu veux une tasse de thé ? m'a-t-elle demandé.

– J'ai déjà bu celle d'hier, ai-je dit, paniquée, et je ne veux pas perdre celle d'aujourd'hui maintenant ➲.

– Tu boiras la mienne.

– Mais ce ne serait pas juste pour toi.

– C'est bon.

Comme je gardais le silence, elle s'est levée pour ouvrir la porte du poêle, et, opérant dans la pénombre, elle a rempli une tasse avec l'eau chaude de la bouilloire, posée à l'arrière du poêle, et y a ajouté la plus petite pincée de thé possible.

– Merci, ai-je dit quand elle m'a tendu la tasse fumante.

– C'est à ça que servent les sœurs, non ? a-t-elle répliqué avec ironie.

Je sais qu'elle le pensait. Mais elle avait parlé avec tant de légèreté que je n'ai pas pu répondre comme mon cœur le voulait, que je n'ai pas pu m'enfouir à jamais dans ses bras.

➲ **Les sœurs rationnent leurs réserves : chacune n'a droit qu'à une seule tasse de thé par jour.**

Chapitre 4

Le ballet est une forme de danse dont l'origine remonte aux spectacles donnés à la cour pendant la Renaissance. Ses mouvements caractéristiques mettent en valeur une grâce stylisée et éthérée[1]. *Afin d'obtenir cet effet, la future ballerine doit commencer à s'entraîner très jeune afin que son corps exécute des mouvements qui ne figurent pas dans l'éventail naturel de ceux du corps humain.*

Parfois, quand j'ai le cerveau si embrumé que je me sais incapable de retenir un mot de plus, j'abandonne l'encyclopédie, je me lève de la table près de la fenêtre du salon et j'émigre au bout du couloir vers le studio d'Eva. La porte est toujours ouverte, mais Eva semble à peine me remarquer quand je me glisse à l'intérieur et que je m'assois contre le mur.

En général, elle est à la barre et enchaîne ses innombrables exercices qui commencent par un premier *plié* hésitant, bras écartés, et se terminent quand elle arrête de danser. Lorsque je la regarde effectuer des *pliés* à l'infini pour se baisser et se redresser, cela me fait penser à ce que disait la ballerine du Bolchoï à l'époque où sévissait la loi martiale en Russie au début des années 1990 : « Les révolutions vont et viennent, mais nous serons toujours là à faire nos *battements tendus.* »

1. **Éthérée** : légère, aérienne.

Tous les termes en italique sont en français dans le texte original, car, en anglais, on utilise ces mots français pour désigner les mouvements de danse classique.

Le Bolchoï est une célèbre compagnie de danse russe, qui existe depuis le XVIIIe siècle.

La loi martiale est une autorisation de recourir à la force militaire en raison de troubles. La narratrice fait ici référence aux troubles liés à la dislocation de l'URSS.

Cette danse se poursuit – *pliés, relevés, battements tendus, ronds de jambe, développés,* d'abord à la barre puis au centre de la pièce, ce même petit alphabet ➲, maintes et maintes fois répété en suivant le tic-tac incessant du métronome, jusqu'à maintenant, un millier de répétitions plus tard, chaque mouvement est souple, fluide, parfait. Même quelque chose d'aussi simple que sa jambe lancée en *battement tendu* ou son bras s'ouvrant en *seconde position* évoque un désir ou un plaisir ou un savoir bien au-delà des mots.

Parfois, quand je suis assise là, elle arrête ses exercices et danse pour moi. [...]

Le printemps où Eva a eu douze ans, lors de notre retour de San Francisco où deux fois par an nous partions en expédition pour voir un ballet, elle s'est montrée pendant tout le trajet aussi silencieuse et distante que notre mère, regardant fixement, derrière le léger reflet de son visage dans la vitre de la voiture, l'obscurité en mouvement pailletée de lumière. Alors que l'humeur maussade[1] de notre mère se dissipait en général au bout d'un jour ou deux, celle d'Eva a perduré. S'est intensifiée. Et Eva s'est mise à parler de cours de danse.

– Non, chérie, a dit notre mère. Je refuse que tu gâches ta vie ainsi. La danse classique est cruelle. Elle va te rendre névrosée[2], et anorexique, et narcissique, et arthritique[3], et illettrée. C'est inhumain. Regarde ce qu'elle a fait de moi.

Notre père a levé les yeux de son journal pour demander :

– Qu'est-ce qu'elle a fait au juste ?

1. **L'humeur maussade** : la mauvaise humeur.
2. **Névrosée** : atteinte d'une souffrance psychologique.
3. **Arthritique** : qui souffre d'arthrite, c'est-à-dire d'une inflammation des articulations.

➲ **La narratrice qualifie d'alphabet les figures de danse (qui composeront ensuite les chorégraphies).**

Et Eva a dit :

– S'il vous plaît...

– C'est trop loin. Pour trouver des cours corrects, il faudrait au moins aller à San Francisco. Je ne veux pas que tes pieds soient massacrés par une pseudo prof de Redwood qui a hâte de te faire monter sur pointes.

– Je pourrais aller à Redwood avec Père et de là prendre l'autocar.

– Tu es trop jeune.

– Pourquoi tu ne me donnes pas des cours ? a demandé Eva.

– J'ai toujours détesté enseigner. Je ne supportais pas toutes ces petites filles qui voulaient juste porter un tutu rose, et je ne supportais pas de devoir tyranniser[1] les rares filles qui étaient bonnes. C'est un travail terriblement pénible. Par ailleurs, a-t-elle ajouté en jouant ce qu'elle considérait sa carte maîtresse, tu es trop âgée pour commencer la danse. Les filles dotées du moindre potentiel commencent à l'âge de cinq ou six ans, huit ans grand maximum. Il n'y aura pas d'autres danseuses dans cette famille, un point c'est tout.

Mais un ou deux jours plus tard, elle téléphonait à ses amies à San Francisco pour qu'elles lui recommandent une école de danse. Elle a lâché un juron – et notre père a éclaté de rire – quand elle a appris que le meilleur professeur au nord de la ville avait son studio à Redwood.

– Eh bien, a-t-elle soupiré, Eva fait ce qu'elle veut, sa vie lui appartient.

– Et c'est assurément ta fille, a ajouté notre père.

1. **Tyranniser** : exercer une contrainte impérieuse (ici, avec pour objectif de faire progresser).

Les chaussons à pointes peuvent se révéler trop rigides pour des pieds d'enfants.

La semaine suivante, Eva prenait sa première leçon, l'air gauche[1], tout en genoux et en coudes, dans une classe de fillettes de six ans au dos cambré, au ventre rebondi. Notre mère espérait que ce qui attirait Eva, c'étaient les lumières et les paillettes et non la danse elle-même. Elle voulait croire qu'à cause de la souffrance et de la monotonie des exercices Eva s'en désintéresserait. Mais Eva adorait ce mélange de travail et de transpiration. Elle adorait la liberté et l'exigence de la danse, et elle adorait danser – pour elle et pour un public. Elle adorait partager sa passion avec nous autres mortels qui manquions d'élévation[2] et d'éloquence[3]. [...]

Lorsque Eva avait annoncé qu'elle souhaitait suivre des cours, j'y avais à peine prêté attention, même si, comme d'habitude, je prenais automatiquement son parti. Après tout, Eva était ma sœur. Elle était ma camarade de jeu, ma meilleure amie, celle qui aurait dû être ma jumelle, et tout ce qu'elle voulait, je le voulais pour elle de façon inconditionnelle[4]. Mais au bout d'un moment, mon enthousiasme a commencé à faiblir pendant que le sien grandissait. Les heures qu'elle passait autrefois avec moi – à jouer dans la forêt, à travailler dans la maison à l'un de nos nombreux projets ou à prolonger nos interminables jeux de "Faire semblant" dans la clairière –, elle les consacrait maintenant à ses leçons et ses exercices. Au début, je me suis sentie déroutée et légèrement blessée, et, moi aussi, j'attendais en vain qu'Eva renonce à la danse et me revienne.

1. **Gauche** : maladroit, mal à son aise.
2. **Élévation** : capacité à éprouver de grands et nobles sentiments.
3. **Éloquence** : capacité à bien s'exprimer, à trouver des mots forts.
4. **De façon inconditionnelle** : sans rien exiger en échange.

Plus tard, quand il a été clair qu'Eva n'abandonnerait pas la danse, après que j'ai eu beau la supplier ou lui promettre n'importe quoi, j'ai coupé les rubans de sa première paire de pointes. Elle était folle de rage en découvrant ce que j'avais fait aux chaussons qu'elle avait convoités pendant si longtemps.

– Nell a gâché ma vie, a-t-elle hurlé en se précipitant dans l'atelier où Mère était penchée sur son métier à tisser pendant que je tournais en rond avec impatience.

– Et Eva a gâché la mienne ! ai-je explosé.

Ma mère a jeté un coup d'œil aux rubans coupés, a soupiré et a reposé le papillon de soie qu'elle utilisait pour la trame.

– Personne ne peut gâcher la vie de quelqu'un d'autre. Calme-toi, Eva. Pénélope, apporte-moi la boîte à couture.

Tandis qu'elle recousait les rubans, et qu'Eva boudait dans sa chambre, Mère m'a parlé.

– Pourquoi ce sabotage, Nellie ? a-t-elle demandé en enfilant une aiguille avec un fil rose.

– Eva ne veut pas jouer avec moi. Elle danse tout le temps. Et de toute façon, ce n'est pas bon pour elle.

Mère a soupiré à nouveau.

– Ce n'est pas non plus ce que j'aurais choisi pour ma fille. Mais puisqu'elle a décidé d'être danseuse, nous voulons bien sûr qu'elle soit la meilleure danseuse possible, n'est-ce pas ?

– Mais elle ne joue plus jamais avec moi.

– Tu ne peux pas la forcer à jouer avec toi. Nell, je sais qu'il y a un vide dans ta vie en ce moment. Mais c'est à toi de trouver comment le remplir.

– Mais...

– Sa vie lui appartient, chérie. Et, que tu le veuilles ou non, la tienne aussi.

Elle a approché le chausson d'Eva de ses lèvres et a coupé le fil avec ses dents.

– Tiens, a-t-elle dit en me tendant les chaussons raccommodés avec un sourire si plein de chaleur qu'il aurait pu faire fondre la roche, va apporter ça à ta sœur.

Bref, malgré les inquiétudes de Mère et ma solitude, Eva a continué de danser. Elle semblait vivre uniquement de pommes, de brocolis, de yaourt et d'air. Mais elle ne s'est jamais blessée, n'est jamais tombée malade, et petit à petit Mère a acquis la conviction que sa fille était peut-être destinée à devenir danseuse, et petit à petit je me suis habituée au fait que ma sœur ait une vie en dehors de la mienne. Pour son quatorzième anniversaire, Père a posé du Mylar sur le plancher de la pièce du fond. Il a accroché une barre le long d'un mur, a recouvert le mur opposé de miroirs, et c'est là qu'Eva passait tout son temps jusqu'à ce que l'un de nous parvienne à la faire sortir en l'amadouant[1] ou en la soudoyant[2] ou en le lui ordonnant. [...]

De tout ce qu'Eva a enduré quand l'électricité a commencé à faiblir et l'essence à disparaître, je crois que le plus dur pour elle n'a pas été de renoncer à ses cours ou de repousser son audition ou même de s'entraîner sans partenaires ou sans nouveaux chaussons, mais de devoir danser sans musique. Chaque fois qu'il y avait une coupure de courant, son CD s'arrêtait, de sorte que, alors qu'elle s'exerçait à de *grands jetés* sur le tempo joyeux

1. **En l'amadouant** : en lui parlant gentiment.
2. **En la soudoyant** : en lui promettant quelque chose en échange.

Les danseuses classiques doivent rester légères : en général, elles ne mangent pas beaucoup.

Le Mylar est une marque de matière plastique utilisée pour fabriquer des revêtements.

et majestueux de Water Music[1], elle basculait brusquement dans l'absence de musique, comme si elle venait de trébucher et de tomber d'une falaise.

Elle avait pris l'habitude de se mettre à danser dès que les lumières clignotaient. Même s'il était minuit, même si elle avait juste fini de manger ou prenait un bain, lorsque l'électricité revenait, elle se levait d'un bond, courait à son studio, mettait la musique et dansait. Mais le courant sautait de plus en plus souvent et se maintenait pendant des périodes de moins en moins longues, au point que, malgré toute sa discipline, elle a perdu courage.

Un jour, je l'ai entendue sangloter derrière la porte fermée de son studio, hoquetant doucement comme un enfant qui s'endort à force de larmes quand il a renoncé à l'espoir de trouver le réconfort, et curieusement, comme tout le reste chez Eva, pleurer semblait lui suffire. Je suis restée devant la porte pendant de longues minutes, craignant d'entrer et d'être incapable de partir, jusqu'à ce qu'elle s'arrête enfin, et je me suis sauvée sans bruit, me sentant à la fois coupable et insupportablement seule.

Quelques jours plus tard, elle a surgi dans le salon où Père et moi étions penchés en silence sur nos livres.

– Je suis en train de tout perdre, s'est-elle plainte amèrement. Une danseuse perd sa condition physique au bout de soixante-douze heures, et je n'ai pas eu une seule bonne séance d'entraînement depuis cinq jours. Comment pourrais-je être prête pour l'audition ?

Tandis que je m'apprêtais à m'associer à son drame, notre père a pris la parole.

1. **Water Music** : œuvre musicale célèbre écrite en 1733 par Haendel.

– Eh bien, danse, a-t-il dit sur ce ton pragmatique[1] qui m'horripilait quand il s'adressait à moi.

– Comment ? a-t-elle gémi.

– Tu sais bien. (Il a levé les bras au-dessus de sa tête en troisième position et a agité un pied chancelant chaussé d'un brodequin[2].) Comme ça.

Cela n'a pas fait rire Eva.

– Il me faut de la musique, a-t-elle dit.

– Pourquoi ?

– Sans musique, ce n'est pas de la danse, ce sont des exercices. J'ai besoin de la sensation, de l'émotion.

– Je pensais qu'une bonne danseuse avait tout ça en elle.

– Mais on a besoin de musique pour les faire sortir.

– Il y avait des ballerines bien avant l'électricité. Comment faisaient-elles ?

– Elles avaient des accompagnateurs, a répondu Eva d'un air pompeux.

– Eh bien, nous n'avons pas de piano ni même de clavecin[3], mais je pourrais peut-être fabriquer un tambour efficace. Je crois que j'ai vu une boîte à café et une vieille chambre à air[4] qui traînaient quelque part.

– Père, a dit Eva avec un calme apparent, il s'agit de ma vie.

– Je sais, Eva, je sais. (Il a soupiré.) J'essaie juste de t'aider, c'est tout. Il me semble qu'une danseuse aussi douée que toi peut conserver l'émotion dans sa tête.

1. **Pragmatique** : pratique, concret, centré sur l'action et non sur les sentiments et les pensées.
2. **Brodequin** : grosse chaussure de protection, utilisée par exemple dans l'armée ou sur les chantiers.
3. **Clavecin** : instrument de musique à cordes muni d'un clavier, qui existe depuis le Moyen Âge.
4. **Chambre à air** : élément en caoutchouc rempli d'air, que l'on trouve à l'intérieur des pneus de voiture.

– Et le rythme ? a-t-elle dit triomphalement. Comment pourrais-je garder le rythme dans ma tête ?

Père est resté silencieux pendant un moment puis il a dit :

– Je crois que j'ai quelque chose pour toi dans mon atelier. Ne bouge pas... je reviens tout de suite.

– Je ne veux pas d'un fichu tambour ! a hurlé Eva dans son dos, mais la porte était déjà fermée.

Il faisait presque nuit quand il est revenu, mais il est entré en souriant, avec son air d'autrefois. Il s'est incliné devant Eva et lui a tendu un métronome.

– Il était dans le dernier chargement que j'ai sauvé de la déchetterie ➲. Il est un peu abîmé, j'en ai peur. Mais il marque toujours la mesure.

Et c'est ainsi qu'Eva a appris à danser sans musique, à danser au rythme implacable du métronome. Elle a appris à convoquer sa propre musique, et je pense que cela a rendu sa manière de danser plus belle que jamais, bien que je sois la seule à l'avoir vue pour l'instant.

Pendant longtemps, Mère a eu peur qu'Eva ne devienne comme les autres ballerines, avec leurs ambitions béantes, leurs obsessions qu'elles exprimaient en gloussant et leur esprit plat, mais même avant la mort de notre mère, je pense qu'il était clair qu'Eva resterait Eva – quel que soit son avenir de danseuse.

Eva est toujours foncièrement elle-même. Quand elle se regarde dans les miroirs qui tapissent les murs de son studio, elle étudie son reflet sans la vanité des danseuses ni leurs

➲ **Le père préfère garder plutôt que jeter, « au cas où ». Il est donc heureux d'avoir réussi à conserver les choses inutiles que la mère voulait jeter.**

critiques compulsives ➋. Elle croise son propre regard avec la même candeur[1] qu'elle croise celui de n'importe qui, tandis que j'examine le mien minutieusement, l'implore humblement, affecte la modestie. J'aspire mes joues pour que mes pommettes soient plus saillantes. Je regrette que mon nez ne soit pas plus fin et mon menton moins rond. J'admire l'indigo de mes yeux et m'entraîne à sourire sans qu'on voie mes dents. J'essaie d'imaginer que je suis quelqu'un d'autre qui me regarde.

La question que je pose sans fin à mon reflet, c'est : Qui es-tu ? Mais cela ne viendrait jamais à l'esprit d'Eva de se demander qui elle est. Elle se connaît jusque dans les moindres os de son corps, les moindres cellules, et sa beauté n'est pas un ornement ; c'est l'élément dans lequel elle vit.

Malgré son habileté avec le feu ➋, Eva me fait toujours penser à l'eau. Elle est gracieuse et vive comme le ruisseau de l'autre côté de notre clairière. Comme lui, elle semble satisfaite de vivre une partie de sa vie sous terre, certaine – même maintenant – d'aller quelque part.

Quand elle danse, ça se voit. Elle est sûre d'elle, si débordante de vie qu'elle anime quiconque la regarde. Quand elle ne danse pas, elle est silencieuse, calme, un peu rêveuse, comme si danser c'était vivre pour elle. Tant qu'elle peut souffrir et exulter[2] dans sa danse, elle n'a pas besoin de souffrir ni d'exulter lorsqu'elle se contente de laisser les jours s'écouler.

1. **Candeur** : innocence, absence de jugement.
2. **Exulter** : exprimer une joie intense.

➋ **Les danseuses font particulièrement attention à leur image, qui est importante dans leur travail. Elles ne pensent qu'à ça, selon la mère, et ne peuvent s'empêcher de passer leur temps à se critiquer les unes les autres.**

➋ **C'est Eva qui se charge d'entretenir le feu du poêle à bois.**

Je suis celle qui est d'humeur revêche[1], qui pose des questions agressives. Je suis celle qui est mal dans sa peau, qui est incapable de déchiffrer son propre visage. Je suis celle qui se méfie de ce qui va arriver, qui doit se regarder en face – nuit après nuit – quand Eva est déjà endormie.

* * *

Aujourd'hui, j'ai lu : *Quand Beethoven a composé sa Neuvième Symphonie, que beaucoup considèrent comme son chef-d'œuvre, il était presque totalement sourd,* et j'ai pensé à Eva, dansant seule sur la musique qu'elle entend dans sa tête ➲.

1. **Revêche** : désagréable, pas aimable.

➲ **La narratrice en est donc à la lettre B dans l'encyclopédie. Dans toute la suite de son journal, on verra que ses lectures font remonter des images et des souvenirs personnels.**

CHAPITRE 5

Ce matin, nous avons travaillé à l'étage dans la fraîche pénombre de la chambre de nos parents, triant leurs vêtements et leurs bibelots[1], dressant un inventaire de toutes nos possessions actuelles.

Notre mère prétendait que si les autres familles avaient toujours un tiroir fourre-tout – dans lequel s'entassaient des clous, des rondelles de freinage[2], des bougies d'allumage[3], des boucles d'oreilles cassées, des crayons mâchonnés, des épingles de sûreté, des coquillages, des clés, de vieux tickets d'épicerie, et toutes sortes d'objets impossibles à classer –, chez nous ce tiroir était trop difficile d'accès pour qu'on puisse y fourrer quoi que ce soit.

– Cela rend les choses tellement éphémères[4], se plaignait-elle.

Notre père lui répondait en jubilant :

– Oh, non, Gloria chérie. Ce bric-à-brac[5] durera indéfiniment... et qui sait si certains de ces objets ne deviendront pas utiles un jour ou l'autre.

Nous verrons bien s'il avait raison, même si chaque nouveau tiroir livre quelque chose dont nous aurons peut-être besoin ou que nous utiliserons avant que les magasins rouvrent. Aussi douloureux que ce soit, je suis contente que nous fassions enfin le point sur ce que nous possédons.

[...]

1. **Bibelot** : petit objet décoratif.
2. **Rondelles de freinage** : petits objets métalliques en forme de cercle, utilisés pour assurer la tenue des vis.
3. **Bougies d'allumage** : dispositif utilisé dans les moteurs de voiture pour en permettre la mise en route.
4. **Éphémère** : qui ne dure pas.
5. **Bric-à-brac** : ensemble d'objets très divers, sans rapport les uns avec les autres.

Au début, on aurait dit que la maison entière était remplie de ce que nous n'avions plus. Chaque tiroir était une boîte de Pandore de laquelle s'échappaient perte et désespoir. Là se trouvait le vieux sac à dos de notre père, sa brosse à dents aux brins courbés, sa tasse à café ébréchée. Là, le métier à tisser de notre mère, où attendait sa dernière tapisserie, la foule ouverte entre les fils de chaîne pour le prochain passage du fil de trame[1] abandonné. Là, ses bocaux pour les conserves et ses verres en cristal, et – puisque notre père était incapable de se débarrasser du moindre objet qui lui appartenait – ses flacons de parfum et ses combinaisons[2].

Même quelque chose d'aussi simple qu'un saladier a semblé se remplir de la pâte à gâteau de toute une enfance lorsque nous l'avons descendu de l'étagère, examiné, essayant d'imaginer ses utilisations actuelles et futures, d'estimer sa valeur, essayant de ne pas nous attarder sur la dernière fois que nous avions léché le sucre au fond.

Chaque fois que nous avons ouvert un placard ou un tiroir, je me suis arc-boutée[3], prête à reculer et à me sauver alors que les souvenirs attaquaient, crotales[4] au bruit de crécelle et aux crochets s'enfonçant dans ma chair. Mais curieusement, même quand ils mordaient, ces souvenirs n'étaient pas venimeux. Cet

1. **Fils de chaîne** : fils tendus sur le métier à tisser.
Foule : espace ouvert entre les fils de chaîne pour pouvoir y glisser le fil de trame.
Fils de trame : fils insérés par le tisseur ou la tisseuse perpendiculairement aux fils de chaîne, pour former le tissu.
2. **Combinaison** : sous-vêtement féminin ayant la forme d'une petite robe sans manches.
3. **Je me suis arc-boutée** : je me suis tendue, j'ai rassemblé mes forces.
4. **Crotales** : serpents venimeux, qu'on appelle parfois « serpents à sonnette » en raison du son de crécelle qu'ils peuvent émettre.

après-midi, ce qui m'a rendue triste, c'est le peu de choses qu'il reste quand une personne est partie. Quelques photos, un foulard en soie, un carnet de chèques – et où sont-ils, les gens qui possédaient autrefois ces objets ? Dans quelle pince à cheveux ou chemise de travail notre mère et notre père résident-ils ?

Je n'ai cessé de penser que nous allions tomber sur quelque chose qui nous les révélerait. Je me suis armée de courage pour le cas où nous découvririons un paquet de lettres ou un livre de pornographie ou une coupure de journal qui nous apporterait un nouvel éclairage sur nos parents. Mais il n'y a eu aucune surprise. Tout ce que nous avons trouvé paraît presque anonyme tant cela nous est familier. Là, les soutiens-gorge de notre mère, usés et faits à la forme de ses seins disparus. Là, les chaussettes de notre père avec leurs talons ostensiblement râpés.

Essayer de comprendre mes parents, c'est comme tenter de voir mes propres globes oculaires ou goûter ma propre langue. C'est comme tenter d'échapper à l'air. Je sais qu'ils étaient excentriques[1]. Mais même quand je rêvais qu'ils s'installent en ville, qu'ils conduisent des voitures neuves et portent des pantalons et des pulls impeccables, je ne me voyais pas avec d'autres parents.

Ma mère était belle, sans aucun doute. Elle avait toujours l'allure de la danseuse qu'elle avait été, droite et élancée, avec d'étonnants yeux gris et une auréole de cheveux légèrement dorés qui couronnait sa tête comme une aura[2], entourant son visage de sa propre source de lumière. Jusqu'à la fin, elle bougeait comme

1. **Excentriques** : originaux, pas comme tout le monde.
2. **Aura** : émanation de lumière qui semble entourer un être ou une chose.

une ballerine. Elle n'a jamais perdu son en-dehors[1], et ses gestes étaient à la fois plus larges et plus précis que nécessaire, comme si chaque mouvement, chaque instant, signifiait quelque chose. Même pour les tâches ménagères – trier le linge ou retourner le compost –, elle se déplaçait avec une efficacité et une grâce de tout le corps, comme s'il y avait un art ou un plaisir secret à plier des draps ou à ratisser l'herbe.

Mais malgré sa beauté éthérée, elle était ancrée dans la vraie vie. Elle avait de vrais pieds de danseuse, avec les orteils tordus et des oignons[2] douloureux quand le temps changeait, et elle était toujours d'une franchise à toute épreuve avec nous au sujet de ce que Père appelait « Les Mauvaises Odeurs intéressantes » : les excréments, les règles, le sexe, et – avant qu'elle ne soit mourante – la mort.

Elle avait dix-huit ans quand elle avait rejoint le San Francisco Ballet, et elle y avait dansé pendant trois saisons avant de se fracturer la cheville lors de la répétition générale de *La Belle au bois dormant,* un ballet où elle devait danser son premier solo dans le rôle du Petit Chaperon Rouge. Elle a rencontré notre père aux urgences où il attendait un jeune élève qui était arrivé à l'école le matin avec un œil au beurre noir et un bras cassé.

C'était la première année d'enseignement de Père, et il avait choisi l'école la plus dure de San Francisco. Mais quand il a vu ma mère boiter dans la salle d'attente des urgences, vêtue de son costume de Petit Chaperon Rouge, le visage blême et

1. **En-dehors** : posture de base de la danse classique, qui consiste à effectuer une rotation vers l'extérieur de toute la jambe à partir de la hanche, de façon à pouvoir aligner ses pieds avec une ouverture de 180 degrés.
2. **Oignons** : petites boules dures et douloureuses qui se forment sur les articulations du pied, ici, en raison du frottement des chaussures de danse très rigides.

s'accrochant à l'accessoiriste, il n'a plus du tout eu envie de passer ses soirées à méditer sur la suppression des petits déjeuners chauds servis à l'école et l'augmentation des grossesses chez les préadolescentes.

Plus tard, après une année d'éreintantes séances de kiné, quand ma mère a appris qu'elle ne devrait pas appuyer sur sa cheville pendant encore une saison au moins et qu'il était peut-être même possible qu'elle n'exerce plus jamais le métier de danseuse, elle a fait ses adieux au ballet, a épousé mon père et a emménagé avec lui dans la propriété qu'il avait trouvée à l'extérieur de Redwood, trente-deux hectares de forêt secondaire dont l'isolement était garanti, selon lui, par le fait qu'elle bordait une étendue boisée appartenant à l'État de Californie. Au cours de l'été, elle l'a aidé à installer la plomberie et à construire une buanderie dans la cabane en rondins[1] dotée d'un étage qui se dressait au milieu de leur terrain, et au printemps suivant, elle était enceinte.

Avant qu'elle n'abandonne la danse pour mon père, Mère passait pour l'une des ballerines les plus prometteuses de la compagnie, et personne – ni ses amies du corps de ballet, ni ses propres parents – n'a compris pourquoi elle avait renoncé si entièrement à cette vie. Elle prétendait qu'elle ne regrettait pas son choix, mais deux fois par an, au printemps et à l'automne, nous nous mettions sur notre trente-et-un[2], nous nous entassions dans la vieille voiture que notre père possédait et parcourions les trois heures qui nous séparaient de San Francisco pour voir la compagnie danser.

[...]

1. **Rondins** : tronçons de bois brut.
2. **Nous nous mettions sur notre trente-et-un** : nous mettions nos plus beaux habits.

Pendant un jour ou deux après ces expéditions, elle était encore plus silencieuse que d'habitude. Le linge s'entassait, nos dîners provenaient de boîtes et de conserves. Mais immanquablement, nous finissions par nous réveiller un matin avec Bach ou Haendel ou Vivaldi ➲ s'échappant de la radio dans son atelier, et quand nous descendions, il y avait des plaques de roulés à la cannelle[1] qui levaient sur la paillasse fraîchement nettoyée de la cuisine et une tasse de thé refroidissant sur la table à côté d'elle tandis qu'elle réalisait des croquis ou enroulait la soie pour sa prochaine tapisserie.

Je ne pense pas que Mère était faite pour vivre à la campagne. Elle aimait l'isolement de notre maison et la vue sur les arbres depuis la fenêtre panoramique qu'elle avait obligé notre père à installer dans le salon. Mais elle ne s'est jamais vraiment intéressée à la nature ou à la forêt. Elle n'aimait pas jardiner et elle était allergique à tous les animaux de compagnie qu'Eva et moi suggérions. Elle ne s'est jamais débarrassée de sa peur des crotales, des tiques[2] et des sangliers, et chaque fois qu'elle s'aventurait au-delà de la clairière, elle se débrouillait toujours pour revenir avec des rougeurs dues au sumac vénéneux ➲. Malgré tout, elle paraissait assez contente de son travail, du silence et de la famille qui remplissaient sa vie.

Depuis qu'elle avait arrêté la danse, elle s'était adonnée à d'autres formes d'art ou occupations avec une passion égale, semblait-il.

[...]

1. **Roulés à la cannelle :** sorte de viennoiseries.
2. **Tiques :** petits parasites qui s'attachent à la peau des humains ou des animaux pour se nourrir de sang.

➲ **Bach, Haendel et Vivaldi sont de célèbres compositeurs de musique classique.**

➲ **Plante sauvage originaire d'Amérique du Nord, qui provoque une forte réaction allergique quand on la touche.**

Planche botanique, *Rhus toxidendron* ou sumac vénéneux, XIXe siècle.

Je sais qu'elle nous aimait, même si elle nous laissait la plupart du temps seules. Elle ne parlait pas beaucoup, à l'inverse de notre père, et son amour s'exprimait par de brefs câlins et des cookies et une sorte d'intérêt distant, une inattention indulgente. Elle vivait profondément au cœur de sa vie et s'attendait à ce qu'Eva et moi fassions de même. Je crois qu'elle ne voyait guère le besoin de se comporter comme notre compagne ou notre camarade de jeu. « Ta vie t'appartient », disait-elle chaque fois que l'une de nous allait la voir au milieu de la journée parce qu'elle se sentait seule ou s'ennuyait. « Tu comprendras ». Et elle nous adressait un sourire chaleureux, énergique, et retournait à son métier à tisser.

« Ta vie t'appartient. » Lorsque l'une de nous courait vers elle pour se plaindre de l'autre – « Eva refuse d'être le prince », « Nell est en train de couper les cheveux de sa poupée », « Eva ne veut pas ranger sa chambre » –, elle répondait mi-fermement, mi-fièrement, « Sa vie lui appartient. Et la tienne aussi. Un jour tu comprendras. » Puis elle nous ébouriffait les cheveux, ses longs doigts massant notre crâne pendant un bref et doux moment avant de reprendre sa navette.

* * *

Nous avons passé la matinée dans l'atelier de notre père pour tenter d'organiser et d'inventorier le chaos[1] qui y règne. Je détestais autrefois cette pièce avec son désordre incontrôlable et l'odeur d'humidité des moisissures et des produits chimiques, mais à présent chaque fil électrique et tuyau et verrou, chaque outil et gadget et machine peut avoir une utilité, et c'est, semble-t-il, un réconfort et un reproche à la fois de s'asseoir au milieu

1. **Le chaos** : le désordre.

de ses affaires, de s'en occuper, de les classer et de les nettoyer, de leur apporter le soin qu'il n'avait jamais le temps de leur consacrer.

Père gardait tout et ne triait rien. Notre mère se plaignait qu'il était comme ces ménagères bientôt séniles[1] qui amassent des sacs en plastique, des boîtes de margarine et des cartons de viande en polystyrène. Il mettait tout de côté – les appareils cassés, les lunettes de toilette abîmées, le grillage rouillé. Je dois reconnaître qu'il a réussi à tirer parti de certains de ces objets. Il avait toujours une planche ou une vis susceptible de servir, même si – comme notre mère aimait à le faire remarquer –, il pouvait passer la moitié de l'après-midi à chercher celle qui convenait.

Quelle ironie de penser que tout son bazar est peut-être aujourd'hui notre plus grand trésor ➲. Au-delà de notre clairière, il n'y a que la forêt, une étendue sauvage inutile avec des arbres et des herbes folles, des sangliers et des vers de terre. Mais l'atelier de notre père regorge de choses qui finiront peut-être par avoir une certaine valeur.

Il n'y avait rien de très exceptionnel dans les origines de mon père, bien qu'il ait toujours donné l'impression d'être encore plus excentrique que notre mère. Il était l'enfant du milieu dans une famille de fermiers du Middle West ➲.

– Je suis un homme moyen, déclarait-il. Salaire moyen, classe moyenne, âge moyen, mais j'ai toujours mon doigt du milieu, et bon sang, je sais encore m'en servir.

[...]

1. **Séniles** : gâteuses, affaiblies par l'âge.

➲ **Le père a amassé beaucoup d'objets qui peuvent s'avérer utiles maintenant qu'il est impossible d'accéder aux magasins.**

➲ **Vaste région qui s'étend au nord et au centre des États-Unis, considérée comme représentative de l'Amérique moyenne.**

Mon père n'était pas un homme grand. Il mesurait à peine quelques centimètres de plus que ma mère – presque maigre, mais fort –, avec des cheveux toujours un peu trop longs, sauf quand il venait de les couper, auquel cas on voyait une bande de peau non bronzée en travers de son front, derrière les oreilles et sur la nuque. Il avait les yeux les plus bleus du monde, adoucis par de fines pattes d'oie[1]. Des mains agiles, un sourire comme un cadeau et une énergie fougueuse[2], presque maniaque. Des blagues et des projets et des idées à foison. Il faisait toujours quelque chose, bricolait, réparait, arrangeait, ajoutant une autre pièce à notre maison pleine de coins et de recoins, remontant un moteur, creusant un nouveau lit filtrant pour la fosse septique[3], nettoyant la source.

Il travaillait tout le temps et il disait tout le temps qu'il jouait.

– Je crois que je vais aller jouer sur le toit un petit moment, annonçait-il à Mère en sortant pour colmater[4] la dernière fuite.

– Il est temps d'aller jouer dans le jardin, déclarait-il le samedi après-midi. Ou bien : je vais jouer avec ce carburateur[5] aujourd'hui.

Et le lundi matin, il fourrait ses grands cahiers en lambeaux dans son sac à dos en toile, jetait une veste sport en velours froissée sur son épaule et lançait :

– Je pars jouer au directeur d'école.

1. **Pattes d'oie** : rides d'expression qui se forment au coin externe des yeux.
2. **Fougueuse** : vive, ardente.
3. **Fosse septique** : fosse située sous la maison qui n'est pas reliée au réseau des égouts, destinée à recevoir et à filtrer les eaux usées.
4. **Colmater** : boucher.
5. **Carburateur** : composant d'un moteur de voiture.

D'après notre mère, il avait une aptitude infinie à apporter de la gaieté, quoique je me demande maintenant si ce n'était pas juste une aptitude infinie à l'aimer, car, après qu'elle nous a quittés, tout ça a changé. Quand elle est morte, la vie entière de notre père a semblé s'effondrer comme un trou noir, créant cette densité que l'encyclopédie appelle singularité[1], une force de laquelle rien ne peut s'échapper, une négativité qui dévore même la lumière.

1. **Singularité** : point de l'espace-temps où toute force devient infinie et où les lois classiques de la physique perdent leur validité.

Chapitre 6

La vie en ces journées de mi-janvier est une routine usée avec toujours les mêmes petites activités – étudier, manger, essayer de dormir. Le toit a commencé à fuir au-dessus de l'ancienne chambre d'Eva, mais à part ça il n'y a rien à raconter en ce moment sauf les repas et les rêves et toujours et encore le temps humide. Eva danse et je lis, et les seules nouvelles viennent de l'encyclopédie. Malgré tout, je ne m'explique pas comment l'ordre strict de l'alphabet hante si fréquemment ma vie.

Aujourd'hui, j'ai lu : *Bulbe, organe composé de feuilles charnues qui constitue la phase de repos de certaines plantes. Les réserves de nourriture du bulbe lui permettent d'être en dormance par temps rigoureux et de reprendre sa croissance au retour des conditions favorables.*

Notre mère est morte avant que le téléphone cesse de fonctionner. Elle est morte quand l'électricité semblait aussi naturelle que respirer, quand on entendait encore de nouvelles chansons à la radio. Elle est morte à l'hôpital – autant dire il y a longtemps –, elle est morte lentement des complications d'un cancer et non d'un des virus fulgurants ou d'un accident ou de la grippe qui tuent les gens aujourd'hui.

Le dernier hiver où elle était encore en vie, elle a pris la voiture un dimanche pour aller en ville, alors que le ciel était détrempé et la terre inerte, et elle est revenue avec des sacs pleins à ras bord de bulbes de tulipe.

– J'ai acheté tous les bulbes rouges que j'ai trouvés, a-t-elle annoncé triomphalement.

– Ils m'ont l'air plutôt marron, a dit mon père en jetant un coup d'œil à l'un des sacs avant de sortir un bulbe et de le porter à la lumière comme pour vérifier sa couleur. C'est quoi, de la nourriture pour cerfs ?

– Le livre sur le jardinage dit que les cerfs ne mangent pas les tulipes.

– J'espère que les cerfs ont lu le même livre, a-t-il répondu.

Pour sa plus grande joie, elle a soupiré avec une patience étudiée, a levé les yeux au ciel et lui a demandé à quelle profondeur il pensait qu'elle devait les planter. Puis elle a transporté ses sacs dehors et a passé la semaine à disposer ses bulbes. Elle n'avait déjà plus que la peau sur les os à cause du cancer, mais je me souviens comme elle semblait puiser une vitalité dans la terre fraîche, les bulbes dormants et l'air vif. Je me souviens de ses mains rouges et gercées par le froid, et de l'odeur de propre et de terre qu'elle dégageait quand elle rentrait pour se réchauffer près du poêle à côté duquel j'étais assise avec mon livre et un chocolat chaud.

– Vous ne voulez pas m'aider les filles ? lançait-elle gaiement, ragaillardie[1] par la terre et le travail et la promesse contenue dans chacun de ces vilains oignons[2], me taquinant en glissant ses doigts glacés dans mon dos ou en pressant ses joues contre mon cou, s'arrêtant devant la porte ouverte du studio d'Eva pour demander encore : « Vous ne voulez pas m'aider ? »

Nous marmonnions « plus tard, après ce chapitre » – « dans un petit moment, quand j'aurai fini ces *pliés* », et je retournais à la chaleur intime, chocolatée de ma boisson et au monde fermé de mon livre, et Eva finissait ses *pliés* et commençait à travailler ses *frappés*.

1. **Ragaillardie** : ayant retrouvé de l'énergie.
2. **Oignons** : ici, bulbes de tulipes.

L'idée me vient maintenant qu'elle nous avait peut-être proposé de l'aider afin de pouvoir nous parler de sa mort qu'elle sentait proche. Elle, qui avait toujours répondu franchement à nos questions concernant les oiseaux blessés ou les grands-mères malades, n'évoquait jamais avec nous ce qui lui arrivait, et je me demande si elle n'essayait pas de créer une occasion d'aborder le sujet de sa fin imminente[1]. Qui sait si, dehors, agenouillées sur le sol pendant que nous travaillions ensemble à enterrer les bulbes qui lui survivraient, elle ne serait pas parvenue à nous questionner sur ce que nous ressentions, ne serait pas parvenue à nous dire ce qu'elle pensait que sa mort signifiait, ce qu'elle souhaitait qu'on se rappelle quand elle ne serait plus là.

Mais tout ce que je savais alors, c'était que je ne voulais pas sortir de la maison. Il faisait trop froid dehors, et j'étais bien près du feu, faisant ce que je savais faire. Je ne voulais pas courir le risque de croiser son regard, de devoir entendre ces mots – cancer et mourante – dans la bouche de ma mère qui avait un cancer, qui était peut-être mourante.

Je crois qu'inconsciemment j'avais peur que si elle me demandait ce que je ressentais, mon chagrin et ma rage déchaînés nous tuent tous. Dans un coin de moi-même que je rejetais, je pleurais déjà et je hurlais et je la suppliais de ne pas me laisser, de ne pas partir. Si je me mettais à pleurer pour de bon, seul son réconfort pouvait me faire arrêter, et si elle mourait avant d'avoir fini de me réconforter, j'en serais réduite à pleurer pour toujours. Et puis, j'avais lu quelque part que l'attitude des patients atteints d'un cancer pouvait être à l'origine de leur maladie ou les en guérir, et je pense que j'avais peur que si nous admettions qu'elle pût mourir, ce simple aveu la tuerait.

1. **Imminente** : très proche, sur le point d'arriver.

Aussi a-t-elle planté ses tulipes toute seule, enfoui chaque bulbe elle-même, et quand ils ont tous été en terre, elle est retournée aux fleurs de sa tapisserie et n'a plus jamais travaillé dehors. Quand il a arrêté de pleuvoir et que les premières feuilles de tulipe ont pointé de la terre humide, il n'était plus possible d'échapper au fait qu'elle se mourait, mais elle était alors trop faible et nous étions trop effrayés pour le lui dire.

Ce printemps-là, la clairière était entourée de feu, un cercle de tulipes rouges brisé uniquement là où le chemin la traversait. Les cerfs à demeure avaient dû grignoter une ou deux pousses précoces et décider qu'ils n'aimaient pas les tulipes, car bientôt de toutes les fenêtres on voyait une rangée de tulipes écarlate, leur couleur vive et leur forme rudimentaire[1] les faisant ressembler aux fleurs d'un dessin d'enfant ou aux mille fleurs de toutes ses tapisseries.

Elles formaient une bande rouge qui séparait le vert domestiqué de notre pelouse du vert sauvage de la forêt. Tous les matins, Mère s'installait sur le lit que notre père lui avait aménagé sur la terrasse et, enveloppée dans des couvertures, soutenue par des oreillers, son crâne chauve caché sous un turban, ses yeux dissimulés derrière des lunettes noires, elle regardait ses tulipes jusqu'à ce que la chaleur insistante du soleil la renvoie à la somnolence dans laquelle elle sombrait de plus en plus souvent.

– Elles reviendront tous les ans, a-t-elle murmuré un jour.

Elle est morte un mois plus tard, juste au moment où la glycine[2] à l'extrémité sud de la maison avait commencé à fleurir. Ses tulipes n'étaient plus que des tiges flétries, étouffées par le vert, affaissées au bord de la clairière.

1. **Rudimentaire** : simple.
2. **Glycine** : plante grimpante, qui fleurit au printemps.

Elle a été enterrée dans le cimetière de Redwood, un jour d'avril où la luminosité était forte et la brise âpre[1], un jour où nos yeux nous piquaient non seulement à cause du chagrin, mais à cause aussi de la lumière crue du soleil et du gravillon[2] porté par le vent. Un peu d'elle est encore là, j'imagine, se décomposant dans le satin et le contreplaqué du cercueil que l'entrepreneur des pompes funèbres a vendu à notre père. Mais pour moi elle s'est enterrée elle-même dans ce cercle de bulbes, et aujourd'hui je regrette de ne pas l'avoir aidée à les planter.

* * *

Nous détestions le thé avant que tout cela n'arrive. Je buvais du chocolat et Eva évitait la caféine, mais à présent les sachets de thé éventé[3] de notre mère sont l'une des rares gâteries qui nous apporte un peu de bien-être. Même Eva est prête à rationner le thé. Dans une boîte de chez Fastco qui contenait autrefois quatre cents sachets, il n'en reste plus que neuf. Mais si on retire l'agrafe qui ferme le sachet et qu'on tamise le thé dans un bol, on s'aperçoit qu'il ne faut qu'une pincée, juste un peu de poussière de thé, pour transformer de l'eau bouillie en un liquide légèrement parfumé dans lequel flotte un soupçon de poudre, et c'est comme une sorte d'alchimie[4] qui civilise l'eau, donne vie au fantôme – au moins – du thé.

Nous arrivons ainsi à faire durer un seul sachet une semaine, et peut-être que compter les sachets de thé nous en dit plus que n'importe quel calendrier sur le temps qui passe.

1. **Brise âpre** : vent froid et pénible.
2. **Gravillon** : fin gravier.
3. **Éventé** : ayant perdu sa saveur au fil du temps, après avoir été exposé à l'air.
4. **Alchimie** : transformation mystérieuse, magique.

* * *

J'avance à toute vitesse dans l'encyclopédie. J'ai fini les D la semaine dernière, et cet après-midi j'ai lu de *Éden* à *Électricité*. Alors que je me plongeais dans tout ce qui concernait les charges et les courants et les conducteurs et les champs à la lumière du soleil inondé de pluie, il m'est venu une curieuse pensée, que peut-être notre électricité était déjà rétablie. Il était tout à fait possible que l'ampoule de la cuisine qui était restée allumée depuis six mois ait grillé sans que nous le sachions.

Plus je restais assise à la table et regardais la cour trempée, plus j'étais convaincue que tout ce que j'avais à faire, c'était me lever et allumer la lumière du salon pour que notre fugue dissociative cesse. J'ai éprouvé un frisson d'excitation, et la retenue prudente que j'ai observée ensuite n'était pas tant une mise en garde comme quoi je pouvais me tromper qu'une façon de prolonger le délicieux instant de la découverte – dans un moment, j'allais me lever de ma chaise, traverser la pièce plongée dans la pénombre et allumer la lumière. Déjà je sentais l'infime résistance de l'interrupteur qui s'enfonçait avec un petit bruit sec. Déjà je voyais la lumière inonder la pièce et j'entendais la joie dans ma voix quand je crierais :

– Eva, Eva, viens voir !

J'ai attendu le plus longtemps possible, puis, lentement, j'ai traversé la pièce, posé l'index sur l'interrupteur, inspiré profondément, et j'ai appuyé. Il y a eu un déclic à peine audible.

Et c'est tout.

Une déception brutale s'est abattue sur moi, puis j'ai pensé, « C'est peut-être juste cette ampoule qui a grillé ».

J'ai couru à la salle de bains et j'ai essayé là aussi. Il semblait qu'il me suffisait juste de le vouloir, qu'il me suffisait de me concentrer à fond pour que l'électricité parcoure les kilomètres de fils électriques vers ce petit interrupteur, et que la lumière jaillisse. C'était comme si cela ne dépendait que de moi, comme si je pouvais réussir, si seulement j'essayais vraiment. J'ai fermé les yeux, j'ai retenu ma respiration, et j'ai appuyé un petit coup sur l'interrupteur.

L'espace d'un moment, j'ai été certaine de voir de la lumière à travers mes paupières baissées, mais quand j'ai rouvert les yeux, la salle de bains était dans le noir. Ma main a lâché l'interrupteur. J'ai senti que tout mon être s'effondrait devant une défaite si monumentale qu'il était impossible d'y échapper.

Alors un espoir plus stupide encore m'a remise debout. Si l'électricité n'était toujours pas revenue, le téléphone remarchait peut-être, mais avant que quelqu'un songe à nous appeler, nous ne le saurions jamais. J'ai bondi dans la cuisine pour décrocher l'appareil avec le même empressement qu'autrefois quand il sonnait. J'ai arraché le combiné de son socle, je l'ai plaqué contre mon oreille. Mais à la place du bourdonnement qui l'avait jadis fait paraître vivant, il n'y avait que le silence. Un silence profond, absolu.

Au-delà de ce silence, j'ai entendu le tic-tac implacable du métronome d'Eva, le bruit de la pluie dont tout rythme était absent.

Chapitre 7

Bien que la pluie qui tombe sans interruption sur la cour en friche et les arbres stoïques soit peut-être la même que celle qui tombait il y a une semaine, le calendrier prétend qu'aujourd'hui nous sommes le 1er février. Il nous reste huit sachets un quart de thé, et je suis à plus de la moitié de la lettre F.

Aujourd'hui, je suis arrivée à *Forêt, communauté écologique étendue et complexe dominée par les arbres et capable d'assurer sa perpétuation.* Mais avant de pouvoir mémoriser les cinq grands types de forêt, avec leur densité d'arbres typiques, leur climat et leur sol, j'ai été interrompue par un autre souvenir, et j'ai levé les yeux de la page pour regarder la forêt par la fenêtre.

Dès qu'Eva et moi avons su marcher, notre père nous a emmenées faire de longues et lentes promenades le long du chemin de terre qui, partant de notre clairière, conduisait à la forêt. Nous regardions les fleurs sauvages, écoutions les oiseaux et sautions dans les filets d'eau claire du ruisseau. Nous ramassions des feuilles et poussions doucement du pied des mille-pattes et des araignées d'eau tandis que Père attendait à côté de nous, imposant, aussi patient et bienveillant qu'un arbre.

Lorsque nous avons été un peu plus âgées, Mère nous laissait de temps en temps parcourir toutes seules les quatre cents mètres du chemin vers le pont pour que nous puissions accueillir notre père à son retour du travail. « Ne traversez pas le pont », nous recommandait-elle, jusqu'au jour où le pont nous a paru être une frontière si naturelle qu'il ne nous vint jamais à l'esprit de le franchir.

Notre rêve était de jouer dans la forêt. Chaque fleur, chaque oiseau, chaque mystérieux fracas[1] nous invitait à nous frayer un passage à travers les arbres et les fougères, mais notre mère insistait pour que nous restions sur le chemin.

– Vous êtes trop petites, a-t-elle dit un jour où, âgées de six et sept ans, nous l'avons suppliée de nous permettre d'explorer la forêt. Vous allez vous perdre. C'est dangereux.

– S'il te plaît ! avons-nous imploré.

– Qu'est-ce que vous voulez faire là-bas, de toute façon ?

– On veut juste explorer, avons-nous plaidé. Nous promener, construire un fort peut-être. On sera prudentes.

– Vous pouvez construire un fort dans la clairière.

– Ce n'est pas pareil.

– Mais il y a des tiques et des crotales et du sumac vénéneux dans la forêt.

Cela nous a stoppées net avant qu'Eva n'objecte :

– Il y a des tiques et des crotales et du sumac vénéneux dans la clairière aussi. Tu te rappelles quand Papa a trouvé un serpent à sonnette dans la pile de bois ?

– Et les sangliers ? a dit notre mère.

Mère détestait les sangliers. Ils vivaient dans la forêt comme des motoculteurs[2] fantomatiques, rarement visibles, mais laissant de profondes entailles dans la terre là où ils fouillaient avec leurs groins[3] à la recherche de vers et de bulbes, et des trous bourbeux[4] là où ils se vautraient dans les ruisseaux. Nous ne connaissions personne qui ait été blessé par l'un d'eux, mais

1. **Fracas** : bruit violent et soudain, qui évoque quelque chose qui se brise.
2. **Motoculteurs** : engins motorisés servant à labourer.
3. **Groins** : museaux.
4. **Bourbeux** : boueux.

curieusement, ils semblaient incarner toutes les peurs de notre mère concernant la forêt.

– Ils peuvent peser cent kilos. Leurs défenses sont aussi aiguisées qu'un rasoir. Même les crotales ne peuvent pas planter leurs crocs dans leur peau. Ils se nourrissent de déchets et de charognes[1]. Ils pourraient vous tuer. Que ferez-vous quand vous en croiserez un dans les bois ?

J'étais prête à ne plus jamais quitter la sécurité de la clairière quand mon père est intervenu brusquement.

– C'est bon, Gloria. Ça se passera bien. Que tu le veuilles ou non, ces deux-là joueront sûrement dans la forêt tôt ou tard. Par ailleurs, les sangliers sont craintifs. Eva et Nell feront suffisamment de raffut pour effrayer tous les sangliers de la Californie du Nord. Bon sang, s'il restait encore des ours, elles les feraient fuir, eux aussi. Je suis d'avis qu'elles y aillent.

Mère l'a foudroyé du regard, mais elle a fini par revenir sur sa position. Elle nous a donné à chacune des sifflets de policier au cas où nous aurions des problèmes et nous a couvertes d'injonctions : nous devions toujours être à portée de sifflet de la maison, nous devions rester ensemble, nous n'avions pas le droit de fourrer nos mains ou nos pieds dans un endroit sans nous être assurées que des crotales ne s'y cachaient pas, nous devions nous soumettre à une inspection de tout le corps pour détecter la présence de tiques avant de rentrer dans la maison, et il nous était interdit de manger autre chose que les goûters qu'elle empaquetait pour nous.

– Je vous défends de manger quoi que ce soit de sauvage, nous rappelait-elle chaque fois que nous quittions la clairière. C'est bien compris ? Les plantes sauvages peuvent être mortelles.

1. **Charognes** : corps de bêtes mortes.

« OK, Mère. Oui, Mère, c'est promis », répondions-nous tandis que, excitées et apeurées, nous nous dirigions vers les bois.

Notre forêt est une forêt mixte à prédominance de sapins et de séquoias de seconde venue ➲ mais avec un petit nombre de chênes, d'arbousiers d'Amérique et d'érables. Père disait qu'avant que notre terre soit déboisée des séquoias vieux de mille ans y poussaient, mais il ne restait de cet endroit mythique que quelques troncs couchés, de la longueur et de la circonférence des baleines échouées, et plusieurs souches carbonisées de la taille d'une petite cabane.

Quand nous avions neuf et dix ans, Eva et moi avons découvert l'une de ces souches à un kilomètre et demi environ au nord de la maison, et nous nous la sommes appropriée. Elle était creuse, et l'espace à l'intérieur suffisamment grand pour faire office de fort, de château, de tipi[1] et de chaumière[2]. Un affluent du ruisseau qui borde notre clairière coulait à proximité et nous fournissait l'eau pour barboter, laver et confectionner des gâteaux de boue. Nous y gardions un service à thé ébréché ainsi que des couvertures, des déguisements et des casseroles cassées, et nous y passions chaque minute que nous pouvions grappiller ou obtenir par des cajoleries à jouer à faire semblant.

– On dirait qu'on serait..., déclarait l'une de nous, dès que nous atteignions la souche, encore essoufflées après notre rude ascension... Des Indiens.

Ou des déesses. Ou des orphelines. Ou des sorcières.

1. **Tipi** : tente de forme conique, traditionnellement utilisée par les Amérindiens.
2. **Chaumière** : ici, petite maison modeste.

➲ **Les séquoias sont des conifères originaires de Californie, connus pour être les plus grands arbres du monde. L'indication « de seconde venue » signifie que ce n'est pas une forêt primaire, mais une forêt en partie façonnée par l'homme.**

– On dirait qu'on serait..., répondait l'autre avec l'intensité étouffée que le jeu exigeait... Perdues.

Qu'on traquerait les cerfs. Qu'on irait danser avec les fées. Qu'un ours arriverait pour nous attraper et qu'on devrait se cacher.

À cette époque, la forêt semblait posséder tout ce dont nous avions besoin. Chaque champignon ou fleur ou fougère ou pierre était un cadeau. Chaque bruit une aventure à explorer. Souvent nous voyions des cerfs ou des lapins ou nous entendions le cri des dindons sauvages. De temps en temps nous apercevions un renard gris ou une mouffette[1]. Une fois nous avons vu un lynx[2] tandis que, l'heure du dîner étant largement dépassée, nous nous dépêchions de rentrer. Deux fois nous sommes tombées sur des crotales se prélassant au soleil de l'été, mais chaque fois nous avons réussi à nous écarter sans les déranger.

Nous n'avons jamais parlé du lynx ni des serpents à notre mère, et elle s'est mise à nous appeler les « nymphes des bois ➲ », à rire de nos cheveux emmêlés et de nos bras égratignés, et à oublier de traquer les tiques avant de nous laisser entrer. C'était complètement idyllique, et à la fin d'une journée dans la forêt, nous abandonnions nos vies imaginaires et courions vers la clairière et nos parents, vers la réalité douillette[3] d'un repas chaud et d'un bain brûlant et de baisers de bonne nuit.

Mais Eva a commencé la danse et tout cela a changé. Au début, j'essayais de la supplier ou de la soudoyer pour qu'elle

1. **Mouffette** : petit mammifère blanc et noir.
2. **Lynx** : félin qui pèse de 30 à 40 kilos.
3. **Douillette** : chaude et confortable.

➲ **Dans la mythologie gréco-romaine, les nymphes sont des divinités associées à la nature.**

m'accompagne dans la forêt.

– Pas maintenant, disait-elle. Il faut que je travaille mes fouettés. Plus tard peut-être.

Les rares fois où j'arrivais à la convaincre de préparer un pique-nique et de s'aventurer dans les bois, nos jeux manquaient de naturel, ils avaient quelque chose d'enfantin, et il semblait toujours que nous retournions à la maison brûlées par le soleil, piquées par des tiques et de mauvaise humeur. Je tentais de monter seule à la souche, mais le temps que j'y passais alors me paraissait s'écouler avec lenteur ; les bruits lointains des sangliers ou des cerfs me faisaient sursauter, je me mettais à bondir devant les branches abattues car elles ressemblaient à des serpents endormis, et finalement la forêt n'a plus rien représenté d'autre que la distance interminable qui séparait la maison de la ville.

LECTURE ACTIVE 2

→ Voir aussi étape 2, p. 282-283.

Chapitre 2 à 7 • Passé et présent

As-tu bien lu ?

1 Chapitre 2. Sait-on pourquoi il n'y a plus ni essence ni électricité ?

2 Chapitre 3. Quel est le livre que Nell a entrepris de lire en entier ?

3 Chapitre 4. À quel élément Nell compare-t-elle Eva ?
☐ la terre ☐ l'eau ☐ le feu ☐ l'air

4 Chapitre 5. À quoi Nell pense-t-elle en fouillant la maison ?
☐ à son amoureux ☐ à ses études ☐ à ses parents

5 Chapitre 6. Quelles fleurs la mère avait-elle plantées avant de mourir ?

6 Chronologie. À quelle date Nell écrit-elle le chapitre 7 ?
☐ le 1er janvier ☐ le 1er février ☐ le 1er juillet

7 Chapitre 7. Pour quelles raisons les deux sœurs ont-elles cessé d'aller dans la forêt ? (deux réponses)
☐ Eva a commencé la danse. ☐ Nell préférait lire.
☐ Elles étaient attirées par la ville. ☐ Elles préféraient jardiner.

Atelier brainstorming

Réaliser une carte mentale

► ***Objectif.*** S'interroger et argumenter sur l'opposition ville/nature.

► ***Préparation.*** En groupe, listez les attraits et les inconvénients de la nature sauvage, puis les attraits et les inconvénients de la ville.

► ***Réalisation.*** Organisez toutes vos idées sous la forme d'une carte mentale dont le titre sera « L'être humain, entre la nature et la ville ». Essayez de rendre cette carte aussi jolie et lisible que possible.

► ***Réfléchir ensemble.*** Qu'est-ce qui rend la ville particulièrement attractive pour des adolescents ? Pourriez-vous vous en passer ?

Chapitre 8

Il pleut et il pleut et il pleut et il pleut et il pleut et il pleut. La pluie tombe et tombe encore, de grandes aiguilles d'argent qui cousent le ciel morne à la terre détrempée. En bas, la maison est dans le noir et il y fait chaud, bien que tous les récipients que notre mère utilisait pour ses teintures servent à l'étage à recueillir l'eau qui coule à travers le toit que notre père n'a jamais eu l'occasion de réparer.

Quand j'ouvre la porte pour laisser entrer un peu de lumière afin de lire, j'entends le ruisseau siffler avec la pluie. Eva reste dans son studio, et par-dessus le martèlement des gouttes, j'entends le tic-tac de son métronome, les quelques mesures de Water Music qu'elle fredonne, et le frôlement et le bruit sourd de ses pieds sur le Mylar.

Depuis quelques jours, je rêve de hot-dogs. Des hot-dogs – une saucisse fade sur un petit pain blanc, un ruban de moutarde jaune gribouillée dessus. Quand on mord dedans, il y a l'élasticité moelleuse du pain, le léger piquant de la moutarde, la toute petite résistance quand les dents percent la peau de la saucisse et s'enfoncent dans la viande lisse, et enfin le délicieux fondant du pain, de la moutarde et du porc.

Je n'arrive pas à me rappeler quand j'ai mangé un hot-dog pour la dernière fois, sans doute au Uptown Café, avec Eva et Eli et le reste de la bande de la Plaza. En général, nous proclamions tous que ces hot-dogs étaient affreux, faits avec des ingrédients auxquels il valait mieux ne pas penser, de la lèvre de porc, nous moquions-nous, et qui sait quel autre organe et partie. Mais de temps en temps, l'un de nous en commandait un, et un autre suivait, et nous finissions tous, sauf Eva, par engloutir d'énormes bouchées. À présent, j'ai tellement envie d'en manger un que je serais prête, je crois, à donner ce carnet pour me retrouver au Uptown avec un hot-dog dans les mains.

Même quand Mère a dû finalement partir à l'hôpital, nous avons continué à nous comporter comme si elle allait bientôt rentrer à la maison. En y réfléchissant, je ne saurais vraiment dire si nous étions mus par la peur ou l'espoir, si nous étions trop lâches pour admettre qu'elle était en train de mourir, ou si nous nous accrochions héroïquement aux dernières bribes de notre foi en sa guérison. J'ignore si nous étions complices, ou ignorants, ou innocents, quand nous nous promettions qu'elle serait de retour avant que la glycine ne fane.

Elle semblait plus vaillante le soir. Aussi, après le travail, Père passait prendre Eva au studio de danse de Miss Markova et ils venaient me chercher tous les deux dans le vieux pick-up Dodge ➲, le seul véhicule que Père avait le temps de maintenir en état. Nous repartions à Redwood au soleil couchant, et là, Père nous laissait Eva et moi au Uptown Café. Eva buvait un soda light et je dévorais une barquette de frites pendant qu'il allait à l'hôpital, aidait sa femme dans toutes les procédures médicales qu'elle devait endurer, la forçait à avaler un peu de bouillon ou de Jell-O, à boire une autre gorgée d'eau.

Quand elle était assise dans son lit et que, par la force de son amour, il avait fait venir une touche de couleur sur son visage blafard[1], il partait, retournant par les rues éclairées au café où

1. **Blafard** : très pâle.

➲ **Dodge est une marque de voitures américaine. Le *pick up* est une grande voiture munie d'un espace ouvert à l'arrière, fréquemment utilisée dans les campagnes des États-Unis.**

je léchais le ketchup de mes doigts et Eva aspirait les dernières gouttes de son soda avec une paille.

En silence, nous traversions les quartiers paisibles de Redwood jusqu'au petit hôpital où était notre mère. Assises côte à côte, Eva et moi fixions les cônes de lumière que projetaient les réverbères, regardions avec une sourde avidité[1] les fenêtres des maisons qui défilaient, à travers les rideaux tirés desquelles nous imaginions entrapercevoir des vies normales.

Nous nous préparions calmement à passer d'un monde à un autre. Père, lui, était perdu dans ses pensées. Le pick-up semblait alors habité par une indescriptible tristesse, et pourtant je me souviens aujourd'hui de ces trajets avec nostalgie. Malgré toutes les peurs qui nous accompagnaient, notre père conduisait, Eva et moi étions encore des enfants dans la chaleur de la cabine, les rues ruisselaient encore de lumières et notre mère était toujours là, nous attendant avec un sourire qui illuminait tout son visage.

* * *

Ce matin, nous avons découvert que la baignoire ne s'était pas remplie durant la nuit, et pendant quelques minutes, j'ai été certaine que la source s'était asséchée, certaine que nous allions devoir chercher notre eau au ruisseau, certaine que je ne prendrais plus jamais de bain.

– Pourquoi la source s'assécherait-elle en plein hiver ? a demandé Eva en vérifiant que les robinets n'avaient pas été fermés.

---

1. **Sourde avidité** : envie secrète.

Comme d'habitude, sa question m'a calmée, et nous sommes sorties examiner la citerne[1], puis nous avons grimpé derrière la maison vers la petite grotte où la source suinte[2] du versant de la colline. Agenouillée par terre à côté du couvercle en bois, j'entendais le murmure de l'eau en dessous, je sentais son odeur minérale. J'ai soulevé le couvercle du bassin en béton, et nous avons vu que la rigole au fond était bouchée par de la vase[3]. Au lieu de s'écouler le long de la canalisation qui mène à la citerne dans la clairière, l'eau de notre bain retournait dans la terre.

Cela nous a pris une bonne partie de la journée pour tout réparer, bien que nous ayons consacré une grande partie de ce temps à aller chercher des outils, à réfléchir à des stratégies et à anticiper les problèmes. Notre père avait construit l'alimentation en eau de la maison avant notre naissance, et comme tout ce qu'il faisait, c'était à la fois simple et imprévisible – un parfait exemple de sa singulière logique.

Par moments, quand l'eau de la source ruisselait sur nos mains glacées et que nous peinions pour réparer son travail, je ressentais un lien très fort avec lui. Mais sinon, j'étais surtout agacée par la façon qu'il avait toujours eue soit de faire les choses à notre place soit de nous laisser les comprendre par nous-mêmes.

* * *

[...] Le samedi soir et, avant que l'essence ne commençât à manquer, souvent les soirs de semaine, nous nous entassions tous les trois dans le pick-up après un dîner hâtif et prenions la

1. **Citerne** : réservoir d'eau, ici alimenté par une source naturelle.
2. **Suinte** : coule doucement.
3. **Vase** : boue très liquide.

direction de Redwood. Une fois en ville, il y avait toujours des courses à faire. Nous nous ravitaillions au supermarché, passions à la quincaillerie ou au drugstore, à la bibliothèque.

Puis, cette tâche accomplie, Père nous déposait au Uptown Café, où Eva et moi étions de timides clientes depuis le jour où notre mère avait été admise à l'hôpital. Là, nous démarrions la soirée avec un Coca glacé et le tempo du juke-box, tandis que Père se rendait dans un bar plus calme, de l'autre côté de la ville, où parfois il retrouvait son ami Jerry et parfois était seul, lisant les livres de la bibliothèque et buvant par petites gorgées modérées une unique bière.

Pendant longtemps nous avons été des étrangères au Uptown. Eva et moi étions des filles de la campagne, scolarisées à domicile, une race à part comparées aux jeunes de la ville qui se comportaient comme si les banquettes en vinyle et le comptoir au bord chromé leur appartenaient. J'avais beau faire très attention à la façon dont je m'habillais ces soirs-là, il y avait apparemment toujours quelque chose qui n'allait pas dans ma tenue, et je n'arrivais jamais à faire que mes cheveux ressemblent à ceux des autres filles. Quand nous avons commencé à fréquenter l'Uptown, seule la serveuse nous disait bonjour.

Les autres jeunes paraissaient tellement sûrs d'eux quand ils commandaient des hamburgers et des frites, tapaient la chanson de leurs choix dans le juke-box et passaient en tourbillonnant d'une banquette à une autre dans ce qui ressemblait à une

Un drugstore est une boutique ouverte tous les jours, qui vend des articles d'utilité courante et notamment des produits de phamacie.

Un juke-box est un appareil qui permet de sélectionner et de diffuser une chanson en y insérant une pièce de monnaie.

version sophistiquée des chaises musicales ➲. Ils s'amusaient et plaisantaient. Ils se pinçaient et se poussaient et s'enlaçaient. Ils levaient les yeux au ciel. Ils se penchaient aux oreilles des uns et des autres pour murmurer quelque chose puis éclataient de rire, et j'aspirais à abandonner le bourbier où je m'enlisais[1] pour devenir l'une des leurs.

Je ne sais pas très bien comment nous avons fini par traverser cette frontière, mais un soir, quelques mois après la mort de notre mère, quand le soleil du milieu de l'été ne se couchait pas avant neuf heures et qu'à l'extérieur de l'Uptown une odeur agréable flottait dans l'air doux du crépuscule qui se prolongeait, nous nous sommes aperçues que le groupe du café avait grossi pour nous inclure aussi naturellement qu'un ruisseau accepte quelques gouttes d'eau supplémentaires.

Qui sait s'ils n'ont pas été attirés par ce qui m'avait tant terrifiée. Au cœur de ma douleur et du choc, je connaissais une sorte de joie frénétique. Contre toute attente, Eva et moi étions en vie, et peut-être que la conscience irrépressible[2] de notre force vitale nous donnait un éclat qui compensait largement notre gaucherie[3] d'enfants non scolarisés. Nous avions la passion des survivants, et le manque de prudence des survivants. Nous étions immortelles cet été-là, immortelles dans un monde éphémère, et le groupe de l'Uptown avait dû le sentir et s'ouvrir pour nous laisser entrer.

1. **Le bourbier où je m'enlisais** : la situation difficile dans laquelle je me trouvais de plus en plus coincée.
2. **Irrépressible** : qu'on ne peut réprimer, irrésistible.
3. **Gaucherie** : maladresse, manque d'aisance.

➲ **Le jeu des chaises musicales consiste à se trouver assis quand la musique s'arrête, bien qu'il manque une chaise. Le joueur qui ne peut pas s'assoir est éliminé.**

Dès lors, toutes les soirées que nous passions en ville commençaient quand nous poussions les portes vitrées de l'Uptown et que nous en franchissions le seuil pour entendre nos noms sonner à nos oreilles.

– Nell ! Eva ! Par ici !

Nous faisions le tour du café, papotant[1] avec ceux qui étaient arrivés avant nous, sautant de banquette en banquette, buvant et plaisantant avec les autres, clamant notre avis sur les prochaines chansons qu'il fallait mettre et saluant les nouveaux venus. Puis, quand nous avions bu tous les sodas que nous pouvions boire ou nous payer, et que notre groupe débordait des banquettes, une nouvelle effervescence[2] s'emparait de nous. Alors, par deux, par trois, par quatre, nous sortions dans la nuit douce et agréable, traversions tranquillement la rue pour gagner la pelouse embaumée[3] de la Plaza.

La Plaza était un îlot de verdure au cœur de Redwood, une vaste pelouse bordée d'un mélange improbable de palmiers et de séquoias, sillonnée par un chemin en béton et avec, ici et là, des bancs en bois et des réverbères à sodium[4]. À l'une des extrémités se dressait un belvédère[5] où des quatuors et des orchestres de jazz de la région jouaient autrefois tous les dimanches après-midi, et au milieu une fontaine tape-à-l'œil[6] dans laquelle Eva et moi avions jeté les pièces que notre mère nous donnait pour faire un vœu. Nous nous rassemblions là,

1. **Papotant** : bavardant, parlant de tout et de rien.
2. **Effervescence** : état d'excitation, vive agitation.
3. **Embaumée** : qui sent bon.
4. **Réverbères à sodium** : lampes dont la lumière est jaune-orangé, fréquemment utilisées pour l'éclairage public.
5. **Belvédère** : terrasse avec vue, installée sur un lieu en hauteur.
6. **Tape-à-l'œil** : trop voyante, de mauvais goût.

avec le reste des jeunes de la ville, nos visages illuminés par les réverbères orangés qui bourdonnaient tandis que nous nous groupions et nous regroupions, nous déplaçant d'une lumière à une autre avec la légèreté des papillons de nuit.

Je ne sais pas si c'est l'incertitude de cette époque qui conférait une dimension importante à ces soirées, ou si pour tout le monde il existe un moment où l'on a l'impression de faire partie des élus, de resplendir d'un éclat plus vif, plus chaud et plus farouche que cela n'a été ou ne sera le cas pour qui que ce soit. Mais il me semble maintenant qu'à un niveau phéromonal[1] nous sentions déjà les changements à venir. Aujourd'hui, quand je repense à ces soirées depuis l'immobilité cloîtrée[2] de cette clairière, il me semble que l'air même était chargé d'un sentiment d'urgence, et je me souviens que j'éprouvais une espèce de pitié pour tous ceux qui n'étaient pas nous.

À onze heures, notre père garait le pick-up du côté sud de la Plaza, et nous nous empressions de le rejoindre, lançant nos au revoir par-dessus nos épaules, courant telles des Cendrillon sur la pelouse envahie par la nuit, traversant le vaste fossé entre l'immédiateté totale du samedi soir et l'interminable tristesse du reste de la semaine. [...]

* * *

Pendant tout l'hiver dernier, chaque samedi, l'Uptown Café s'assombrissait de plus en plus. Peu de temps après Noël, l'enseigne lumineuse dans la vitrine s'est éteinte. Au plafond, les tubes au néon ont grillé les uns après les autres et n'ont pas été

1. **Phéromonal** : au niveau des phéromones, molécules chimiques produites par le corps qui agissent comme un message entre les individus d'une même espèce.
2. **Cloîtrée** : enfermée, emprisonnée.

remplacés. Peu à peu, les Coca ont semblé plus légers, les frites plus rances, et les hamburgers ont diminué de taille jusqu'à devenir presque inexistants. Le juke-box a cassé et n'a pas été réparé. Les serviettes en papier et les pailles ont disparu. Et de plus en plus souvent, bien avant la fermeture à neuf heures, le gros propriétaire faisait le tour des tables en râlant et disait :

– OK, les enfants. On ferme. Faut y aller maintenant. Vous revenez bientôt, OK ?

Nous ronchonnions, commandions des sodas à emporter – tant qu'il y avait encore des verres en carton où les transvaser – et nous nous poussions dehors de mauvais gré[1], dans la fraîcheur humide de la nuit hivernale.

À la fin janvier, les coupures de courant étaient si fréquentes qu'on ne pouvait raisonnablement pas les imputer aux tempêtes, et vers la fin février, la ville de Redwood n'a plus eu les moyens de maintenir les réverbères de la Plaza allumés. Bien sûr nous avons tous fait des plaisanteries de mauvais goût sur les pays du tiers-monde où les paysans n'avaient plus d'électricité dès que les lumières du château s'allumaient, mais d'une certaine façon nous nous sommes presque réjouis de l'absence d'éclairage et du silence des réverbères. La nuit devenait plus vaste et plus proche et plus excitante, et il ne nous a pas fallu plus d'une heure ou deux à nous affairer dans le noir pour découvrir le feu.

C'est devenu un autre rituel, de construire ce feu de camp. L'un d'entre nous a eu l'idée d'utiliser le bassin en béton de la fontaine vide comme foyer, et petit à petit, tout le monde a pris l'habitude d'apporter à la Plaza quelque chose qui pouvait brûler

1. **De mauvais gré** : à contrecœur, en râlant.

– un tasseau[1] fendu, une branche, un bout de contreplaqué voilé[2], une poignée de pommes de pin.

Dès qu'il y avait suffisamment de bois et de cochonneries dans le bassin de la fontaine, quelqu'un grattait une allumette et enflammait les bouts de papier et d'herbe sèche à la base de notre bûcher funéraire ➲. Nous regardions tous en silence le feu ondoyer[3] à travers l'enchevêtrement de brindilles et de planches, et les premières étincelles s'envoler vers les étoiles. Pendant de longues minutes nous étions conscients de la nouvelle obscurité qui appuyait contre nos dos, mais bientôt notre solennité[4] s'effondrait et nous nous intéressions de nouveau à nous, au réseau que nous tissions tous les samedis soirs.

Semaine après semaine, tandis que le temps commençait à se réchauffer un peu, les rumeurs se multipliaient, plus délirantes et menaçantes. Nous avons appris qu'une nouvelle sorte de fièvre hémorragique balayait le pays, ainsi que des souches plus virulentes de tuberculose et de sida. Nous avons appris que les émeutes augmentaient, que la fumée des incendies à Los Angeles était si épaisse que les aéroports avaient dû être fermés, et que les autoroutes étaient encombrées de voitures abandonnées par leurs propriétaires qui ne voyaient plus assez pour conduire.

Même quand il n'y a plus eu du tout d'électricité, curieusement, ces rumeurs ne signifiaient pas grand-chose pour nous autres à la Plaza le samedi soir. Elles faisaient partie de nos

1. **Tasseau** : pièce de bois servant à maintenir une autre pièce.
2. **Voilé** : déformé.
3. **Ondoyer** : remuer au gré du vent.
4. **Solennité** : gravité, recueillement.

➲ **Dans certaines cultures, on fait brûler les morts sur un bûcher. Ici, les jeunes de la Plaza font symboliquement brûler leur vie « d'avant ».**

divertissements, un sujet sur lequel spéculer[1], du fioul[2] pour nos conversations, mais rien de plus, vraiment. Le monde au-delà de la Plaza était fou et hors de notre contrôle, mais ce n'était pas nouveau – le monde des adultes n'avait-il pas toujours été ainsi ? Ce qui nous importait, c'étaient les événements au sein du cercle que le feu de camp projetait, car il semblait que rien d'aussi fascinant ne pouvait se passer ailleurs. [...]

1. **Spéculer** : réfléchir, faire des hypothèses sur un sujet complexe.
2. **Fioul** : sorte d'essence.

Chapitre 9

Eli affichait une attitude distante que je trouvais à la fois excitante et familière. Un solitaire, un observateur, il donnait toujours l'impression de rôder au bord des choses, et dans cette réticence, j'aimais penser que je me reconnaissais. J'aimais penser que c'était ma sophistication qui me retenait, moi aussi, d'appartenir entièrement au groupe, et je m'imaginais qu'Eli et moi étions deux individus d'une même espèce, des adultes s'abaissant à être des gosses alors que les autres de la bande étaient des gosses qui jouaient à être des adultes.

« Je t'ai vue danser », a-t-il dit, et à partir de ce moment-là, nous étions ensemble. Nous avons passé le restant de la soirée l'un près de l'autre devant le feu de camp, et je me suis réchauffée à la chaleur de son corps tout proche, au son de sa voix dans l'obscurité au-dessus de ma tête. Certes, il jouait de son harmonica presque comme si je n'étais pas là, mais debout à côté de lui, je me sentais en vie comme jamais je ne l'avais été auparavant, chaque pore[1] ouvert, chaque cellule réveillée, et il paraissait impossible que je sois aussi consciente de sa présence s'il n'était pas pareillement conscient de la mienne.

Il ne parlait pas beaucoup, mais tout ce qu'il disait – qu'il avait perdu son travail la semaine dernière quand la scierie avait fermé, qu'il essayait d'apprendre à lire la musique tout seul, qu'il pensait avoir une idée de là où nous pourrions trouver du vin – semblait contenir une signification sous-jacente[2] qui n'était adressée qu'à moi.

1. **Pore** : minuscule orifice de la peau, d'où s'échappe la transpiration.
2. **Sous-jacente** : cachée, implicite.

Je suis retournée à la Plaza le samedi suivant prête à l'épouser, prête à jeter toute ma triste vie à ses pieds, à renoncer à mon projet d'aller à Harvard et à vivre avec lui pour toujours à Redwood. J'avais emprunté la blouse navajo d'Eva avec sa rangée de boutons argentés et ses manches amples en velours, et quand le soleil s'est couché, plutôt que de me couvrir avec mon blouson, je grelottais presque. J'ai passé la soirée entière dans un bouillonnement d'impatience, mais Eli n'est pas venu.

Toute la semaine, j'ai paniqué, vacillé entre la peur qu'il ne m'aime pas et la certitude qu'il était mort. Mais le samedi d'après, il était là, de nouveau autour du feu de camp, et je suis restée à côté de lui tout le temps, écoutant avec ferveur[1] quand il parlait et ne livrant pas grand-chose moi-même. Plus tard, dans la soirée, il a joué un long morceau à l'harmonica, quelque chose à mi-chemin entre l'élégie et la berceuse, doux et dur et triste. C'était une musique qui m'agressait et me berçait, et j'étais persuadée que ce morceau était pour moi, à moi, sur moi. J'étais persuadée qu'il me disait, « Je comprends, je sais, et tout va bien ».

J'avais la conviction que nous étions liés par une conscience muette de la présence de l'autre, et quand, juste avant que mon père arrive pour nous ramener à la maison, Eli a posé sa main autour de ma taille, je jure que je parvenais à peine à respirer à cause du lien entre nous. Oh, je n'oublierai jamais ce moment où, même avec l'univers colmaté[2] au-dessus de nous, brillant d'une infinité d'étoiles et noir d'un espace infini, il était

1. **Avec ferveur** : avec une attention passionnée.
2. **Colmaté** : bouché de manière plus ou moins hermétique.

Les Navajos sont un peuple amérindien d'Amérique du Nord.

impossible pour moi de penser que Ptolémée ➲ n'avait pas raison, que notre propre Terre, notre petite tribu et la main d'Eli autour de ma taille n'étaient pas au centre de tout ce qui était. [...]

Mon père était si absorbé par son propre chagrin qu'il n'a jamais rien remarqué, mais Eva a fini par s'en apercevoir.

– Qu'est-ce qu'il a, ce type ? m'a-t-elle demandé un dimanche matin, au début du mois de juin, quand Père était descendu au jardin et que nous lavions notre linge dans la bassine en acier galvanisé[1] de la buanderie.

– Quel type ? ai-je répondu en attrapant un jean gorgé d'eau et en frottant la toile alourdie.

– Eli.

– Qu'est-ce qu'il a ? ai-je demandé, transportée d'entendre son nom dans ma maison.

– Exactement, qu'est-ce qu'il a ? a répété Eva.

– Je l'aime bien, ai-je répondu en trempant le jean énergiquement.

– Pourquoi ?

– Parce que, ai-je commencé.

Et je me suis arrêtée.

Eva avait cessé de laver son linge pour me regarder.

– Parce que quoi ?

– Parce que.

1. **Galvanisé** : recouvert d'une couche de zinc, afin d'éviter la rouille.

➲ **Ptolémée est un savant de l'Antiquité, qui pensait que le soleil et l'ensemble de l'univers tournaient autour de la Terre.**

J'avais pris un air indigné cette fois, comme si c'était plus qu'une réponse suffisante à une question aussi stupide.

– Il doit avoir au moins vingt ans.

– Et alors ?

– Quand est-ce qu'il va à l'université ?

– Je ne sais pas. On n'en a pas parlé, ai-je répondu en m'efforçant de donner l'impression que nous avions été trop occupés à parler d'autres choses.

– Est-ce qu'il a déjà lu un livre dans sa vie ?

– Bien sûr.

– Lequel ?

– Quelle différence ça fait, lequel ? Toi non plus tu ne lis pas.

– C'est vrai, mais toi si.

– Et alors ?

Elle m'a regardée avec curiosité.

– Si j'avais un petit ami, il faudrait qu'il s'y connaisse en danse classique.

À l'époque, je m'étais dit qu'elle était jalouse, et après cette scène j'avais écrit de longues listes avec toutes les raisons pour lesquelles j'aimais Eli et pourquoi il était parfait pour moi, de sorte que la prochaine fois qu'elle m'interrogerait, je n'aurais pas à chercher en bredouillant une réponse. Mais elle ne m'en a plus jamais reparlé.

Chapitre 10

C'était presque la fin août, il y a moins de six mois, bien qu'aujourd'hui cela paraisse aussi lointain qu'un rêve rêvé dans une autre vie. Neuf samedis s'étaient écoulés depuis notre dernier passage à Redwood. Nous n'avions plus d'électricité depuis cinq mois, le téléphone n'avait pas sonné depuis au moins quatre mois, pourtant nous parlions encore comme si à l'automne – ou à l'hiver au plus tard – tout allait être restauré.

Pendant plusieurs jours, notre père avait procédé à quelques petits calculs dans le garde-manger et le potager, et un soir alors que nous dînions, il a dit :

– Les filles, je crois qu'on ferait bien d'aller en ville demain. On commence à manquer de provisions et plus vite on renouvelle le stock, mieux ce sera. Ça m'embête d'utiliser l'essence, mais je pense qu'on en a assez pour aller à Redwood et revenir. De toute façon, a-t-il soupiré, il faut bien qu'on tente le coup.

Cette nuit-là, j'ai fait bouillir de l'eau en plus pour me laver les cheveux. Je me suis rasé les jambes et épilé les sourcils, et j'ai repassé du mieux possible ma robe d'été verte en mettant notre fer électrique à chauffer sur le poêle.

Tandis que je repassais, Père a compté son argent.

– Heureusement que j'ai sorti ça à temps, a-t-il dit en étalant sur la table quatre cents dollars en billets comme une main gagnante au poker[1]. La banque a fermé deux jours après. (Il a secoué la tête.) Dommage que je n'aie pas pu avoir accès aussi à notre compte épargne.

1. **Main gagnante au poker** : combinaison de cinq cartes qui permet de remporter un tour de jeu au poker.

Eva a ajouté soixante-treize dollars à la pile. Je lui en ai donné cinquante-neuf.

Nous n'avions aucun moyen de savoir si cela représentait une somme importante.

– Bien sûr, je vous rembourserai toutes les deux, a-t-il dit en nous signant une reconnaissance de dette sur le dos de vieilles enveloppes. Dès que la banque rouvrira et que je pourrai récupérer mes économies, vous rentrerez en possession de votre argent. Avec intérêt.

Nous étions debout de bonne heure le lendemain matin, et quand nous sommes partis, j'avais l'impression d'être une fille sortie d'un conte de fées, une fille de la campagne allant en ville le jour du marché, pour voir les attractions, écouter la musique et goûter de petites douceurs, acheter peut-être un ruban ou une nouvelle bague, une fille parcourant le long trajet jusqu'en ville pour retrouver son amoureux.

Il ne pouvait exister de ravissement plus grand, de matin plus doux que celui-là, imprégné d'une joie pure, affirmative : j'allais en ville. Le soleil était chaud. Je portais ma robe d'été verte. Mes cheveux étaient légers sur mes épaules nues. Je verrais Eli.

Malgré mon humeur enjouée, la terre au-delà de notre clairière semblait curieusement étrangère. Déjà la route commençait à montrer des signes de désuétude[1]. Les herbes folles poussaient dans les récents affaissements et fissures, et au milieu de la chaussée allait en s'élargissant un sillon d'herbes qui fouettaient et raclaient le châssis[2] de la voiture.

À six kilomètres de chez nous, nous avons atteint la maison de nos voisins les plus proches. Les Coleman étaient des chrétiens

1. **Désuétude** : état d'abandon, de délabrement.
2. **Châssis** : partie basse de la voiture.

fondamentalistes, et Père disait souvent que nous ne pouvions pas avoir meilleurs voisins qu'eux car nous n'avions absolument rien en commun – pas même une frontière puisque la forêt qui appartenait à l'État serpentait entre nos deux terrains. Mais leur maison autrefois soignée avait l'air saccagé à présent. Les fenêtres avaient volé en éclats, la porte d'entrée ne tenait plus que sur un gond[1], et l'herbe dans la cour était clairsemée et marron.

– Attendez ici, a dit notre père.

Il a attrapé la carabine et nous sommes restées dans le pick-up pendant qu'il se dirigeait vers la maison et appelait les Coleman.

– Ils sont partis.

C'est tout ce qu'il a dit quand il est revenu avant d'ajouter :

– J'ai l'impression qu'une laie[2] a mis bas à l'intérieur.

– Où sont-ils ? ai-je murmuré.

Il a haussé les épaules.

– Ils se sont peut-être installés en ville.

À presque cinq kilomètres de chez les Coleman, nous avons rejoint la route goudronnée du comté. À mesure que le pick-up prenait de la vitesse, nous parlions de moins en moins et d'une voix étouffée, comme si nous étions dans un musée ou à un enterrement. Plusieurs des maisons devant lesquelles nous roulions avaient complètement brûlé ou avaient été manifestement pillées. Un chien squelettique a bondi en aboyant d'un

1. **Gond** : mécanisme qui attache la porte au mur.
2. **Laie** : femelle du sanglier.

Les chrétiens fondamentalistes s'opposent à l'interprétation moderniste de la Bible. Aux États-Unis, on définit fréquemment les gens par leur identité religieuse.

Le comté est une division territoriale propre aux États-Unis, assez proche de la notion française de département.

abri de jardin aux fenêtres condamnées par des planches. Finalement, à quelques kilomètres de la ville, nous avons vu une mince volute de fumée monter d'une cheminée.

Alors que nous approchions de Redwood, nous avons remarqué d'autres signes de vie, une femme étendant du linge sur un fil, un homme, la mine sombre, à bicyclette, une poignée d'enfants ayant arrêté leur jeu de poursuite pour nous regarder passer. Pourtant, même en ce matin d'été lumineux, le paysage évoquait une région en état de siège, appauvrie et mise à rude épreuve.

Eva a fini par parler.

– Qu'est-ce qui se passe ?

Notre père s'est éclairci la gorge.

– Nous allons le découvrir.

Mais il n'y avait pas grand-chose à découvrir. Bien que quelques voitures et camionnettes soient garées le long des trottoirs, la nôtre était le seul véhicule à circuler quand nous avons tourné sur Main Street ➲. Tous les magasins autour de la Plaza étaient plongés dans le noir. Certains avaient accroché des pancartes fermé et d'autres de petites pendules dans leurs vitrines avec les aiguilles indiquant dix heures, comme si demain leurs propriétaires bien habillés allaient revenir et rouvrir leurs portes. D'autres vitrines étaient tapissées de papier alimentaire pour boucherie ou de contreplaqué, et quelques-unes étaient cassées, leurs trous aux bords irréguliers ouvrant sur le vide.

En passant devant l'Uptown, j'ai regardé à travers ses vitres les affiches décollées des murs, le juke-box sur le côté et les

➲ **Main Street est le nom traditionnellement donné à la rue principale des villes américaines.**

tables renversées. De l'autre côté de la rue, la Plaza était déserte. Sa pelouse autrefois luxuriante[1] était sèche, avec des mottes d'herbes folles, et tous les réverbères étaient arrachés. Seuls les arbres étaient toujours les mêmes.

– Où est tout le monde ? a demandé Eva tout bas. [...]

Père a fini par parler.

– Je suppose que je ferais bien d'aller voir comment ça se passe à l'école, a-t-il dit, et nous avons parcouru les quelques pâtés de maisons comme dans un rêve, ahuris par le film d'étrangeté qui recouvrait ces rues familières.

Quand nous sommes arrivés à l'école primaire de Redwood, Père s'est garé à côté du poteau en haut duquel ne flottait aucun drapeau, et nous sommes restés dans le pick-up, scrutant cet endroit qui avait été pendant des années sa seconde maison.

Les portes d'entrée étaient fermées par des chaînes, et la longue rangée des fenêtres des salles de classe condamnées avec des planches.

– C'est Mike qui a dû faire ça, a dit Père, en parlant du gardien qui avait travaillé là encore plus longtemps que lui. Jerry l'a peut-être aidé avant de partir.

Nous avons balayé du regard la cour de récréation et le terrain de sport désert. Une corde pendait sinistrement de la cage à poules, et les chaînes qui retenaient autrefois les sièges des balançoires oscillaient dans le vide. Il n'y avait aucun enfant en vue.

Au bout d'un long moment, Père a passé la marche avant.

– On n'entre pas ? ai-je demandé.

---

1. **Luxuriante** : qui pousse en abondance.

– Non, a-t-il dit. Je ne suis plus utile à rien ici, maintenant. Et puis, il vaut mieux qu'on termine ce qu'on a à faire et qu'on se dépêche de rentrer.

Après un autre silence, il a ajouté :

– J'aimerais bien tomber sur quelqu'un qu'on connaît et, qui sait, avoir des nouvelles. Mais je ne vois personne en qui j'ai confiance qui vit dans le coin. Et on ne peut pas se permettre de gâcher plus d'essence à tourner en ville… le trajet du retour est suffisamment risqué comme ça.

Depuis que Père avait parlé d'aller en ville, j'avais chéri l'image d'un Redwood comme le centre trépidant d'une nouvelle – bien que temporaire – société. Je m'étais figuré la Plaza grouillant de monde et bordée d'étals[1] comme pour un marché. J'imaginais des fermiers vendant des poulets qui piaillaient, des œufs frais et des légumes de leur potager, des camelots[2] vantant de jolis bibelots et des outils d'occasion. Des musiciens de rue, des marchands ambulants proposant de la nourriture et des gens qui faisaient leurs courses, un panier au bras, s'arrêtant pour marchander et cancaner[3]. Je m'étais même représenté des charrettes et des chevaux, comme si, tandis que nous attendions le retour de la vie que nous avions connue, tout le monde avait décidé de jouer à revenir à un monde de l'ancien temps, pittoresque et au charme suranné[4].

Pendant longtemps j'avais supposé que si seulement j'arrivais à parcourir les cinquante kilomètres jusqu'à la ville, si

1. **Étals** : étalages où les commerçants présentent ce qu'ils ont à vendre.
2. **Camelots** : vendeurs de rue qui attirent l'attention des clients en parlant très fort.
3. **Cancaner** : échanger des potins, des commérages.
4. **Suranné** : ancien, qui date d'une autre époque.

seulement je parvenais à couvrir la distance qui séparait notre clairière de la Plaza, alors je verrais Eli, et si je pouvais le voir, tout irait bien entre nous. Mais la Plaza déserte a cristallisé la réalité qui s'était lentement insinuée en moi : je ne verrais pas Eli. J'ignorais où il habitait ou comment tenter de le trouver. Je ne pouvais pas lui téléphoner. Et je ne pouvais pas recruter Eva et mon père pour dépenser notre temps et notre essence à le chercher. Sans compter que je ne savais pas s'il était encore en ville. Je n'étais même pas sûre qu'il soit encore en vie.

Et même si je réussissais à le trouver, et après ? La dernière fois que je l'avais vu, j'avais fait mine de l'ignorer. Tout à coup, je me suis rendu compte que mes espoirs à propos d'Eli étaient aussi irréels que mes visions d'un jour de marché. Je n'avais aucune idée de qui était Eli. Tout ce que j'avais connu, c'étaient mes fantasmes, et à présent, eux aussi étaient partis, étouffés et flétris[1] comme la pelouse de la Plaza désertée.

Une colère aveuglante s'est abattue sur moi. Je voulais cogner, être aussi cruelle avec quelqu'un que la vie l'était avec moi. Je suis restée sous le choc, respirant à peine, cherchant une parole blessante à dire à mon père ou à ma sœur, cherchant un moyen de les faire souffrir, eux aussi. Mais finalement, je n'ai rien dit et, angoissée et vide, j'ai laissé défiler les rues sinistres de Redwood.

Père est d'abord allé à l'épicerie Savewell, mais les portes étaient condamnées, comme celles du supermarché concurrent à côté de la poste cadenassée.

– Peut-être que tout est fermé, a murmuré Eva.

– Possible, a répondu notre père en redressant les épaules.

1. **Flétris** : fanés, desséchés.

Il a jeté un coup d'œil à la jauge d'essence puis a roulé jusqu'au bout de la ville, jusqu'à l'entrepôt Fastco.

Fastco était le seul hard-discount à s'être aventuré dans un petit quartier isolé de Redwood, et bien que de nombreux habitants de la ville refusent d'en franchir les portes, il attirait suffisamment de clients pour qu'il y ait toujours du monde. Tout chez Fastco était présenté en quantités énormes – le liquide vaisselle dans des bidons de plus de trois litres, la farine dans des sacs de vingt kilos. Notre père l'appelait « Les courses à usage industriel », et il prenait un malin plaisir à se moquer de Mère au sujet de la taille des paquets de papier toilette qu'elle rapportait à la maison. Quand il a appris qu'il fallait acheter une carte d'adhérent pour y faire ses courses, il adorait expliquer qu'« Ici en Amérique, on doit maintenant payer pour avoir le privilège d'acheter ».

À l'époque, le parking de Fastco était toujours rempli de caddies et de voitures et d'enfants. Mais ce jour-là, à l'exception de quelques véhicules à l'air désolé éparpillés sur l'immense espace goudronné, le parking était désert. Les vitrines du magasin étaient éteintes, et les affiches scotchées pour annoncer des promotions sur le thon en boîte et les asperges et les produits assouplissants étaient passées et déchirées. Après nous être quand même garés, nous sommes sortis du pick-up et Eva et moi avons attendu pendant que Père dénichait un rouleau de scotch tout aplati de la boîte à gants. Puis, ensemble, nous nous sommes dirigés vers l'entrepôt.

– C'est ouvert ? a demandé Eva quand nous sommes arrivés devant l'inutile porte automatique.

Père a marqué une pause l'espace d'une seconde presque imperceptible, puis a dit :

– Il n'y a qu'une façon de le savoir.

Il a poussé le battant qui a cédé, ouvrant sur l'entrepôt sonore, froid et haut de plafond comme une cathédrale. Nous sommes restés sur le seuil un instant, en attendant que nos yeux s'habituent à la pénombre. Au-dessus de nous, dans le toit, après le réseau d'étais[1] en acier, quelques lucarnes en fibre de verre laissaient filtrer une pâle traînée de lumière.

– Il y a quelqu'un ? a appelé Père.

– Un peu qu'il y a quelqu'un, a répondu une voix enthousiaste dans le noir. Il ne reste pas grand-chose, mais tant que vous payez en liquide, c'est à vous.

Ça a été un choc de voir cet entrepôt géant si sombre et vide. Les larges allées étaient désertes. Il n'y avait pas de mères pressées poussant des caddies remplis de paquets de couches jetables et de boîtes de céréales sucrées. Pas de couples à la retraite faisant des provisions de graines pour oiseaux ou d'alcools. Pas de chariots élévateurs tournant gracieusement aux coins des rayons.

Et apparemment il n'y avait pas non plus de nourriture. Les étagères, depuis le sol en béton jusqu'à mi-hauteur du plafond, étaient pratiquement vides. Ce que nous arrivions à y distinguer ressemblait plus à des détritus qu'à des denrées alimentaires, des tas et des piles dispersées de cochonneries, quelques cartons défoncés et boîtes de conserve écrasées.

– On arrive trop tard, a dit Eva tout bas. Il ne reste rien.

Mais Père était déjà au travail, détachant un caddie de la rangée qui se trouvait devant le magasin. Il l'a poussé en direction de la première allée en faisant étalage de son ancienne détermination.

1. **Étais** : poutres.

– Il reste plein de choses, au contraire, nous a-t-il lancé avec une énergie qui semblait contagieuse. Il faut juste chercher. Prenez un caddie, les filles, et suivez-moi.

Nous avons alors accompli ce rituel autrefois familier qui consistait à aller et venir le long des allées et bientôt, nous avons vu que Père avait raison – ici et là, sur les grandes planches de contreplaqué qui servaient d'étagères il y avait encore un peu de nourriture qui pouvait être sauvée.

La première allée que nous avons prise regorgeait autrefois d'ingrédients pour la pâtisserie. À présent, environ une dizaine de bouteilles d'un demi-litre d'imitation d'extrait de vanille, quelques paquets de papier sulfurisé pour les moules à muffin et plusieurs récipients grand format contenant du sel à l'ail et de la levure chimique étaient disséminés au hasard des étagères.

– Voilà qui sera utile, a dit Père en jetant la levure et le sel dans son caddie. De quoi d'autre a-t-on besoin ? a-t-il demandé, et nous nous sommes regardés, ne sachant pas très bien quelle part de l'ironie présente dans sa question était voulue.

– Farine, a répondu Eva, et nous sommes passés devant des rayonnages vides à l'exception d'un peu de cacao et d'une boîte de farine de maïs éventrée.

Nous avons trouvé, étalés dans le noir tout au fond de l'étagère du bas, six sacs de farine de vingt kilos, mais quand nous nous sommes penchés pour les hisser dans le caddie d'Eva, nous avons vu qu'ils étaient à moitié vides, et quand nous avons essayé de les soulever, nous n'avons réussi qu'à faire voler de gros nuages blancs.

– Je le savais que ça nous serait utile, a dit notre père en sortant le rouleau de scotch de sa poche. Rien ne mérite de finir à la poubelle tant qu'on peut le réparer avec du scotch, a-t-il ajouté en se citant lui-même dans une épigramme[1] qui faisait toujours grincer des dents notre mère.

Nous l'avons aidé à rafistoler les sacs à grands coups de ruban qui traçaient des X, à les soulever et les mettre dans son caddie.

– Ça va nous durer six mois, facile, a-t-il dit en frottant ses mains et les jambes de son pantalon, à moins qu'Eva décide d'arrêter la danse classique et de se mettre au sumo[2].

– On ne devrait pas en laisser pour quelqu'un d'autre ? a demandé Eva tandis que nous chargions le dernier sac volumineux dans son caddie.

Elle a indiqué les affiches placées à hauteur d'yeux sur lesquelles on pouvait lire « pensez aux autres et limitez-vous – vous éviterez le rationnement imposé par le gouvernement ! »

Un instant, notre père a eu l'air ébranlé. Puis il a dit :

– On ne reviendra pas ici pendant un bout de temps, du coup, je n'ai pas l'impression d'abuser. De toute façon, personne ne semble vouloir se jeter dessus.

Au bout de l'allée, nous avons trouvé un sac de sucre de quatre kilos qui, de toute évidence, avait pris l'humidité à un moment ou à un autre car le sucre à l'intérieur était aussi dur que du béton.

– Il n'est pas bon, ai-je dit en tâtant le sac.

– Pourquoi ? a demandé Père.

– Il est dur.

– Il aurait disparu depuis longtemps s'il n'avait pas quelque chose qui n'allait pas, mais c'est toujours du sucre.

Nous l'avons mis dans mon caddie.

1. **Épigramme** : bon mot, phrase qui se veut maligne et amusante.
2. **Sumo** : art martial japonais, pratiqué par des hommes très grands et très gros.

Dans les rayonnages de l'allée suivante il y avait quelques nettoyants W.-C. dans des bouteilles géantes, des cartons abîmés de détergents pour lave-vaisselle, plusieurs manches à balai, un paquet déchiré d'éponges et des flaques vertes desquelles montait une odeur d'ammoniaque[1]. Nous avons pris un sac en plastique renfermant plusieurs pains de savon fendus, et Père a scotché une boîte presque vide de lessive pour lave-linge et l'a rajoutée à notre chargement.

– On a besoin de bougies, a dit Eva.

Mais nous n'avons trouvé qu'une unique bougie de cuisine cassée.

Nous avons continué, fouillant dans les recoins sombres de l'entrepôt, longeant l'allée des réfrigérateurs qui ne contenaient rien que des flaques d'eau noire, passant devant des piles de boîtes avec des cassettes vidéo ➲ vierges à l'intérieur, des répondeurs téléphoniques, des lecteurs de CD, des programmes informatiques et des fax, tandis que nous cherchions du matériel utilisable et des aliments comestibles.

Au fond de l'entrepôt, là où l'obscurité était encore plus dense, nous avons découvert des boîtes de soupe, de thon, de salades de fruit et de choucroute qui avaient été oubliées. Elles étaient toutes rouillées ou bosselées et la plupart n'avaient plus d'étiquette, mais nous les avons quand même prises avec des paquets de quatre kilos de spaghettis cassés et un de macaronis écrasés. Nous avons trouvé des sacs à moitié vides de haricots bicolores. Une boîte de deux kilos de crackers en miettes et trois gros pots en plastique de beurre de cacahuète dont les

1. **Ammoniaque** : produit chimique à l'odeur désagréable, souvent utilisé dans les produits de nettoyage.

➲ **Supports qui permettaient de conserver des vidéos (images et son) sur une bande magnétique, les cassettes vidéo étaient encore en usage dans les années 1990.**

couvercles étaient tapissés d'une substance qui ressemblait à du goudron noir.

Au bout d'un moment Père a déclaré que nous avions assez.

– Je regrette qu'on n'ait pas pu se procurer plus de bocaux, mais bon, on est plus que parés en attendant que l'électricité soit rétablie, surtout avec le potager et ce que le verger donnera à l'automne.

Alors que nous poussions nos caddies vers la rangée de caisses qui attendaient telles des sentinelles à l'avant du magasin, nous avons aperçu un homme, assis à une des caisses du milieu, lisant un journal à la faible lumière qui filtrait par la lucarne au-dessus de lui. Il a levé les yeux quand nous nous sommes approchés, et je me suis rendu compte que je l'avais déjà vu ici. Il portait une veste avec le logo de Fastco, et le nom Stan et les mots directeur-adjoint étaient brodés à la hauteur de son cœur.

– On y va ? a-t-il demandé en souriant et en bondissant de son siège

– Oui, avons-nous marmonné, décontenancés[1] par son énergie, par l'étrange normalité de sa présence en ce lieu, et par quelque chose d'autre, une petite lueur de folie dans ses yeux marron.

– Je peux voir votre carte, s'il vous plaît ?

L'espace d'un instant, notre père a eu l'air interdit, puis il a sorti son portefeuille de sa poche arrière, a retourné ses cartes bancaires et ses cartes de crédit, sa carte d'identité et sa carte de la bibliothèque avant de tomber enfin sur la carte orange vif prouvant qu'il était adhérent de Fastco.

– Merci, monsieur, a dit Stan après avoir comparé le visage de Père à la photo sur la carte.

1. **Décontenancés** : déconcertés, troublés.

Nous l'avons observé avec étonnement tandis qu'il soulevait de nos caddies les sacs rafistolés et les boîtes cabossées et les empilait soigneusement dans des cartons, additionnant tout de tête en même temps.

– Trois quarante-neuf plus 4,95, ça fait 8,44, plus 1,95, ça fait 10,39, plus 7,39, ça fait 17,78, plus 6,49 ça fait 24,27, plus 3 fois 1,89, ça fait 29,94.

Il semblait sortir les prix comme par magie, même si j'avais remarqué qu'il facturait quatre-vingt-dix-neuf cents chaque boîte de conserve sans étiquette. Cela ne nous a pas traversé l'esprit de mettre en doute ses tarifs ou son addition.

À la fin, quand la dernière boîte abîmée a été rangée avec le reste de nos achats, il s'est tourné vers notre père pour annoncer :

– Plus 11,89 ça fait 404,54. Ce sera tout monsieur ?

Notre père s'est éclairci la gorge.

– Oui.

– Ça nous fera un total de 404,54. Il n'y a pas de TVA en ce moment, a ajouté Stan avec un clin d'œil ➲.

Père a compté ses billets et les a tendus à l'employé qui les a froissés entre ses doigts, examinés à la loupe et finalement tamponnés dans un coin avec un bout de coton qu'il avait trempé dans un bol rempli d'un liquide clair.

– On voit beaucoup de faux billets, ces temps-ci ? a demandé notre père.

– On voit pas grand-chose de rien du tout. Mais on n'est jamais trop prudent. C'est pour ça que j'ai Sheila ici, pour me tenir compagnie.

➲ La TVA est une taxe perçue par l'État sur le prix de vente payé par le consommateur. On comprend ici implicitement qu'il n'y a plus de gouvernement pour gérer l'économie du pays.

Il nous a adressé un autre sourire et a caressé le fusil que nous avons alors remarqué, appuyé contre le lecteur de code-barres obsolète.

– Sheila a été une vraie amie. Surtout quand les pilleurs ont essayé de venir.

Il a secoué la tête avec un soudain profond dégoût.

– Les gens, ils veulent des trucs pour rien, c'est ça qui nous a foutus dedans. Mais Sheila, elle aime pas plus ça que moi, et ils ont vite compris que seuls les clients qui payent étaient les bienvenus ici.

Ses doigts se sont attardés sur le canon du fusil pendant un moment, puis il a glissé l'argent que Père lui avait donné dans la fente du coffre cadenassé posé à côté de sa chaise.

– On habite loin de la ville, a dit notre père en cherchant à maintenir le côté informel[1] de la conversation, bien qu'il ait baissé la voix. Ce qui fait qu'on n'est pas au courant de grand-chose.

– Y a pas grand-chose à savoir, a répondu Stan en sortant la monnaie de sa poche pour la déposer dans la main tendue de notre père.

– Où est passé tout le monde ? La ville a l'air assez déserte.

– Des tas de gens sont partis, bien sûr, à la suite des rumeurs. Il y en a qui sont allés à Sacramento ➲. D'autres ont pris la direction du sud. J'ai entendu dire qu'il y avait du travail là-bas, et que les services d'utilité publique fonctionnaient. La belle vie, pas vrai ? (Il a haussé les épaules). Toutes ces rumeurs. Moi, ça me paraissait un peu risqué, mais après tout, qu'est-ce que

1. **Informel** : spontané, improvisé.

➲ **Sacramento est la capitale de l'État de Californie, située au nord-est de San Francisco.**

j'en sais ? Personne n'est revenu pour l'instant. C'est peut-être bon signe, c'est peut-être mauvais signe, si vous voyez ce que je veux dire.

– C'est arrivé tellement vite, ai-je observé.

– Ouais. (Il semblait ravi.) C'est ce que racontent la plupart des gens. Mais on nous rabâchait toujours aux congrès de la grande distribution qu'il suffisait de trois jours d'interruption de service pour que les rayonnages commencent à se vider. Quand on y pense, c'est dingue qu'on ait duré aussi longtemps.

Nous avons hoché la tête.

– La ville a surtout l'air vide parce que les gens sont partis. Mais des maladies l'ont nettoyée, aussi. Il y a un mois ou deux, la rougeole a emporté pas mal de monde ➲. C'est comme ça que j'ai perdu mon petit dernier. Un autre truc est venu après, un truc qui avait à voir avec le ventre, et d'autres gens sont morts. Et puis dans le coin il y en a qui ont succombé à différentes choses, intoxications alimentaires, deux ou trois cas d'appendicite. Même une coupure suffit, si ça saigne trop ou si ça s'infecte.

– Où sont les médecins ? ai-je demandé.

Il m'a fixée d'un regard absent pendant une minute puis a répondu :

– Ils sont toujours là, je suppose, certains du moins. Non que ça serve à grand-chose, maintenant qu'on ne trouve plus leurs médicaments et que leur matériel sophistiqué ne marche plus. Il y a une femme en ville qui fait des trucs avec des plantes, des gens vont la voir quand ils ont besoin d'aide. Je ne sais pas, personnellement, je préfère prendre un cachet. Mais j'imagine

➲ **La rougeole est une maladie très contagieuse, qui peut entraîner de graves complications. L'épidémie signifie ici que les médicaments sont de plus en plus difficiles à trouver.**

qu'il va falloir attendre un moment. Je touche du bois pour qu'on se passe des docteurs avant que les choses reprennent.

– Les gens qui sont restés, où sont-ils ?

– Chez eux. La plupart ne s'éloignent pas trop de leurs maisons. Ils jardinent, ils élèvent des poules, ce genre de truc. Ils attendent.

Nous avons acquiescé[1].

– Moi, c'est pas pareil, je suppose, a-t-il continué. J'aime bien sortir un peu, venir ici, m'occuper, quoi. (Il a secoué la tête avec l'air de s'excuser.) Il ne se passera rien tant que le gouvernement ne se remettra pas sur pied.

– Quelles sont les nouvelles de ce côté-là ?

– La rumeur court qu'on paiera de nouveau des impôts à l'automne. Mais les rumeurs, ha ! J'ai entendu dire que des gars à Grantsville avaient construit un vaisseau spatial et vendaient des tickets pour la lune.

Il a émis un rire bref, dur, un son méprisant qui a fait se soulever puis brusquement s'affaisser ses épaules, et à ce moment-là, son visage a perdu son amabilité travaillée et il a eu l'air désespéré.

– Sur quoi ils vont nous faire payer des impôts, j'en sais rien. Vos billets sont les premières vraies coupures que je vois depuis un paquet de temps. Plus personne n'achète rien. Il y a plus de sous.

– On trouve de l'essence en ville ? a demandé Père en rangeant ce qui restait de notre argent dans son portefeuille usé.

Stan a ri à nouveau, du même ricanement caustique.

1. **Nous avons acquiescé** : nous avons hoché la tête pour marquer notre accord.

Grantsville est une petite ville perdue au fin fond de l'Utah, un État américain vaste et désertique.

– Le vieux Mick Mitter, à la station Exxon, prétend qu'il va recevoir une livraison d'un jour à l'autre. Mais vous connaissez Mick. Ou peut-être pas. Il aime bien parler. Il attend cette livraison depuis juin.

Stan nous a adressé son sourire de Directeur-adjoint de chez Fastco, même si ses yeux exprimaient toujours quelque chose d'à la fois farouche[1] et vide. Il a mis le dernier carton de courses dans le caddie d'Eva et a demandé :

– Vous voulez que je vous aide à porter ?

1. **Farouche** : sauvage, violent.

Une station-service et une épicerie abandonnées aux États-Unis.

Chapitre 11

Aujourd'hui est une journée pire que Noël. Aujourd'hui est une journée qui mérite de laisser tomber le calendrier pour y échapper. C'est une journée qui ne pourra jamais rien signifier d'autre que le regret et la perte et un chagrin comme l'acier – si dur, si vif, si froid que l'air même paraît brutal. Respirer fait mal. Mon cœur souffre à force de pomper le sang. Comme le mythe de Midas ➲ à l'envers, tout ce que je touche ou que je regarde, que je lis ou que je me rappelle se transforme en poussière. Parce qu'aujourd'hui, c'est l'anniversaire de mon père, et toutes les pensées qu'il m'inspire sont ternies par le souvenir de sa mort.

C'était au début de septembre dernier. Les matins étaient frais, couverts d'une brume venue du littoral, les après-midi lourds de chaleur, et les soirées qui suivaient amples et douces, avec l'air sur nos bras nus comme de la soie et des nuages roses haut dans le ciel d'un bleu s'assombrissant. Le potager avait connu des jours meilleurs. Les laitues et les épinards et la moutarde étaient montés en graines des mois auparavant ; nous avions mangé depuis longtemps tous les radis et les petits pois, et nous arrivions à la fin du maïs et des betteraves et des carottes. Les haricots et les courgettes et les tomates commençaient à diminuer, et dans le verger les pommes étaient presque prêtes à être ramassées.

➲ **Midas est un roi de la mythologie antique qui a le pouvoir de transformer en or tout ce qu'il touche.**

Père disait que nous nous en sortirions. L'électricité serait bientôt rétablie, promettait-il. Le téléphone marcherait à nouveau, et il ferait du stop pour aller chercher de l'essence en ville. L'école primaire de Redwood rouvrirait, Eva reprendrait ses cours de danse et passerait son audition, et je pourrais me préparer sérieusement pour mes Achievement Tests en novembre. C'était comme si le garrot[1] que le chagrin avait posé sur nos vies se desserrait enfin. Père disparaissait encore souvent à l'étage bien avant le coucher du soleil, mais les heures qu'il passait à couper du bois et à jardiner semblaient lui procurer une nouvelle vigueur. Il n'était plus aussi distant qu'il l'avait été, et parfois il rompait son deuil d'une plaisanterie. [...]

Pendant qu'il passait ses après-midi dans la forêt, Eva et moi restions dans la clairière, désherbant le potager, bricolant dans la cuisine de plus en plus spartiate[2], ou essayant de poursuivre ce qui avait été autrefois nos passions. Mais nous abandonnions de plus en plus souvent toute prétention au travail, quittions la maison étouffante pour l'étourdissante chaleur de la journée. Côte à côte, nous nous allongions sur le tapis moucheté d'ombre des aiguilles de pin, près de la citerne. Là, pantelantes[3], nous nous assoupissions, priant pour que souffle un frisson de brise. Nous étions montées à la citerne cet après-midi-là. Il était tard, presque l'heure pour Père de rentrer, et pour nous de songer à préparer le dîner. Par pur ennui, je me peignais les ongles avec ma petite réserve de vernis, et je sens encore le chatouillement frais du pinceau, je perçois encore l'odeur chimique

1. **Garrot** : lien que l'on serre autour d'un membre, pour éviter une hémorragie.
2. **Spartiate** : vide, austère, sans confort.
3. **Pantelantes** : essoufflées, épuisées, à cause de la chaleur.

s'échappant du flacon court et trapu, je vois encore les ovales humides rouge foncé de mes ongles au bout de mes doigts tachés par les fruits, j'entends encore le vrombissement[1] de la tronçonneuse[2] quelque part à l'intérieur de ma conscience. Dans mon souvenir de cet instant, je suis trop innocente pour être tout sauf heureuse.

Soudain nous avons entendu un cri.

C'était un son qui ébranlait tout ce qui avait fini par être réel pour nous. L'espace d'un vaste moment suspendu, nous avons été incapables de donner du sens à ce son, et nous avons réfléchi à toute vitesse, cherchant aveuglément à identifier sa cause.

Je n'avais jamais entendu mon père hurler, n'avais jamais imaginé une telle chose. Comme le voir pleurer à l'enterrement de notre mère, cela me faisait honte, pas tant à cause de ce que cela révélait de lui, mais parce que je n'avais jamais considéré la possibilité que mon père puisse pleurer – ou hurler.

Ce devait être son cri. Il n'y avait personne d'autre, même si, alors que nous courions à travers la forêt, je n'arrivais pas vraiment à croire que ce son vienne de lui, même quand, essoufflées par la fatigue et la peur, nous sommes tombées sur l'endroit où il gisait, la cuisse entaillée et le sang battant.

Je me demande encore comment nous avons su qu'il fallait aller dans cette direction. Il avait une forêt entière pour se perdre, et les sons portent étrangement entre ces collines, pourtant nous avons bondi l'une et l'autre de nos rêvasseries et couru, sûres de ne pas nous tromper, vers l'écho de ce cri, couru à travers les buissons enchevêtrés[3] de sumac vénéneux et

1. **Vrombissement** : bruit intense et vibrant.
2. **Tronçonneuse** : grosse scie, fonctionnant à l'électricité ou (comme ici) à l'essence.
3. **Enchevêtrés** : entremêlés.

les ronces des mûriers sauvages, couru dans l'indifférence des serpents et des sangliers, couru là où notre père perdait le sang de sa vie dans la terre.

Il avait le visage blême[1], la peau tirée, tendue au niveau des pommettes. Il était torse nu, et ses avant-bras bronzés et couverts de sciure de bois tranchaient abominablement contre la pâleur de sa poitrine. Ses yeux étaient noirs et déjà lointains, et pourtant il a souri quand il nous a vues et m'a adressé un regard si plein de chaleur et de tristesse, si plein d'amour et de pardon que je me dis parfois qu'il est la cause de tous mes cauchemars.

– Ça va aller, a-t-il murmuré. Ça va aller.

Pendant un moment, nous avons hésité à nous approcher, comme si, même après notre course tête baissée à travers la forêt, nous éprouvions un sentiment de répulsion, une réticence[2] à l'idée d'être tachées de sang, de devoir regarder la viande, les lambeaux pêle-mêle de muscles et de tendons et de graisse qu'était devenu notre père. Je crois que nous ne voulions pas admettre la vérité, non par peur, mais portées par l'espoir fou que si nous n'acceptions pas que notre père était blessé, alors il ne le serait pas – si nous refusions de voir sa blessure, alors il se lèverait de là où il gisait et rentrerait avec nous par les bois aux fragrances[3] d'été.

Mais ce moment est passé et nous nous sommes approchées de lui, agenouillées sur le sol de la forêt, une pâte d'aiguilles de pins, d'humus[4], et du sang de notre père.

– Qu'est-ce que tu as fait ? a sangloté Eva.

Il avait le visage crispé, et les mots lui venaient difficilement.

1. **Blême** : très pâle.
2. **Réticence** : hésitation, retenue.
3. **Fragrances** : senteurs, odeurs.
4. **Humus** : terre mêlée de végétaux en décomposition.

– Une branche. A dû se détacher. M'a heurté. Par derrière. Suis tombé. Sur. La tronçonneuse.

– Je croyais que ça ne devait pas arriver, ai-je soufflé en regardant horrifiée la tronçonneuse couverte de sang avec sa chaîne aux dents rieuses.

Il a grimacé.

– Pris. Le frein de chaîne. Enlevé. Semaine dernière. Idiot. Ça m'apprendra.

– Que devons-nous faire ? a demandé Eva, sans préciser à qui elle posait la question.

Notre père, en agnostique[1] qu'il était, a souri, et avec un son aussi proche du petit rire étouffé qu'un homme mourant peut émettre, il a répondu :

– Prier.

– Que devons-nous faire ? a-t-elle répété, et cette fois, c'était à moi qu'elle le demandait.

Ma première réaction – même après tous ces mois d'isolement – était de chercher de l'aide. Le numéro 911 ➲ a jailli dans mon esprit, et je me suis vue courir vers la maison, décrocher le téléphone, taper ces trois chiffres sacrés. Puis j'ai entendu le mur blanc de silence dans le micro du combiné mort depuis six mois.

J'ai pensé ensuite aux Coleman qui vivaient à six kilomètres d'ici, et je me suis imaginée filant sur la route vers chez eux. Mais je me suis rappelé que leur maison était abandonnée, une décharge pour sangliers. J'ai pensé rouler à tombeau ouvert[2] pour demander du secours en ville, mais il n'y avait plus d'essence dans le pick-up. En dernier lieu, j'ai pensé aux sifflets de

1. **Agnostique** : sceptique vis-à-vis de la religion.
2. **À tombeau ouvert** : à toute vitesse.

➲ **Aux États-Unis, le 911 est le numéro d'appel d'urgence.**

policier que notre mère avait autrefois accrochés à nos cous comme des amulettes[1], et je crois bien que mes doigts ont palpé ma poitrine comme si, en retrouvant ce sifflet perdu et en soufflant dedans aussi fort que possible, j'allais pouvoir faire voler en éclats la barrière entre les vivants et les morts, et ma mère laisserait son métier à tisser et accourrait de la maison pour nous aider.

Je voulais quelqu'un pour sauver notre père. J'avais peur d'essayer de le sauver toute seule.

– Allez, a hurlé Eva, il faut faire quelque chose.

– Quoi ? ai-je supplié. Je ne sais pas quoi faire.

J'ai pensé à la trousse de premiers soins dans la salle de bains, avec ses pansements et la teinture d'iode[2] et le manuel de secourisme.

– La trousse de premiers soins, ai-je dit en me relevant d'un bond. Le manuel nous dira quoi faire.

Mais Père a répondu :

– N'y va pas. Nellie. Tu. Me manquerais. Trop.

J'ai éprouvé la même sensation qu'à l'âge de huit ans, quand j'avais eu 40,5 °C de fièvre et que tous mes sens étaient si atrocement aigus que les crêtes papillaires[3] de mes doigts ressemblaient à des montagnes et qu'il me semblait sentir le grain de la réalité, chacune de ses particules rugueuses. J'ai eu l'impression que ma vie entière n'avait été jusqu'alors qu'un rêve terne, et je venais juste de m'éveiller – en entendant le cri qui était en moi depuis toujours, un courant souterrain d'horreur s'écoulant jour après jour.

1. **Amulettes** : objets destinés à porter bonheur.
2. **Teinture d'iode** : désinfectant de couleur jaune.
3. **Crêtes papillaires** : lignes en relief du bout des doigts, dont le dessin forme les empreintes digitales.

L'unique échappatoire[1], je le voyais, ouvrait sur la folie. Je pouvais me lever et m'éloigner par les bois ensoleillés et ne jamais recouvrer la raison, et une part de moi le souhaitait. Mais c'était mon père qui gisait[2] là, ma sœur qui attendait de moi que je le sauve, aussi ai-je fait ce que j'ai pu, bien qu'à la fin ce ne fût rien.

Il se tenait le haut de la cuisse, et quand j'ai écarté ses mains et que j'ai vu comment la tronçonneuse avait emmêlé le tissu du jean à sa chair, j'en ai eu le souffle coupé. Sans réfléchir j'ai plaqué mes mains tremblantes contre sa cuisse, cherchant à reformer sa jambe, à tout contenir ensemble afin qu'il ne perde plus de sang.

Je pense que son artère fémorale[3] avait dû être sectionnée. Elle avait presque arrêté de saigner quand nous sommes arrivées, mais chaque fois qu'il bougeait, de nouvelles gouttes de sang s'écoulaient entre mes doigts. À un moment, je me souviens d'avoir essayé de stopper l'hémorragie en comprimant l'artère. J'ai appuyé le talon de ma main contre son pubis[4] là où j'espérais que l'artère passait, et je ne saurai jamais s'il aurait survécu si j'avais pensé à le faire plus tôt.

Il s'était mis à trembler, et j'ai compris qu'il était en état de choc. J'ai demandé à Eva de le couvrir avec sa chemise et de lui soulever les jambes en tenant ses pieds sur ses genoux. Mais même avec les jambes en l'air et sa chemise étalée sur lui, il grelottait comme si le sol sur lequel il était allongé était tapissé de neige.

1. **Échappatoire** : moyen d'échapper à une situation difficile.
2. **Gisait** : était étendu par terre, sans pouvoir bouger.
3. **Artère fémorale** : vaisseau qui amène le sang à la jambe.
4. **Pubis** : zone inférieure du bassin.

Il a dit qu'il avait soif, et Eva a attrapé son thermos et je l'ai aidé à boire les dernières gouttes qu'il contenait. Mais il en restait si peu que c'était dérisoire. Un peu d'eau, une chemise en coton, et nos quatre mains ne pouvaient panser sa blessure, et je ne savais pas quoi faire d'autre.

Il est mort en même temps que le soleil se couchait. Nous l'avons tenu, nous avons caressé son visage et lui avons parlé comme les mères parlent à leurs enfants malades, leur promettant que ça irait, leur murmurant les mensonges qui se transcendent[1] eux-mêmes, deviennent une sorte de vérité simplement par la force de l'amour ou la nécessité qui les commande. Il a écouté ces mensonges et a essayé de se reposer.

– Ça va aller, a-t-il balbutié une fois, longtemps après qu'il se fut senti capable de parler. Ça va aller.

Puis il a rassemblé tout son être qui s'évanouissait, a porté son regard sur moi et a dit :

– Ne t'inquiète pas. Pumpkin.

Et longtemps après que son regard se fut tourné vers l'intérieur, longtemps après qu'eut cessé même son tremblement et que sa respiration irrégulière nous eut prises de court, nous lui avons parlé.

– Pardon, ai-je dit d'une voix étranglée, tandis que les premières étoiles paisibles apparaissaient dans le ciel clair.

Mais quand j'ai été capable de prononcer ces mots, je m'adressais à un cadavre.

Nous étions désormais orphelines, seules dans la forêt, avec la nuit qui tombait. Peu importe ce qui va arriver par la suite, peu importe ce que l'on doit encore endurer, il ne peut y avoir pire

1. **Se transcendent** : se dépassent, se transforment en quelque chose de meilleur.

moment que cette nuit-là. Nous devions rester avec lui. Nous ne pouvions pas supporter l'idée d'abandonner son corps aux sangliers, et pourtant, ils nous terrifiaient, comme les serpents et les fantômes que l'obscurité, nous en étions certaines, appelait.

Il était trop tard pour retourner à la maison prendre des couvertures et des allumettes, trop tard pour aller chercher la carabine qui nous aurait donné le courage d'affronter la nuit, aussi nous sommes-nous essuyées du mieux possible avec la chemise de Père, bien que nos mains soient encore poisseuses[1], et l'odeur âcre[2] du sang, omniprésente. Nous avons chacune trouvé une branche tombée d'un arbre, lourde comme une batte de baseball et, recroquevillées[3] près du corps de notre père, nous avons regardé les dernières couleurs se retirer du ciel, regardé les ténèbres prendre la terre, attendu les bêtes et les démons qui nous achèveraient.

Il ne s'est rien passé. Serrées l'une contre l'autre dans la nuit fraîche, trop engourdies par le froid et le choc pour parler ou même pleurer, nous avons empoigné les branches sur nos genoux chaque fois qu'une brindille cassait ou qu'un arbre craquait ou que nous entendions l'appel creux d'une chouette. Nous avons enduré. Heure après heure, nous avons enduré tandis qu'en nous le cri de la vie continuait de résonner, irrépressible. Quand les étoiles se sont mises à s'éteindre imperceptiblement, nous étions toujours là, nous respirions toujours, et notre père était toujours mort à nos côtés, le visage à la fois ferme et avachi[4].

1. **Poisseuses** : collantes, ici, à cause du sang.
2. **Odeur âcre** : odeur forte, irritante.
3. **Recroquevillées** : roulées en boule.
4. **Avachi** : déformé, flasque.

Mais il s'était peut-être passé quelque chose. Car quand la forêt a commencé à réapparaître, nous nous sommes senties à peine soulagées pour le remarquer. Elle n'était plus le lieu bienveillant de notre enfance ni même le lieu neutre qu'elle avait été la veille. La forêt qui se révélait à mesure que la nuit se retirait était un lieu dur, indifférent, un lieu où un homme pouvait verser le sang de sa vie dans le sol, et les arbres, les pierres, la terre même ensanglantée demeuraient identiques. Seuls les vautours, les sangliers et les vers s'intéressaient à ce qui était arrivé.

Nous l'avons enterré là parce qu'il le fallait, au milieu de ces bois cruels, recouvert de la terre que son sang avait gorgée. Quand le ciel a été assez clair pour distinguer la piste des cerfs qui nous avait conduites vers lui, Eva est partie chercher des pelles, de l'eau, des serviettes et une chemise propre pendant que j'attendais, hébétée, près de son corps. Lorsqu'elle est revenue, nous lui avons fait une sorte de toilette mortuaire[1] grossière. Nous lui avons lavé le visage, redressé les membres, et nous sommes débattues pour lui enfiler la chemise.

Nous avons passé la journée à creuser. Nous avions choisi pour l'enterrer un endroit près de là où il gisait, mais quand ma première tentative pour ouvrir la terre desséchée par le soleil s'est soldée par une épaule déboîtée et des raclures de poussière, j'ai failli renoncer. Seule la pensée de ce qui se produirait si nous ne l'enterrions pas m'a poussée à enfoncer de nouveau ma pelle dans l'entaille que j'avais pratiquée.

Et c'est ainsi que, pelletée après pelletée durement gagnée, nous avons creusé la tombe de notre père. Nous travaillions l'une en face de l'autre, à chaque extrémité du trou. Vers le

1. **Toilette mortuaire** : acte de laver le corps d'un défunt.

milieu de la matinée, nos ampoules s'étaient percées et saignaient, et le ridicule vernis rouge foncé de mes ongles cassés s'était depuis longtemps écaillé. À midi, nous avions bu toute l'eau qu'Eva avait apportée, mais nous avons continué à travailler, déterminées à creuser une tombe qu'aucun sanglier ne défoncerait – tandis que les vautours tournoyaient haut dans le ciel au-dessus de nous, leurs ombres planant froidement sur nos dos en sueur.

Seule la menace de passer une autre nuit dehors nous a fait arrêter, car le soleil était déjà derrière la colline quand nous avons cessé de creuser. Comme nous devions encore le recouvrir avec la terre que nous avions retournée, nos adieux ont été brefs. Nous l'avons embrassé, avons rapproché son corps du bord de la tombe, et l'avons poussé. Il était impossible de le faire glisser petit à petit, impossible d'y aller avec douceur, de masquer le fait que c'était un cadavre roulant dans un trou. Il était impossible d'éviter que les pelletées de terre ne recouvrent son visage, et il y a eu un moment où, alors que l'on ne voyait plus que la moitié de son corps, je n'ai pas pu empêcher le cri de jaillir de ma bouche.

La nuit était tombée quand nous avons enfin fini. Nous avons rassemblé les pelles et les serviettes, le thermos et la bouteille d'eau vide et la scie à archet[1] dans nos mains brisées.

– Et la tronçonneuse ? a demandé Eva.

J'ai baissé les yeux, j'ai vu les taches sombres et les caillots de sang[2] et j'ai frémi.

– Laissons-la.

---

1. **Scie à archet** : scie dont la lame est portée par un cadre en forme d'arc.
2. **Caillots de sang** : masses de sang coagulé.

– Papa nous tuerait, a-t-elle murmuré. On pourrait en avoir besoin.

De retour à la maison, nous avons descendu nos matelas dans le salon. Nous avons verrouillé les portes, fermé les fenêtres et sommes passées à tour de rôle dans l'eau froide de la baignoire. Après avoir utilisé un peu du savon que nous avions mis de côté pour éliminer ce qui ne nous quitterait jamais, nous sommes tombées l'une et l'autre, dégoulinantes, sur nos matelas, trop abasourdies et épuisées pour manger ou pleurer ou même nous sécher.

Il semble que nous sommes restées pendant des jours repliées en nous-mêmes tandis que les mauvaises herbes envahissaient ce qui restait du potager d'automne. À la limite, je crois que je préfère l'avoir vu mourir, aussi insupportable que ce fut, plutôt que d'affronter le vide qui a suivi. Car ce qui a suivi, c'étaient des jours d'inertie[1] complète, quand nous jouions au backgammon ➋ ou faisions des puzzles comme deux malades d'Alzheimer attendant sans parler quelque chose qu'elles ont oublié, capables ni de pleurer ni d'espérer.

C'est au cours de cette période que mes cauchemars ont commencé. Nuit après nuit, je rêvais que mon père était arraché de sa tombe. Je rêvais que les sangliers avaient fini par le trouver, l'avaient déterré avec leurs solides défenses. Quand j'essayais de remettre la terre en place sur son corps à l'aide de ma pelle, je rêvais que la pelle fondait. Quand je me servais de mes mains pour ramasser la terre et combler la tombe, mes mains se dissolvaient et mes bras se transformaient en moignons[2]. La seule

1. **Inertie** : absence d'énergie, d'activité.
2. **Moignons** : extrémités de membres amputés.

➋ **Le backgammon est un jeu de société qui se joue à deux.**

façon pour moi d'enterrer mon père, c'était de me coucher sur lui avec mon corps sans bras, et j'avais peur de le toucher, peur qu'en le touchant, il ne me transmette sa mort.

Mais que je le touche ou que je m'enfuie, que je rêve ou que je sois éveillée, le jour de son anniversaire ou n'importe quel autre jour, ma vie entière est contaminée par le fait qu'il est mort.

CHAPITRE 12

Aujourd'hui nous avons fait une découverte merveilleuse, fabuleuse, miraculeuse ! Aujourd'hui nous avons trouvé la lumière et la chaleur et la musique ! Nous avons trouvé la source d'énergie et le moyen de voyager, le fluide qui change tout ! Aujourd'hui nous avons trouvé de l'essence ! Je pourrais remplir ce cahier de points d'exclamation, ils n'exprimeraient pas à quel point nous sommes heureuses.

Il était midi. Nous avions travaillé dans l'atelier toute la matinée, tâchant d'y voir clair dans le fouillis qui régnait sur l'établi et les étagères de notre père. J'avais les doigts ankylosés[1] à cause du froid et noirs à cause du cambouis[2]. Ma nuque était raide. Mes pieds engourdis. Il était l'heure de rentrer, l'heure de nourrir le feu et de laver nos mains et de préparer quelque chose à manger. Eva devait s'entraîner, et je voulais essayer de finir la lettre J ➲ avant de dîner.

J'étais assise à la table métallique, devant un carton mouillé rempli de bric-à-brac. J'avais tout trié jusqu'à la dernière maudite poignée de contre-écrous[3] crasseux, de paille de fer[4] rouillée, de fils électriques tordus et de petits bouts de caoutchouc noir non identifiables qui – même maintenant – n'avaient peut-être aucune valeur.

1. **Ankylosés** : engourdis, paralysés.
2. **Cambouis** : huile de moteur noircie par l'usage.
3. **Contre-écrous** : petites pièces métalliques qui servent à bloquer les écrous de fixation.
4. **Paille de fer** : matière constituée de fils de fer très fins emmêlés, et destinée à gratter les taches inscrustées.

➲ **Nell lit les mots de l'encyclopédie dans l'ordre et finit de lire l'ensemble des mots commençant par J.**

MISC.

Eva avait fini avec les étagères et se trouvait dans un coin au fond de l'atelier, fouillant dans un affreux amas de pots – laques, vernis, diluants, antirouille – et bocaux remplis de liquides d'aspect sinistre dont les étiquettes faites maison s'étaient depuis longtemps effacées ou décollées. C'était le plus gros chantier auquel nous devions encore nous attaquer, et une véritable crainte nous poussait à le retarder le plus possible.

– Ne te mets pas à ça maintenant, ai-je dit. Aide-moi plutôt à finir ce carton, et on en aura terminé pour aujourd'hui.

– Je veux juste voir ce qu'il y a là, a-t-elle marmonné en écartant un cageot de fruits contenant des pinceaux et des rouleaux en mousse et des grattoirs rouillés.

– Ça peut attendre demain. Allons-y. J'ai froid.

– Une minute. Aide-moi à déplacer ce compresseur[1].

– Eva, il fait froid. Allons-y, ai-je répété.

Je sentais l'impatience m'irriter la gorge alors même que je parlais. Tout à coup, elle a hurlé et a plongé derrière le compresseur.

– Oh, Nellie, regarde ! a-t-elle dit en dégageant un bidon en plastique rouge de dessous un tuyau d'arrosage tout emmêlé.

– C'est quoi ?

– Je crois que c'est de l'essence.

J'ai bondi de ma chaise. Mais juste après la montée d'adrénaline[2], la peur d'une nouvelle déception a suivi, et j'ai demandé avec méfiance :

– Tu es sûre ?

Elle a dévissé le couvercle, a reniflé et m'a tendu le bidon.

1. **Compresseur** : appareil destiné à augmenter la pression d'un gaz, utilisé par exemple pour les moteurs d'auto.
2. **Adrénaline** : hormone sécrétée en réponse à une émotion forte, accélérant le rythme cardiaque.

– Sens.

J'ai aspiré par le nez, et l'odeur m'a fait l'effet d'une drogue. L'odeur brute, douce, qui donne mal à la tête, l'odeur de mille stations-service s'est déployée dans mon esprit, me ramenant non pas à un souvenir en particulier, mais à la sensation totale d'un autre temps. L'espace d'un instant, mon corps était composé d'autres cellules, des cellules dont je m'étais, d'après l'encyclopédie, débarrassée depuis longtemps ➲, et j'attendais de nouveau à la station-service pendant que l'un de mes parents faisait le plein et que le tuyau noir crachotait et que l'odeur de l'essence se répandait jusqu'à la banquette arrière.

– Il est presque plein, a dit Eva. On a un peu moins de vingt litres !

– Je n'arrive pas à y croire.

Et au milieu du désordre glacial de l'atelier de notre père, nous avons sauté en l'air et nous sommes étreintes[1] et avons poussé des cris telles des créatures sauvages.

* * *

Mais ce qui promettait de nous sauver hier a tout gâché aujourd'hui, a corrompu l'air même entre ma sœur et moi.

Nous avons porté le bidon d'essence dans la maison, l'avons posé sur la table pour en profiter pendant que nous mangions nos haricots bicolores. Nous étions fières comme des chercheurs d'or qui venaient de tomber sur le filon mère[2]. Tout l'après-midi notre joie nous a stimulées – nous avions de l'essence, de

1. **Étreintes** : serrées fort.
2. **Filon mère** : filon d'or le plus gros.

➲ **Les cellules du corps humain se renouvellent constamment (toutes les 3 à 4 semaines pour les cellules de la peau, par exemple). Du temps des stations-service, le corps de la narratrice n'était donc pas fait des mêmes cellules qu'au moment où elle écrit.**

l'essence, de l'essence ! et grâce à elle, nos problèmes étaient pour ainsi dire résolus.

Jusqu'à ce que nous tentions de nous mettre d'accord sur son utilisation.

– Je vais aller remplir le générateur[1], a dit Eva au début de la soirée, quand notre excitation avait fini par se calmer pour n'être plus qu'une lueur chaude et solide.

– Quoi ? ai-je fait.

– Je vais remplir le générateur, a-t-elle répété, la main déjà sur la poignée du bidon.

– Maintenant ?

– Évidemment maintenant. Si j'attends, il fera trop noir pour y voir quoi que ce soit.

– Mais pourquoi ?

– Pour notre fête.

– Quelle fête ?

– On va faire la fête ce soir. On allumera toutes les lumières, on prendra des douches chaudes, on lavera du linge. Et, a-t-elle ajouté en exultant, on mettra de la musique. Et je danserai.

– On ne peut pas faire ça, ai-je dit.

– Pourquoi pas ? Je suis sûre que le générateur marche.

– Ce que je veux dire, c'est qu'on ne peut pas utiliser l'essence.

– Pourquoi ?

– On doit la garder pour le pick-up. Pour ne pas avoir à faire du stop pour aller en ville.

– Mais ça ne nous intéresse pas d'aller en ville en ce moment. Tu te rappelles la dernière fois ?

1. **Générateur** : machine alimentée par essence, capable de produire de l'électricité.

– Oui. Mais tôt ou tard il faudra qu'on y aille, et on aura besoin de l'essence.

– Il y a presque vingt litres là-dedans. On n'en a besoin que de sept pour aller en ville.

– Et sept autres pour revenir.

– Donc quatorze. Ce qui nous laisse six litres pour ce soir.

– Qui sait jusqu'où on devra rouler pour en trouver à nouveau. Et puis, si l'une de nous tombe malade et qu'on a besoin du générateur, ou si on doit en utiliser pour la tronçonneuse ou autre chose ? On pourrait peut-être même s'en servir comme monnaie d'échange. On ne peut pas se permettre de tout dépenser.

– On ne dépensera pas tout, juste assez pour la musique, ce soir, c'est tout. Ce ne sera pas perdu.

– Écoute, Eva, je suis désolée. Mais on doit garder cette essence pour une urgence.

– Et si c'était une urgence maintenant ?

– Une urgence ? ai-je répété, ahurie.

Elle a répondu d'une voix virulente[1] et désespérée à la fois.

– J'ai besoin de danser, Nell. Je dois danser sur de la musique. Juste quelques minutes. Pour me donner du courage.

J'ai regardé ses mains, ses longs doigts qui serraient la poignée du bidon. Je ne sais pas pourquoi, mais j'ai revu les mains glaciales de notre mère tenant délicatement ses bulbes de tulipes, et pendant une seconde, j'ai eu envie de dire oui à l'idée folle de ma sœur. Mais j'ai ensuite revécu ce moment dans la forêt quand mon père se vidait de son sang et je me suis souvenu qu'il n'y avait plus d'essence dans le pick-up.

1. **Virulente** : violente, agressive.

– Je veux que tu danses, Eva, tu le sais bien. Mais ne comprends-tu pas… que l'essence est notre assurance sur la vie ?

– Notre assurance sur la vie ?

– Oui.

– Notre ? La moitié est à moi ? a-t-elle dit.

– Bien sûr. Tu as la moitié de tout. Tu le sais.

– Et si j'utilisais ma part ?

– Il n'en resterait pas assez pour que l'essence nous serve à quoi que ce soit. On doit tout garder. Pour le jour où on en aura vraiment besoin.

J'ai attendu son argument suivant, mais son visage s'est éteint puis s'est fermé.

– Il sera peut-être trop tard alors, a-t-elle dit, et elle est sortie de la pièce, m'a laissée debout seule à côté du bidon sale, m'a laissée me détester parce que j'avais dit non, parce que j'avais raison.

***

Il y a quelque chose qui ne va pas avec Lilith. Lorsque j'ai ouvert le poulailler ce matin, elle était tapie près de la porte et n'a même pas bougé quand Pinkie l'a bousculée pour se précipiter vers les restes du dîner. J'ai penché le seau pour lui montrer son contenu – quelques fines épluchures de pommes de terre et un trognon de pomme grignoté jusqu'à la tige et les pépins – et elle l'a regardé d'un air morne. Je l'ai poussé doucement du pied vers elle, et elle s'est avancée de quelques pas douloureux en se dandinant, puis est retombée de nouveau dans sa position à moitié accroupie. De son cloaque[1] distendu et gonflé s'écoule un liquide affreux.

1. **Cloaque** : organe d'où sortent les œufs.

Je ne sais pas quoi faire.

* * *

Quand nous étions petites, Eva et moi jouions aux jumelles que nous pensions que nous aurions dû être, puisque pendant trois jours, tous les ans, nous avions le même âge. Nous nous habillions de la même façon, adoptions des prénoms qui rimaient, étions les deux moitiés égales d'une seule chose.

Quand nous étions petites, Eva et moi formions comme une étoile binaire[1], chacune tournant en orbite autour d'un centre de gravité commun, chacune reflétant la lumière de l'autre. Nous nous réveillions le matin après avoir fait si souvent les mêmes rêves que nous avons fini par nous y attendre. Plus tard, nous avons eu nos règles en même temps, jusqu'à ce que le cycle d'Eva devienne irrégulier à cause de la danse.

Bien sûr, nous nous chamaillions. Presque tous les jours nous avions des différends[2] que notre père appelait "La guerre des Que-Pas" à cause de la façon dont nous réduisions chaque dispute à son conflit essentiel : « Même que », disait l'une de nous en réponse à ce qui avait été la cause de notre querelle, et l'autre répliquait, « Même pas ». « Même que. » « Même pas. » « Même que. » « Même pas. » « Que ! » « Pas ! » À ce moment-là, nous avions le fou rire, et notre plaisir devant cette ridicule litanie[3] qui traduisait notre discorde rétablissait notre harmonie.

Mais à présent nous n'arrivons même pas à être d'accord sur ce qui sauvera nos vies.

* * *

1. **Étoile binaire** : système composé de deux étoiles qui gravitent autour d'un centre de gravité commun.
2. **Différends** : oppositions, disputes.
3. **Litanie** : longue suite de mots répétés.

Quand je suis allée voir le poulailler ce matin, Lilith gisait comme une masse près de la porte, et Bathsheba et Pinkie picoraient son cloaque gonflé. Horrifiée, je me suis élancée vers elles, et je leur ai donné des coups de pied en hurlant. Elles se sont sauvées en poussant des cris d'indignation, abandonnant Lilith avec indifférence. Elle avait les yeux ouverts, et son corps aux plumes ébouriffées se soulevait quand elle respirait. Je me suis agenouillée près d'elle, mais je n'ai pas pu me résoudre à la toucher.

J'ai couru consulter l'encyclopédie, mais quand je suis revenue avec le volume sur les volailles, Lilith était morte. Je crois qu'un œuf est resté coincé en elle.

Je n'arrive pas à m'entendre avec ma sœur. Je n'arrive même pas à maintenir une poule en vie.

Je regrette de ne pas avoir été capable de la toucher au moins.

***

[...]

LECTURE ACTIVE 3

→ Voir aussi étape 3, p. 284-285.

Chapitre 8 à 12 • Un avenir bien sombre

As-tu bien lu ?

1 **Chapitre 8.** Pourquoi Nell aimait-elle aller sur la Plaza ?

2 **Chapitre 9.** Comment s'appelle le garçon qu'elle aimerait revoir ?

3 **Chapitre 10.** Entoure les mots qui décrivent le magasin Fatsco.

DÉSERT *vide* animé sombre lumineux

4 **Chronologie.** Pourquoi Nell se remémore-t-elle la mort de son père ?
- ☐ Il vient d'être enterré.
- ☐ C'est son anniversaire.

5 **Chapitre 11.** Qui a enterré le père d'Eva et Nell ?

6 **Chapitre 12.** Relie chaque personnage à son souhait :

Nell • • utiliser l'essence pour profiter du moment présent
Eva • • garder l'essence pour l'avenir

Atelier débat

Mener un forum de discussion

▶ ***Objectif.*** Se représenter les enjeux liés à l'utilisation du pétrole.

▶ ***Situation.*** Vous incarnez les représentants de différents pays lors d'une réunion internationale consacrée à l'utilisation du pétrole dans les transports et pour la fabrication des matières plastiques.

▶ ***Préparation.*** La moitié des groupes pense qu'il faut continuer à utiliser le pétrole comme d'habitude. L'autre moitié pense qu'il faut limiter au maximum son utilisation. Chaque groupe recherche des arguments.

▶ ***Réalisation.*** Chaque groupe présente sa thèse et on note au tableau tous les arguments valables.

▶ ***Réfléchir ensemble.*** Quelle thèse a obtenu le plus d'arguments ? Qu'en pensez-vous ?

Chapitre 13

Nous étions rentrées pour la nuit. Bathsheba et Pinkie étaient dans leur enclos, les bûches empilées près du poêle, les portes fermées à clé, l'eau de notre bain chauffait. Tard dans l'après-midi, les quelques nuages blancs dans le ciel dégagé avaient commencé à s'épaissir et à s'assombrir, et quand la pluie est arrivée, elle était si régulière et calme que c'en était presque un réconfort. Eva et moi ne nous adressions toujours que très peu la parole depuis notre dispute, mais le silence devenait plus doux, comme si une nouvelle tendresse meurtrie se développait entre nous.

Nous étions assises l'une en face de l'autre à la table près de la fenêtre et mangions des betteraves en boîte et des miettes de macaronis bouillis à la lumière grise du jour finissant. Nous mangions en silence, écoutant le bruit de la pluie et le bourdonnement du feu et le sifflement de la bouilloire où de l'eau chauffait, écoutant tous ces sons qui semblaient faire descendre la nuit en douceur sur nous.

On a frappé à la porte.

Un léger toc, toc qui nous a déchirées comme un cri, nous a laissées paralysées dans le sillage d'une vague d'adrénaline. Nous sommes restées abasourdies[1] un instant. Puis on a frappé à nouveau – trois petits coups rapides contre une porte qui n'avait pas été heurtée pendant ce qui paraissait une éternité, le bruit qui traduisait nos plus profondes terreurs ou nos plus grands espoirs était enfin arrivé.

– Eva, ouvre le poêle, ai-je sifflé.

1. **Abasourdies** : paralysées par la surprise.

Elle s'est agenouillée, a tiré la porte du poêle.

À la lueur du feu, j'ai fouillé dans la penderie et j'ai trouvé la carabine de notre père. Je ne savais pas comment la tenir ni dans quelle direction la diriger, aussi pointait-elle devant moi comme un troisième bras rigide, et elle me terrifiait presque autant que ce qui nous attendait, quoi ce que soit, dehors. Je me suis glissée jusqu'à la porte et me suis collée contre elle comme si je pouvais deviner, à travers les vibrations du bois, les intentions de la personne que le battant nous cachait.

– Qui est là ? ai-je grommelé – ou tenté de grommeler –, la gorge nouée par la peur.

– Nell ?

– Que voulez-vous ?

– Est-ce que Nell est là ?

– Oh, a murmuré Eva, qui se trouvait toujours près du poêle. Elle s'est relevée et m'a observée.

– Nell. C'est Eli. C'est toi ?

Tout à coup, j'ai été éperdue de soulagement. J'ai senti le regard d'Eva, tel un coup de poignard, mais je ne me suis pas arrêtée. Une joie étourdissante m'inondait comme une pluie chaude. Dans la seconde qu'il m'a fallu pour déverrouiller la porte, j'ai essayé de me rappeler comment j'étais habillée, si j'étais coiffée.

Ce n'était pas le Eli d'il y a un an qui se tenait devant moi. Il semblait plus massif, avec les traits plus marqués. Son visage était mouillé, et l'eau ruisselait de ses cheveux plaqués sur son poncho[1] qui lui tombait aux genoux, couvrant le sac dans son dos, si bien qu'il ressemblait à une énorme tortue de mer.

1. **Poncho** : cape de pluie.

Peut-être était-ce le choc de me trouver face à une autre personne que ma sœur, mais l'espace d'un moment, j'ai eu envie de claquer la porte, de faire comme si nous n'avions pas entendu frapper, de demeurer, si ce n'est en sécurité, du moins dans un rapport familier avec tout ce qui nous menaçait. Mais je me suis écartée, et il est entré.

J'ai songé à tendre la main, à le toucher pour lui souhaiter en quelque sorte la bienvenue. Mais tandis qu'une part de moi en avait envie, une autre avait conscience de ce qui se présentait comme les innombrables strates[1] de changement et de temps qui me séparaient de la fille de la Plaza, et je me suis rappelé avec une petite pointe de rancœur[2] ce que j'avais compris la dernière fois que j'avais vu Eli – nos liens étaient si ténus[3] que je n'avais aucun droit, même pas celui de réclamer qu'il me prenne dans ses bras.

– Salut, ai-je dit, un peu platement.

Il n'a pas paru le remarquer.

– Eva. Nell.

Il s'est à moitié incliné, d'abord en direction d'Eva, puis de moi, bien que son sac et son poncho nuisent légèrement à l'élégance de cette salutation.

Puis il a avancé un index mouillé et m'a touchée, enfonçant son doigt juste un instant dans le creux à la base de ma gorge, là où les clavicules[4] se rejoignent. C'était un geste curieux, plus intime que tous ceux qu'il avait eus à mon égard auparavant, et je lui ai jeté un coup d'œil pour voir si ce n'était pas une autre

---

1. **Strates** : couches, épaisseurs.
2. **Rancœur** : ressentiment, rancune.
3. **Ténus** : fins et fragiles.
4. **Clavicules** : os qui relient les épaules au cou.

de ses facéties[1]. Mais son visage avait perdu son air satisfait et détaché, et semblait solennel, fatigué. Ma gorge m'a picoté à la suite de ce contact, et j'ai dû me retenir pour empêcher mes mains de me toucher là, à mon tour.

– Où est votre père ? a-t-il demandé en cherchant à percer l'obscurité au-delà de la faible lueur du poêle.

Nous sommes restées silencieuses, déroutées à l'idée de devoir résumer ce que nous avions vécu à quelques paroles. Puis Eva a fini par répondre :

– Il est mort.

– Oh, a fait Eli, toujours debout contre la porte. Mais vous allez bien ? a-t-il continué en me regardant d'abord moi, puis Eva. Vous n'êtes pas malades ou quoi que ce soit. Vous allez bien, toutes les deux ?

– On va bien, ai-je dit avec une envie de pleurer.

– Comment es-tu arrivé jusqu'ici ? a demandé Eva.

Il a passé son poncho par-dessus ses épaules, s'est débarrassé de son sac qui a couiné[2] en glissant de son dos, a secoué la tête, si bien que des gouttes d'eau sont tombées éparses de sa crinière flottante et qu'un subit grésillement[3] s'est fait entendre quand elles ont atterri sur le poêle.

– Je suis d'abord parti à vélo, mais j'ai crevé et je n'ai pas réussi à réparer le pneu. Du coup, j'ai marché. Je suis parti hier. Comme j'ignorais quelle était votre maison, j'ai dû les faire les unes après les autres. Vous savez que vous êtes les seules ici ? Il n'y a plus personne qui habite sur cette route sur au moins quinze kilomètres.

---

1. **Facéties** : actions destinées à faire rire.
2. **Qui a couiné** : qui a émis un petit grincement.
3. **Un subit grésillement** : un crépitement soudain.

J'avais envie de me jeter dans ses bras, de fondre, de me durcir, de m'ouvrir à force de pleurer, jusqu'à ce qu'enfin je m'endorme, la tête contre sa poitrine. Mais la dernière fois que nous nous étions vus, nous n'avions même pas échangé une parole. Il avait toujours été un étranger, et à présent il était un étranger là où je vivais.

– Tu as faim ? ai-je demandé, et je me suis penchée timidement au-dessus de nos petites marmites, prélevant plus que sa part pour la déposer sur une troisième assiette.

Comme cette pièce paraissait différente avec lui à l'intérieur, avec une autre voix pour remplir l'obscurité. Et comme c'était étrange d'être avec Eli loin des projecteurs du samedi soir, de l'aider à étendre ses vêtements pour qu'ils sèchent, de le conduire à la salle de bains plongée dans l'obscurité où nous lui avions fait couler un bain. Pendant qu'il trempait et soupirait, je suis montée à l'étage en tâtonnant dans le noir et j'ai cherché à l'aveuglette des couvertures et un oreiller supplémentaire dans les armoires.

Quand il est sorti de la salle de bains, Eva a alimenté le poêle de sorte que les flammes projettent un coin de lumière sur le plancher, et nous nous sommes assis en tailleur tous les trois au bord de ce demi-cercle tremblant, nos genoux éclairés par le feu, nos visages dans l'ombre. Nous n'avons rien dit pendant un moment et avons regardé les flammes. Je me suis rappelé la Plaza, essayant de relier nos feux de camp à ce feu, le Eli froid et moqueur à cet homme silencieux. Mais la Plaza était à un monde de distance, et nous n'étions plus ces enfants qui s'étaient autrefois pavanés et avaient gloussé[1] sous les palmiers et les séquoias.

1. **Qui s'étaient pavanés et avaient gloussé** : qui marchaient en faisant les fiers et en riant bêtement.

– Qu'est-ce qui se passe en ville ? a fini par demander Eva en s'efforçant de parler avec légèreté, comme notre père avec Stan, chez Fastco.

– En ville ?

Eli avait la voix si pâteuse qu'on aurait dit qu'il venait de se réveiller en sursaut. Il s'est éclairci la gorge et a répondu :

– Pas grand-chose.

– L'électricité a été rétablie ? ai-je lâché.

– Non. Pas encore.

– Quelles sont les nouvelles ? Tu sais quand elle va l'être ?

– Pas vraiment. Il y a des gens qui ont entendu dire que… que le courant remarchait sur la côte Est ➲.

Il a marqué une pause pendant ce qui semblait un moment d'indécision, puis s'est empressé d'ajouter :

– Mais ce ne sont que des rumeurs.

– Quelles autres rumeurs circulent ?

– Il n'y en a pas tellement. Les gens ont tendance à rester chez eux. Tout le monde a peur des microbes. Et il n'y a pas vraiment de raisons de sortir. Il n'y a pas de travail. Pas d'école. Et des tas de gens sont partis. Ou sont morts.

– Morts ? a répété Eva.

– Pendant environ six semaines, cet automne, tout le monde attrapait la grippe, ou quelque chose dans le genre, a-t-il dit en regardant le feu, en s'adressant au feu. Personne n'était complètement sûr de ce que c'était. Et personne ne savait quoi faire. Mais il y a eu beaucoup de morts et ça a rendu les gens parano. Ma mère est morte.

➲ **La côte Est des États-Unis est la région bordant l'océan Atlantique, où se situent plusieurs grandes villes (New York, Boston, Washington).**

– Ta mère ? ai-je répété.

– Oui.

Il a marqué de nouveau une pause puis s'est empressé d'ajouter :

– Les gens de la Plaza... certains sont morts, aussi.

– Qui ? ai-je demandé, même si la seule chose qui m'intéressait était de savoir ce qui était arrivé à sa mère, et ce que cela lui avait fait de la perdre.

– Justin et Bess. À ma connaissance. Oh, et Big Mike. On pense qu'il a eu l'appendicite. J'ai cru que vous étiez mortes, aussi, quand vous avez arrêté de venir en ville.

– On n'avait plus d'essence, ai-je dit. On y est allés une fois l'été dernier pour se ravitailler, mais on n'a vu personne.

– Vous avez des vélos ? a-t-il demandé.

– Non, a répondu Eva.

Et j'ai expliqué :

– Notre père les a donnés à des gamins de son école. C'étaient des vélos d'enfants, de toute façon.

– Dommage, a dit Eli, mais avant que je puisse lui demander pourquoi, Eva a changé de sujet.

– Pourquoi tu as fait tout ce trajet si tu pensais qu'on était mortes ?

Je l'ai maudite et remerciée, et j'ai retenu mon souffle.

– Comme je le disais tout à l'heure, il ne se passe pas grand-chose en ville. J'ai pensé que ça me changerait, j'imagine.

***

[...] Pendant que j'écris, Eli se prélasse devant le poêle tout en soufflant doucement dans son harmonica. Il le tient dans ses mains en coupe comme s'il lui murmurait ses pensées.

De temps en temps, il me jette un coup d'œil, et quand il se détourne et continue de jouer, on dirait que sa musique est un secret qu'il raconte sur moi dans une langue que je ne comprends pas vraiment.

Je me sens nerveuse et vulnérable. Je veux qu'il parte. Mais voilà deux jours que la pluie qui a commencé l'après-midi avant son arrivée continue de tomber, et il ne semble guère pressé de se retrouver à nouveau en dessous. Les poules sortent par intermittence[1] et fouillent la cour détrempée à la recherche de la moindre chose rampante ou pointant de terre qu'elles n'auraient pas vue ; sinon la clairière est vide de tout sauf de pluie.

Nous restons à l'intérieur, Eli et moi dans le salon, Eva dans son studio, avec la porte fermée. Elle n'en sort plus, même pour venir surveiller le feu. Mais alimenter le poêle nous donne à Eli et à moi quelque chose à faire, une occupation qui nous distrait de nous-mêmes.

Ce n'est pas évident, après tout ce temps, d'avoir quelqu'un d'autre dans la maison. Hier j'étais ravie d'être seule avec Eli dans une pièce où il faisait bon pendant que la pluie battait dehors. C'était comme si ma vie, de façon alambiquée[2], prenait enfin la forme de mes désirs. Mais après une matinée de conversation insipide[3] et tâtonnante[4] comme jamais cela n'avait été le cas à la Plaza, je me suis surprise à penser à tous ces contes de fées dont la morale est « Méfie-toi de ce que tu souhaites ». J'étais là, incapable de m'asseoir ou de me tenir debout

1. **Par intermittence** : de temps à autre.
2. **De façon alambiquée** : en passant par des détours compliqués.
3. **Insipide** : fade, sans saveur.
4. **Tâtonnante** : qui ne sait pas où elle va, maladroite.

ou de parler sans avoir l'impression d'être une nigaude[1] ou une enfant ou une vieille fille, incapable de débrouiller la situation avec ma sœur, incapable d'étudier, incapable de rien faire que subir sa présence.

Jusqu'ici, nous avons beaucoup parlé de la pluie et un peu de la bande de la Plaza, bien que même ce sujet semble risqué, hanté maintenant par l'espèce de sincérité dont nos propos ne pourraient jamais supporter le poids. Eli fait les cent pas dans la pièce tandis que je suis assise bien sagement à la table, m'efforçant de continuer de parler, m'efforçant de ne rien dire, priant pour qu'il s'en aille.

* * *

Ce matin Eva est allée directement dans son studio avant qu'Eli ou moi ne soyons debout. Elle ne s'est pas arrêtée pour se laver la figure, n'a pas nourri le feu. À midi quand elle est sortie pour manger deux pommes toutes ridées, elle a souri d'un air distant mais n'a pas croisé mon regard. Puis elle est retournée en vitesse dans sa pièce et a fermé la porte.

Eli a levé les yeux de son harmonica pour demander :

– Elle est toujours comme ça ?

– Elle s'entraîne beaucoup, ai-je dit, déconcertée de voir que je ne me sentais pas plus tiraillée d'un côté ou de l'autre, surprise de constater le peu d'allégeance[2] que j'éprouvais envers eux deux – Eva qui m'en voulait toujours à cause de quelques litres d'essence [...], et Eli un étranger qui prenait trop de place dans ma maison.

– Je la croyais plus sympa.

1. **Nigaude** : idiote, fille peu futée.
2. **Allégeance** : obligation de fidélité, sentiment de la loyauté qu'on doit à quelqu'un.

– Elle est sympa. Elle travaille dur, c'est tout. Ce n'est pas facile d'être exigeant avec soi-même quand on est seul.

– Pourquoi elle fait ça ?

Je m'apprêtais à hausser les épaules et à changer de sujet, mais tout à coup, je me suis rendu compte que je me fichais de l'effet de mes paroles sur Eli. La politesse m'agaçait, la prudence me fatiguait. Eli mangeait notre nourriture. Il me gardait captive dans ma propre maison. Pourquoi ne pas lui faire endurer mes chagrins ? Peut-être que s'il me voyait le visage rouge et hoqueter, il partirait et me laisserait en paix afin que j'étudie l'encyclopédie et que j'essaie de me réconcilier avec ma sœur.

Aussi me suis-je mise à parler.

Je lui ai raconté comment Eva avait découvert la danse classique et comment je m'étais sentie abandonnée quand elle avait commencé à y consacrer sa vie. Je lui ai raconté comment j'avais décidé d'aller à Harvard, et comment, durant les mois sombres précédant la mort de ma mère, je m'étais concentrée sur mes études et Eva sur sa danse. Je lui ai raconté ce que je m'étais imaginé ne jamais pouvoir dire à quiconque, avoué ces moments de stupéfaction où j'étais soulagée de demeurer en vie alors que ma mère n'était plus. J'ai raconté à Eli ce qui s'était passé lors de notre dernière expédition en ville, comment Eva et moi avions enterré notre père, comment nous avions survécu depuis, comment Eva avait continué de danser.

Je n'ai pas pleuré.

Curieusement, je n'étais même pas triste ni gênée en parlant, même si je lui racontais les histoires qui dans mon imagination auraient fait fondre son cœur, les secrets dont je pensais que j'aurais eu honte. Mais je ne cherchais plus la pitié ou la compassion ni même qu'on me comprenne. En fait, l'émotion que j'éprouvais avec le plus d'intensité s'apparentait presque à la colère. J'en avais assez de mes propres histoires, assez de les avoir vécues et assez d'avoir dû les traîner avec moi depuis si longtemps. Je voulais m'en débarrasser à présent, et Eli se trouvait là, sur leur chemin, voilà tout. D'une certaine façon, cela me rappelait la légende du vieux Paul Bunyan ➲, comment dans le camp de bûcherons un hiver avait été si rude que tous les mots prononcés par les hommes se transformaient en glace, et le printemps suivant lorsque le dégel était enfin arrivé l'air était lourd de paroles en fusion à mesure que les mots gelés reprenaient vie.

Puis est venu le tour d'Eli.

Il m'a raconté comment ça avait été en ville, et ce qu'il m'a raconté était pire que ce que j'avais imaginé. Dire que pendant tout ce temps, je pensais qu'il n'y avait pas plus durs combats que les nôtres, me demandant si la vie n'était pas plus facile et plus sûre à Redwood, craignant que nous ne commettions une erreur en ne retournant pas en ville.

Mais Eli m'a parlé de la faim et de la colère et de la peur, du retour de la méfiance et de la superstition, il m'a dit comment les gens avaient fini par perdre patience face au présent sinistre et aux vagues promesses de changement, comment ils s'étaient mis à se méfier de leurs voisins dont ils venaient à peine de faire la connaissance. Il m'a parlé de la façon déroutante dont ils s'accrochaient à des habitudes longtemps après que ces habitudes ne signifiaient plus rien – des ménagères allant péniblement tous les matins voir si elles avaient du courrier six mois après la

➲ **Paul Bunyan est une figure légendaire du folklore américain, représenté habituellement comme un bûcheron géant.**

dernière distribution, des hommes lustrant[1] leurs voitures les dimanches après-midi même si cela faisait des mois qu'il n'y avait pas suffisamment de pression au robinet pour les laver ou d'essence pour les conduire. Il m'a parlé des acclamations et des hurlements à la Plaza un soir, à l'automne dernier, et comment on avait découvert le directeur de la banque pendu à un lampadaire le lendemain matin, le visage de la couleur d'une aubergine pourrie, ses orteils effleurant les herbes folles roussies.

Il m'a raconté comment la grippe était survenue et m'a parlé du choc et de la colère et de la terreur des gens quand ils se sont rendu compte qu'il n'y avait personne ni rien pour les soigner. Il m'a décrit la peur de la contagion qui s'était emparée de la ville, comment les gens avaient arrêté de se serrer la main et de partager un repas, comment ils se cachaient chez eux et pourtant mouraient, ils allaient bien, et la semaine d'après, ils étaient morts.

C'était ainsi que sa mère s'en était allée. Il m'a raconté comment ils l'avaient enterrée, dans un cercueil que ses frères et lui avaient fabriqué avec une vieille clôture et une porte cassée pendant que son père, dans le salon, fixait l'écran vide de la télé et buvait le cognac qu'ils avaient gardé pour fêter le retour de l'électricité.

Quand Eli s'est finalement trouvé à court de mots, il s'est assis, inerte comme une pierre, et a regardé la pluie lasse. Je l'ai observé pendant un moment, et puis, renonçant aux mots moi-même, je me suis levée, l'ai rejoint là où il était, et j'ai posé mes mains sur ses épaules affaissées, je les ai laissées là, pesantes et patientes et plus sages que je les avais jamais connues, jusqu'à ce qu'il se tourne pour me faire face.

1. **Lustrant** : faisant briller.

Toutes nos histoires se sont évanouies dans ses yeux mouchetés d'or.

La porte du studio d'Eva s'est ouverte brusquement, et nous avons sursauté comme si nous nous étions ébouillantés.

– Où en est le feu ? a-t-elle demandé en tirant sur la porte du poêle avant de remuer les braises. Il a l'air un peu faible.

* * *

C'était hier. Aujourd'hui je me sens une fois de plus intimidée, mais aujourd'hui ma timidité a une douceur en elle, et notre conversation, bien que superficielle, est dépourvue des hésitations et de la causticité[1] que je redoutais. Aujourd'hui je peux étudier, je peux même me lever pour aller aux toilettes sans me tourmenter à propos de ce qu'il voit, de ce qu'il entend, de ce qu'il pense. Aujourd'hui quand Eli joue de son harmonica j'aime le son de sa musique.

– Essaie juste de ne pas tomber enceinte, siffle Eva quand nous sortons toutes les deux en fin d'après-midi pour aller chercher du bois.

– Hein ?

– Quoi que tu fasses, sois prudente. C'est tout ce que je dis.

– Qu'est-ce que tu racontes ?

– La dernière chose dont on a besoin en ce moment, c'est d'un bébé. Et tu sais très bien qu'il ne lui faudrait pas longtemps pour se volatiliser.

– Pourquoi tu crois qu'il fera quelque chose ?

– Pas lui. Toi et lui.

1. **Causticité** : ironie moqueuse.

Elle sourit, et je suis si décontenancée que je suis incapable de lire le mélange d'émotions dans sa voix.

* * *

Ce matin il faisait un temps clair et radieux – froid et humide quand j'ai sorti les poules mais avec une promesse de chaleur dans l'air.

Eli m'attendait à la porte quand je suis revenue, les bras chargés de bois.

– Allons nous promener, a-t-il dit.

J'ai frappé à la porte du studio d'Eva, et comme elle ne répondait pas, je l'ai entrouverte. Elle se tenait à la barre, de dos par rapport à moi, mais je voyais son visage dans le miroir, serein comme l'eau dormante. Sa main reposait majestueusement sur la barre, et elle faisait des grands battements, sa jambe en action montant encore et encore, aussi raide qu'un point d'exclamation.

– On va faire un tour, Eli et moi, ai-je dit à son dos droit.

– Parfait, a-t-elle répondu, et elle a monté sa jambe plus haut.

– À tout à l'heure, ai-je ajouté d'une voix mélancolique.

Elle s'est tournée pour me faire face.

– Amuse-toi bien. Et ne mange rien de sauvage.

Elle avait repris les paroles de notre mère avec tellement d'ironie que je me suis avancée vers elle avidement, impatiente de partager sa plaisanterie. Mais quand j'ai croisé son regard, j'ai été choquée de ne voir ni humour ou ni même espièglerie, mais une fraction de seconde de douleur à l'état brut.

Eli et moi avons détalé comme des enfants qu'on libère, couru à perdre haleine et ri en traversant la cour lumineuse gorgée de pluie. Nous sommes passés devant l'atelier et quand nous avons sauté par-dessus le cercle pourrissant des tulipes de l'an dernier j'ai cru ressentir un bref tiraillement. Mais je m'en suis débarrassée comme un chien qui s'ébroue pour secouer l'eau de son pelage, et je suis entrée dans la forêt avec Eli.

Après toute cette pluie, les bois étaient humides, vaporeux et voluptueux dans la soudaine générosité de la lumière du soleil, et je me suis sentie à la fois déroutée et emplie d'une vie nouvelle, comme si je venais de me réveiller après une longue maladie. L'eau gouttait de toutes les feuilles et brindilles, un après-la-pluie étincelant qui gazouillait tel un lointain ruisseau, tandis que celui tout proche bouillonnait à la manière d'une rivière.

Les feuilles des séquoias luisaient, et les boutons durs et tassés des bourgeons, comme de minuscules poings ou des tétons dressés, étaient partout. L'air lavait nos poumons. Plissant les yeux dans le torrent de lumière humide, nous avons remonté le ruisseau.

Même après cinq jours en sa présence, j'avais l'impression de marcher avec un étranger. Nous avions laissé derrière nous la pièce à l'odeur de renfermé où nous marchions de long en large et mangions et dormions et parlions, et à présent – pour la toute première fois – nous étions vraiment seuls.

– Où est-ce que tu m'emmènes ? a-t-il demandé en enjambant derrière moi les branches et les rochers qui bordaient le ruisseau.

– Pourquoi devrais-je t'emmener quelque part ? ai-je plaisanté.

– C'est ta forêt.

Je m'apprêtais à rétorquer que ce n'était pas ma forêt quand je me suis rappelé la souche du séquoia que nous nous étions appropriée autrefois, Eva et moi.

J'ai éprouvé un tiraillement de culpabilité et me suis demandé si, en découvrant que j'avais montré cet endroit à Eli, Eva m'accuserait de trahison. Mais me sont revenues toutes les fois où elle avait refusé de quitter son studio quand je la suppliais de m'y accompagner, et j'ai pensé, elle ne dira rien. Et de toute façon, ça n'a pas d'importance.

– OK, ai-je dit. Je vais t'emmener quelque part. Suis-moi.

– Où allons-nous ?

– Tu verras.

Nous étions arrivés là où le versant de la colline boisée monte à pic, et bien qu'il n'y ait pas de sentier en vue, j'ai commencé à grimper. Genoux pliés, pieds tournés de côté par rapport à la colline, je me suis hissée, cherchant à creuser des prises dans la litière de feuilles de chêne et de laurier qui tapissait le sol, écartant les mains de mon corps, prête à reprendre mon équilibre ou à m'accrocher.

– Ne touche pas le sumac vénéneux, ai-je lancé à Eli.

Je l'entendais avancer tant bien que mal en dessous de moi. Je sentais l'odeur du terreau de feuilles que mes pieds dérangeaient. Une fois j'ai dérapé et je suis tombée sur les genoux, attrapant des poignées de feuilles humides et étreignant la colline avec mes cuisses jusqu'à ce que j'arrête de glisser. Je haletais lorsque j'ai enfin atteint le plateau au sommet, et mon jean était mouillé au niveau des genoux. Je me suis tournée pour regarder Eli gravir les derniers mètres.

– Qu'est-ce qu'il y a là-haut ? a-t-il demandé, pantelant[1].

– La forêt.

– On a escaladé tout ça pour voir encore de la forêt ?

1. **Pantelant** : essoufflé par l'effort.

– Attends un peu, ai-je dit, moqueuse.

Nous nous sommes tenus côte à côte un moment, le temps de reprendre notre souffle pendant que j'essayais de me repérer. Ici, bien au-dessus du ruisseau, la forêt commence à s'éclaircir un peu. Il y a moins de broussailles, quoique les arbres soient encore suffisamment denses pour que les yeux aient du mal à savoir vers où se diriger, suffisamment denses pour que l'on rêve d'entrevoir une étendue de ciel ouvert. Les arbres sont plus gros, et çà et là un cercle de séquoias entoure la large dépression[1] qui est la tombe de quelque arbre séculaire.

– Qu'est-ce que je suis censé voir ? a demandé Eli.

– Tu le sauras quand tu le verras, ai-je répondu.

Il s'est incliné, et nous nous sommes de nouveau mis en route.

Une fois que nous avons commencé à marcher, ma gêne est revenue. Je me suis remémoré l'époque où Eva et moi jouions aux Indiens, et pour vaincre ma timidité, j'ai essayé de montrer à Eli comment avancer le plus furtivement[2] possible au milieu des feuilles dans lesquelles nous nous enfoncions jusqu'aux chevilles et enjamber l'enchevêtrement des branches mortes. Au bout d'un moment, il a estimé que j'y arrivais mieux que lui. Il m'a poussée contre un arbre couché, et bientôt nous jouions à chat, courant à travers la forêt étincelante, haletant et riant, bruyants comme le ruisseau.

– On jouait ici, Eva et moi, autrefois, ai-je dit quand nous avons enfin marqué une pause pour reprendre haleine, tout près l'un de l'autre.

– Vous veniez ici quand vous étiez petites ?

– Tout le temps. On vivait pratiquement là.

1. **Dépression** : creux laissé par un arbre déraciné.
2. **Furtivement** : de manière discrète et rapide.

– Pourquoi vous avez arrêté ?

J'ai senti que mon visage se vidait de son sourire. J'ai haussé les épaules.

– Eva a commencé la danse. Et ensuite ma mère est tombée malade. On a grandi, je suppose.

Eli a relevé la tête, m'a regardée pendant une minute, mais il a changé d'avis et n'a rien dit. Il a juste pris ma main dans la sienne et nous sommes repartis à travers les bois ruisselants.

Ce n'est pas facile de se tenir par la main tout en marchant dans une forêt. Il y a des branches à esquiver, des rondins à enjamber, des arbres à contourner. Mais nous y sommes arrivés. J'entendais encore au loin le grondement du ruisseau, plus insistant que jamais, mais assourdi à présent par un million de feuilles. Je pensais à ma sœur, s'exerçant dans son studio à l'intérieur de la maison silencieuse, le visage vide d'expression, le dos droit, la main reposant sur la barre comme si elle flottait sur l'eau, la jambe s'élevant toujours plus haut dans l'air calme, alors que loin d'elle, dans la fraîcheur de la forêt printanière, j'étais heureuse avec quelqu'un d'autre.

À plusieurs reprises, je me suis sentie désorientée, soit à cause d'Eli soit parce que la forêt avait poussé et changé, je ne sais pas, mais aucun arbre ne m'était familier, et j'ai presque été sur le point de renoncer. Je réfléchissais à la plaisanterie que je ferais pour justifier que nous redescendions de la colline quand soudain j'ai entendu la musique de l'eau toute proche. Tournant dans sa direction, j'ai reconnu le ruisselet qui coulait près de la souche.

J'ai conduit Eli en amont sur une centaine de mètres environ, et elle était là, surgissant de façon toujours aussi inattendue, si bien qu'une minute nous étions entourés par un enchevêtrement d'arbres, et la minute suivante nous nous trouvions à six mètres de la souche creuse d'un séquoia, de la taille d'une chambre.

Nous nous sommes arrêtés, main dans la main.

J'avais oublié à quel point elle était massive, à quel point elle était solide. On l'aurait plus dit en pierre qu'en bois, et pourtant elle semblait vivante. Ses murs extérieurs étaient couverts d'une forêt miniature de mousses et de lichens. Du côté nord, il y avait une ouverture assez large pour permettre à deux enfants d'entrer main dans la main, et je l'ai fait franchir à Eli. Les murs à l'intérieur, calcinés par quelque ancien feu, noircis, couverts de lichen[1] et salement dégradés, dégageaient une légère odeur de fumée si vieille qu'il n'y avait sans doute plus personne encore en vie pour se rappeler les flammes.

J'ai regardé Eli debout au milieu de la litière des feuilles de l'an passé, écartant les bras puis tournant lentement sur lui-même. Partout les murs étaient à au moins cinquante centimètres de lui.

– C'est pour ça que tu m'as amené ici ? a-t-il dit.

– À ton avis ?

– Ça ressemble au genre de choses que tu as envie que je voie, a-t-il répondu, et avant que je comprenne ce qu'il voulait dire par là, il m'a attrapée et m'a attirée contre lui.

J'ai été alors trop occupée par le choc que me causait la douceur inattendue de ses lèvres pour m'embêter à chercher plus longtemps. [...]

* * *

1. **Lichen** : mousse végétale.

Chapitre 14

[Le lendemain après-midi, Eli m'a] annonc[é] que toutes nos attentes étaient enfin terminées. Parce qu'à l'Est, a-t-il dit, du côté de Boston, la vie a recommencé. Ils ont de nouveau l'électricité là-bas. Le téléphone marche. Les gens trouvent du travail. Il y a à manger dans les magasins.

– Comment tu le sais ? ai-je demandé, hésitant entre la joie et l'incrédulité.

– Par un ami de mon oncle.

– Il y est allé ?

– Il est allé à Sacramento. Il est revenu la semaine dernière.

– Mais comment...

– Sur le trajet du retour, il a rencontré un homme, et ils ont fait pratiquement tout le chemin ensemble. Le type a de la famille dans les environs de Grantsville. Bref, Charlie a dû lui plaire parce que juste avant d'arriver à Redwood, il lui en a parlé, il lui a dit qu'il rentrait chercher sa famille pour les amener à Boston avant l'hiver prochain.

D'après l'homme de Grantsville, ça a été affreux pendant un moment sur la côte Est, voire pire que ce qu'on a jamais connu ici. Il y a eu des émeutes terribles, et apparemment les gangs[1] assuraient le seul ordre qui existait. Beaucoup, beaucoup de gens sont morts de faim ou de froid ou de maladie. Mais Eli a dit que les choses suivaient leur cours maintenant. Et que les gens qui restent vivent comme des rois.

Ils sont en train de reconstruire Boston. Ils ont instauré un gouvernement temporaire et mis en place un système pour

1. **Gangs** : bandes de rues qui contrôlent certains quartiers des grandes villes américaines.

permettre aux gens de s'approprier les immeubles désertés s'ils acceptent de les réparer et de les occuper. Boston est en plein développement. Sauf que ceux qui se trouvent déjà sur place ne tiennent pas à l'ébruiter.

– Si tout le pays est au courant, Boston sera dévalisé, a poursuivi Eli. C'est pour ça que Charlie a parcouru cent cinquante kilomètres avec ce type avant qu'il lui en parle, parce que dès que les gens l'apprendront ils plieront aussitôt bagage pour prendre la direction de l'Est.

– C'est la ruée vers l'or à l'envers ! ➲ ai-je déclaré en me levant d'un bond. Pourquoi tu ne nous l'as pas dit plus tôt ?

Il a souri et s'est appuyé sur ses coudes pour se mettre debout.

– Je voulais d'abord savoir qui tu étais.

– Comment ça, qui je suis ?

– La femme avec qui je veux partir là-bas. [...]

– Comment ça ? ai-je répété.

– Je veux que tu m'accompagnes.

À ces mots, une chose plate, vide à l'intérieur de mon corps s'est gonflée comme un troisième poumon. Je voulais qu'Eli s'arrête, qu'il s'abandonne avec délices à cette sensation, qu'il célèbre – avec moi – ce qu'il venait de dire. Mais il a recommencé à parler à toute allure.

– Il ne faut pas tarder à partir pour ne pas se retrouver à passer l'hiver dans le Dakota du Sud ➲. Chaque jour de perdu signifie que quelqu'un d'autre prend de l'avance sur nous.

➲ **En 1848, la découverte d'or en Californie a attiré des aventuriers du monde entier. Nell remarque qu'à présent, les aventuriers cherchent à quitter cet État.**

➲ **Le Dakota du Sud est un État américain, situé à environ 2 500 kilomètres de Redwood. Il est constitué de vastes plaines, où le climat en hiver est très rigoureux.**

– Et Eva ? ai-je demandé.

– Elle peut venir aussi.

Ses frères sont du voyage. Ainsi que leur cousin. Avec Eva, nous serons six.

– Six, c'est un bon nombre, a dit Eli. Ce n'est pas trop pour qu'on ait du mal à se suivre, et c'est assez pour prendre soin de nous-mêmes. Mais on doit partir vite, a-t-il répété, maintenant que c'est bientôt le printemps. On est déjà mi-mars, et il faut compter une journée et demie pour gagner la ville à pied. Mike et Adam m'ont dit qu'ils pouvaient m'attendre deux semaines seulement, et je suis ici depuis une semaine.

Ça faisait bizarre d'entendre quelqu'un parler de nouveau en semaines, de penser que quelque part elles existaient encore, cinq jours ouvrés pivotant autour d'un week-end. Je me suis rappelé à quel point la notion de lundi matin ou de samedi soir semblait importante autrefois. Et j'ai réalisé, avec une pointe de quelque chose ressemblant à de la concupiscence[1], qu'à Boston, ces mots avaient retrouvé leur signification.

Rien que de penser à tout cela, je me suis sentie vibrante de chaleur, de générosité, je me suis sentie pleine de vie. J'ai imaginé Boston, resplendissant de lumières. J'ai imaginé des magasins d'alimentation et des stations-service, des musées et des galeries marchandes, des restaurants et des salles de jeux vidéo et des cinémas. J'ai pensé à ce que j'éprouverais si je cessais d'amasser[2] et de me terrer[3] et d'être dans le chagrin, et pour la première fois de ma vie, j'ai pleuré de joie.

1. **Concupiscence** : désir très vif, convoitise.
2. **Amasser** : récupérer tout ce qui peut l'être.
3. **Me terrer** : me cacher, éviter le plus possible de me montrer.

– Vous êtes fous, a dit Eva lorsque, assis le soir tous les trois autour du poêle ouvert, nous l'avons mise au courant. Vous n'y arriverez jamais.

– Bien sûr que si, a rétorqué Eli en tisonnant le feu dans le foyer tandis que nous fixions les flammes avec une intensité hypnotique, comme autrefois la télé.

– Vous allez marcher jusqu'à Boston ?

J'ai grimacé en entendant le mépris dans sa voix.

– Oui, a répondu Eli.

– Avant l'hiver prochain ?

– Oui.

– Que se passera-t-il si vous n'y arrivez pas ?

– On attendra quelque part.

– Où ? Qui accepterait d'accueillir six personnes en plus pendant l'hiver ?

– On gagnera notre gîte et notre couvert. Joe a un fusil. Et un chargeur. Et si vous venez toutes les deux, il y aura aussi votre carabine. On peut chasser et couper du bois. On s'en sortira.

– Tu sais chasser ?

– Bien sûr. (Il a souri.) Pourquoi je ne saurais pas ? J'apprends vite.

– Et Boston a quelque chose qu'on n'a pas ?

– Oui.

– Quoi ?

– Le courant. À manger. Du travail.

– Comment tu le sais ?

– Je t'ai dit. Un ami de mon oncle...

– Et s'il se trompait ? Et si c'était encore une rumeur ?

– Si c'était une rumeur, tu crois que ce type l'aurait gardée secrète pendant si longtemps ? Charlie et lui ont marché pendant cent cinquante kilomètres avant qu'il en parle. Ça ressemble à une rumeur, ça ? En plus, Charlie, c'est un malin. Il l'aurait vu si le type était un imposteur.

– Comment ?

– Il l'aurait vu. Mais écoute. Même s'il se trompe, ce qui n'est pas le cas, ce ne sera pas pire là-bas qu'ici. Et au moins on sera sur place quand les choses repartiront.

– Si tu es tellement sûr de Charlie, où sont les avions ?

– Les avions ?

– Exact. Pourquoi personne n'a pris l'avion pour venir sur la côte Ouest, ou sa voiture, d'ailleurs. Si la vie a redémarré à l'Est, pourquoi ne sommes-nous pas au courant ?

– Écoute, Eva, a dit Eli avec une patience étudiée, ces lumières ne marchent pas à l'essence. Il n'y a plus d'essence depuis longtemps. On est passé à des énergies alternatives, solaires ou éoliennes. Bien sûr qu'il n'y a pas d'avion. Sans compter que personne ne veut divulguer le secret. Il n'y a pas assez pour tout le monde.

– Pourquoi tu y vas, alors ?

– Pour chercher fortune. Pour reprendre le contrôle de ma vie. (Il est resté silencieux pendant un moment, et plus triste que je ne l'avais jamais vu.) Ça a été dur à Redwood.

– Oh, Eva, me suis-je brusquement exclamée, tu pourras danser. Il y aura de la musique. Et des professeurs. Tu pourras entrer dans une compagnie de danse, et je pourrai aller à Harvard.

Elle m'a regardée dans les yeux avec une expression qui ressemblait à un avertissement, mais son message était trop dense, et j'étais trop exaltée[1] pour essayer de le déchiffrer.

1. **Exaltée** : surexcitée, emportée par l'intensité de ses sentiments.

– Les frères d'Eli fabriquent une charrette à bras[1], et ils essaient de trouver un cheval, ai-je dit.

– C'est de la folie.

– Pas plus que de rester ici et d'attendre que les lumières se rallument, a répliqué Eli. Pas plus que de se cacher dans les collines, de compter les clous et les élastiques, et de regarder le garde-manger se vider. Qu'est-ce que vous allez devenir si vous restez ici toutes les deux ?

– Il ne nous arrivera rien. On s'en sortira.

– Rien. C'est vrai. Il ne vous arrivera rien... si vous avez de la chance. Si vous avez de la chance, l'électricité reviendra avant que vos provisions soient épuisées, ou avant que l'une de vous se blesse ou tombe malade, ou avant que la maison prenne feu. Si vous avez de la chance. Et en admettant que vous ayez cette chance, en admettant que vous parveniez à survivre ici jusqu'à ce que le courant soit rétabli... que se passera-t-il ? Vous serez toujours à cinquante kilomètres de la ville. À cinquante kilomètres d'une putain de ville fantôme. Avant même qu'il se passe tout ça, Redwood était une ville qu'on quittait. Je pensais que tu l'aurais compris, Eva.

Elle s'est hérissée.

– Bien sûr que je l'ai compris. Mais quand je partirai, ce sera pour quelque chose de réel. Pas juste un projet insensé.

– Partir est moins insensé que rester ici.

– Au moins, ici, on reste en vie, a rétorqué Eva sèchement, et je ne pourrai pas en dire autant de toi si tu essaies de parcourir cinq mille kilomètres ➲ avant l'hiver prochain.

1. **Charrette à bras** : charrette munie de manches qui permettent de la déplacer.

➲ **C'est la distance approximative entre la côte Ouest et la côte Est des États-Unis.**

– Vous courez toutes les deux plus de risques en vivant seules ici qu'en m'accompagnant. (La voix d'Eli s'est adoucie.) Je t'en prie, Eva. C'est une aventure. Viens avec nous. Et ce n'est pas juste pour Nell.

– La vie de Nell lui appartient. (Eva s'est levée pour ajouter une bûche.) Elle peut partir si elle veut.

* * *

Je le voulais. Plus que tout ce que j'avais jamais désiré, je voulais aller à Boston avec Eli. Mais Eli n'est plus là. Eli traverse le pays sans moi, il marche en direction des lumières d'un monde vivant, et je suis de retour ici, comme si je n'étais jamais partie, écrivant sur ce voyage pendant qu'Eva danse et qu'il pleut à nouveau.

Mes chaussettes étaient reprisées, mon jean raccommodé avec deux pièces[1], une à l'intérieur et une à l'extérieur. Le sac à dos de l'armée piqué par l'humidité que nous avions trouvé dans l'atelier de Père avait été nettoyé et réparé et rempli, son chargement organisé et réorganisé. J'avais ma lettre de Harvard, une photocopie de mes résultats aux SAT ➲, ma calculatrice qui ne marchait plus, ce journal. J'avais considéré et reconsidéré chaque pull, chaque allumette, chaque bout de crayon et bobine de fil et grain de riz, calculant leur valeur pendant le voyage comparé à leur poids et leur volume, et complétant cette équation par le besoin qu'en aurait peut-être Eva ici.

Nous avons partagé l'argent, mais j'ai laissé la loupe et les deux derniers sachets de thé. Et l'essence.

1. **Pièces** : morceaux de tissu que l'on coud sur un vêtement troué.

➲ **Abréviation de Scholastic Aptitude Tests (voir note p. 23). Harvard est situé sur la côte Est. C'est probablement une des raisons qui motivent Nell à tenter le voyage.**

– Je suis désolée d'avoir refusé que tu t'en serves avant, ai-je dit, avant d'ajouter avec nostalgie :

–Peut-être qu'on devrait rester un jour de plus pour faire cette fête et te regarder danser.

Elle a secoué la tête.

– Non, si vous devez y aller, vous feriez mieux de ne pas tarder.

Elle m'a donné les chaussures de randonnée que nous avions découvertes derrière l'armoire de Mère. Et elle a insisté pour que je prenne la carabine.

– Vous en aurez besoin, a-t-elle dit, plus que moi...

Je l'ai interrompue pour la remercier, capable à ce moment-là de n'éprouver rien d'autre que ma propre joie. J'avais dix-sept ans, j'étais forte, libre, et soudain belle. J'étais une femme s'aventurant dans le monde avec son amant. En dépit de tout, j'allais enfin entrer à Harvard, et aucune sœur revêche ne pouvait gâcher mon bonheur.

Je dois admettre qu'il y a eu des fois où j'ai pensé que ce serait un soulagement si Eva ne venait pas. Cela dit, j'étais encore à moitié persuadée qu'à la dernière minute elle changerait d'avis et nous accompagnerait, que ce voyage ferait de nous des alliées à nouveau. Tandis que je triais et organisais et planifiais, j'attendais le moment où elle capitulerait et se mettrait à faire son sac. Mais dans la lumière glaciale de cet ultime matin, tandis qu'Eli était allé chercher une dernière brassée de bois et qu'Eva et moi étions assises à la table avec nos tasses de thé insipide, elle était toujours aussi catégorique.

– Non, Nell. Je ne pars pas. Ce voyage est de la folie.

– Mais ta danse ? Pendant tout ce temps, tu as réussi à continuer de danser alors que personne n'y serait jamais arrivé, et maintenant tu renonces ?

– Je ne renonce pas. Je continuerai de danser.

– Mais Eva, c'est peut-être ta seule chance.

Elle a tressailli[1], puis a répondu si vite que j'ai compris qu'elle avait pensé la même chose, elle aussi.

– Peut-être que ce n'est pas le plus important.

Tout en m'efforçant de contenir ma colère, j'ai demandé :

– Qu'est-ce que c'est, alors ?

– Je ne sais pas.

J'ai eu un moment de vertige, puis j'ai vu les sacs qui attendaient, telles des promesses, près de la porte, et j'ai essayé à nouveau.

– On est la seule famille qu'il nous reste. On ne peut pas se quitter.

– Si, on peut. (Elle a secoué la tête en me regardant, pour m'empêcher d'amortir le coup.) C'est pas grave, Nell. Tu as fait ton choix et moi aussi.

– Tu ne peux pas vivre seule ici.

– Pourquoi pas ?

Eli est revenu à ce moment-là, les bras chargés de bois, et Eva et moi nous sommes tues. Nous avons fait semblant de manger. Nous avons parlé des poules et du temps, avons vaguement plaisanté. Eli a fini par briser notre inertie, il s'est levé, réticent et déterminé à la fois.

– Bon. Tu es sûre de ne pas vouloir changer d'avis, Eva ?

– Ouais, a-t-elle répondu, d'un ton dégagé. Je suis sûre.

– Tu es têtue, hein ?

– Ouais, a-t-elle dit. Je suis têtue.

1. **Elle a tressailli** : elle a été agitée d'une brève secousse, marquant l'impact des mots qu'elle a entendus.

Ils se sont souri avec une complicité ravie, si forte et si indéniable, que j'ai été un peu jalouse d'eux, comme si l'un et l'autre avaient, sans même essayer, usurpé[1] la place à laquelle j'aspirais. Eva s'est tournée vers moi, a pris mes mains dans les siennes et m'a adressé un regard tellement plein d'amour qu'à ce moment-là encore j'ai cru qu'elle allait revenir sur sa décision. Mais elle a dit :

– Au revoir, Nellie. Je serai toujours ta sœur.

Et pour tempérer[2] le chagrin, elle a ajouté :

– Ne te fais pas avoir. Et écris quand tu auras trouvé du travail.

J'ai acquiescé bêtement et je l'ai serrée dans mes bras pour la première fois depuis que nous avions trouvé l'essence. Puis j'ai regardé Eli hisser son sac sur ses épaules, ramasser la carabine et ouvrir la porte. Finalement quand il ne m'est resté plus rien à faire, j'ai soulevé mon sac, l'ai balancé sur mon dos, et j'ai suivi Eli dehors, dans la lumière éclatante de l'aube.

C'était une matinée magnifique. Froide, mais le soleil lointain brillait. J'avais les yeux mouillés, et l'air chassé de mes poumons formait des nuages de vapeur étincelants. Quand nous avons atteint le bord de la clairière, là où le cercle flétri des tulipes de ma mère croisait la route, je me suis arrêtée, je me suis retournée et j'ai levé le bras pour dire au revoir.

Eva se tenait dans l'encadrement de la porte, le visage serein. De la fumée s'échappait de la cheminée sur le toit au-dessus d'elle, et l'air tout autour semblait s'épaissir et trembler. Nous nous sommes regardées de part et d'autre de la clairière pendant un moment entier puis elle m'a fait signe de la main. Derrière

1. **Avait usurpé** : avait pris sans en avoir le droit.
2. **Tempérer** : adoucir.

ce simple geste, il y avait toute la grâce et toutes les prouesses[1] de la danseuse qu'elle était, et quand je me suis détournée, les larmes me brûlaient les yeux.

Mais je les ai retenues avant qu'elles ne tombent, et leur picotement ne semblait qu'exalter la force de cet instant. J'étais une future mariée, une aventurière, une pionnière ➲. Les arbres s'embrasaient dans la lumière du soleil naissant, et de lumineux fantômes de vapeur s'élevaient de la route. La forêt sentait le laurier et le sapin, et nous entendions les pépiements ténus des oiseaux. Je voyais au loin les montagnes qui se dressaient, bleues et brumeuses, et je savais qu'il me suffisait de les franchir et de continuer de marcher pour rattraper tous mes rêves.

Lorsque nous sommes arrivés au pont, je me suis arrêtée pour regarder entre les planches fendues le filet d'eau qui coulait en dessous. L'espace d'un moment, le temps lui-même a paru fluide – vacillant et irréel comme l'air au-dessus de la cheminée. Je me suis rappelé que, petite, ce pont marquait la frontière de mon monde, et j'ai fait une pause.

– Il était assez solide quand je l'ai traversé le jour de mon arrivée, a dit Eli, et j'ai hoché la tête et me suis engagée, malgré les petites mains discrètes que je sentais me retenir en arrière.

Et puis je me suis retrouvée de l'autre côté, et chacun de mes pas m'éloignait de la source de tous mes fantômes et me rapprochait de tout ce à quoi j'étais promise. J'avais suivi cette route pendant dix-sept ans, pourtant jamais auparavant je ne l'avais faite à pied. On aurait dit qu'Eli et moi explorions déjà un nouveau territoire ensemble. Chaque virage révélait un endroit qu'il

1. **Prouesses** : exploits.

➲ **Une pionnière est la première à réussir quelque chose. C'est une notion fondatrice dans la culture américaine, car les Pionniers désignent les Européens qui sont partis à la Conquête de l'Ouest au XIXe siècle.**

me semblait n'avoir jamais vu, et tout était éblouissant de soleil et vert de pluie et si beau que je n'arrivais pas à garder à l'esprit que je le parcourais pour le laisser derrière moi.

Eli a imposé une allure rapide. Les chaussures de ma mère étaient étrangères à mes pieds, et je ne tardais pas à transpirer. Pourtant, c'était un plaisir que d'essayer de marcher à son rythme, de fournir finalement un effort pour quelque chose. À chaque nouvelle étape que nous atteignions et dépassions, j'avais l'impression d'arriver enfin quelque part.

L'hiver n'avait pas été clément avec la route. Sans mon père pour s'assurer que les fossés ne se bouchent pas et pour repousser les mûriers sauvages des canalisations, de profondes rigoles avaient été creusées par la pluie dans la chaussée, recouverte çà et là par des pans de la colline affaissée. À un endroit, toute une portion de la route de la longueur de notre maison était démolie, laissant un chemin de la largeur d'une voiture qui étreignait le coteau ➋.

– Je me demande si notre pick-up s'en serait sorti, ai-je dit en regardant la ravine[1] où se trouvait autrefois la route.

– Difficile à dire, a répondu Eli tout en continuant d'avancer.

Nous avons dépassé la maison des Coleman alors que l'air était encore presque froid, et rejoint la route du comté avant midi. C'était un peu troublant de voir à nouveau de l'asphalte[2], et je me suis surprise à parler plus doucement, à jeter des coups d'œil par-dessus mon épaule et à faire taire Eli de temps à autre pour écouter la voiture que j'étais sûre d'avoir entendue – mais qui ne venait jamais.

1. **La ravine** : ravin de faible profondeur.
2. **Asphalte** : bitume, goudron.

➋ **Il ne reste plus qu'un étroit chemin pour passer, tout contre la pente de la colline.**

À l'heure du déjeuner, nous nous sommes arrêtés quelques minutes pour boire au ruisseau et manger un peu des haricots que j'avais cuits la veille. À peine avions-nous fini qu'Eli s'est levé d'un bond, a ramassé la carabine, a balancé son sac sur ses épaules et a repris la route. Tout l'après-midi nous avons marché, tandis qu'Eli projetait à voix haute ce que nous ferions une fois à Redwood, et je hochais la tête et rêvais de Boston, et les lanières de mon sac à force de frotter laissaient des marques rouges sur ma peau au-dessus de mes clavicules.

Eli avait raison – les maisons devant lesquelles nous passions étaient inhabitées, et quand nous nous en approchions, c'est moi qui accélérais l'allure, qui détournais le regard et me dépêchais, cherchant à ignorer la menace de leurs fenêtres nues et de leurs histoires secrètes.

Nous avons campé dans la forêt cette nuit-là, sur un terrain plat entre la route et le ruisseau. Eli a fait un feu de brindilles, et j'ai réchauffé le reste de haricots que nous avons mangé avec un tout petit peu de fromage râpé. Après, j'ai rincé nos fourchettes et la casserole dans le ruisseau pendant qu'Eli nous fabriquait un nid près du feu avec nos sacs de couchage.

Côte à côte, allongés dans notre lit, nous avons regardé les bourgeons d'étoiles dans le ciel sans lune. Eli voulait discuter du voyage – quelles roues seraient les plus adaptées à la charrette à bras, comment nous nous procurerions plus de munitions pour ma carabine, où ce serait plus facile de traverser les Rocheuses ➲. Mais je me suis aperçue que j'avais envie de parler de ce que je venais d'abandonner, de tout ce dont je m'éloignais.

➲ Les Rocheuses sont une chaîne de montagnes qui traversent les États-Unis du Nord au Sud. Elles ont représenté un obstacle pour les Pionniers qui cherchaient à conquérir l'Ouest.

Je crois, aussi, que j'espérais que nous organiserions une espèce de cérémonie, là, sous les étoiles en fleurs, quelque chose pour marquer ce que je venais de faire. Mais les mots que je voulais que l'on se dise n'ont pas été prononcés, et nous nous sommes plutôt interrogés sur le temps que me dureraient les chaussures de ma mère, sur le genre de routes qu'il vaudrait mieux prendre, sur le moment où les premières neiges tomberaient dans l'Ohio ➲.

Nous nous sommes tus petit à petit à mesure que le feu diminuait, et finalement nous avons contemplé en silence les étoiles épanouies. Mes pensées m'appartenaient et elles se tournaient vers Eva. Je me disais qu'elle avait dû manger à cette heure. Elle avait dû fermer les portes à clé et alimenter le poêle, et je l'imaginais assise dans la maison plongée dans le noir, devant son feu solitaire. Je me demandais à quoi elle pensait, comment c'était d'être seule. [...]

J'ai rêvé que j'étais de retour près de la tombe de mon père. Elle était exactement comme le jour où nous l'avions enterré – il y avait le trou que j'avais creusé avec l'aide d'Eva, il y avait les deux pelles, la tronçonneuse couverte de sang, même sa chemise. J'apercevais son sang sur le sol à côté de la tombe ouverte, et je marchais inexorablement dans sa direction, appréhendant ce que j'allais bientôt découvrir. Mais ce que je découvrais était pire encore que ce que je craignais – la tombe était vide.

Éperdue, j'appelais mon père, je fouillais les bois, prête à tout pour retrouver son corps même mutilé. Mais il avait disparu.

➲ **L'Ohio est un État situé à 4 000 kilomètres environ de la Californie. On comprend que les personnages comptent y parvenir au début de l'hiver, c'est-à-dire après neuf ou dix mois de marche.**

« Il faut que je prévienne Eva », pensais-je. Mais j'avais beau chercher et crier à en avoir la gorge irritée, je ne voyais aucune trace d'elle.

Je me suis réveillée à l'aube, les joues ruisselantes de larmes – et pas de sœur auprès de moi pour me dire que j'avais rêvé. Eli dormait toujours à mes côtés, beau et lointain comme un dieu de l'Olympe.

Je me suis levée sans le déranger, me suis habillée, me suis accroupie derrière un arbre pour faire pipi, puis je suis descendue au ruisseau où j'ai aspergé mes larmes d'eau froide. Eli était assis quand je suis revenue, s'étirant et bâillant dans la lumière grandissante.

– Si on marche aussi bien qu'hier, on sera à Redwood en milieu d'après-midi, a-t-il déclaré. Qu'est-ce que tu en penses ?

J'ai aspiré une bouffée d'air et j'ai dit ce que je redoutais :

– Je ne pars plus.

– Quoi ? a-t-il fait en se levant brusquement de l'amas de nos sacs de couchage.

– Je ne pars plus, ai-je répété.

– Tu ne pars plus ? a-t-il demandé, le visage voilé par l'incrédulité[1].

– Non.

– Pourquoi ?

– Je ne sais pas. Je ne peux pas, c'est tout.

– Tu as peur de ce voyage ?

J'ai secoué la tête.

– Ce n'est pas ça.

– Tu ne veux pas être avec moi.

1. **Incrédulité** : fait de ne pas croire à quelque chose.

– Non, je...

– Quoi alors ?

– Je suppose que je ne peux pas laisser Eva.

– Elle a dit qu'elle s'en sortirait.

– Je sais.

– Nell, elle t'abandonnerait, elle.

– Non, elle ne m'abandonnerait pas.

– En tout cas, elle n'a pas voulu venir avec toi.

– Ce n'est pas pareil, ai-je dit en désespoir de cause.

– Ah.

– Je suis désolée. Je suis vraiment désolée.

– Écoute, tu l'as déjà quittée. Tu m'as suivi. Tu ne peux pas retourner là-bas, maintenant.

– Oh, Eli...

– Je vais te dire. On va aller sur la côte Est, on va trouver un endroit où vivre et on la fera venir. Ça ne prendra pas longtemps.

– Combien de temps ?

– Pas cet été mais l'été prochain, vous serez de nouveau ensemble.

J'ai pensé à tout le temps que cela représentait, au peu de choses qui étaient sûres et à tout ce qui pouvait changer.

– Je veux partir avec toi, ai-je répondu, mais je ne peux pas.

– Bien sûr que tu peux. Mais ce que tu es en train de dire, c'est que tu ne veux pas.

– Non, je...

– Si, Nell, tu es en train de dire que tu ne veux pas.

– Eh bien, oui... je ne veux pas, ai-je répliqué, presque reconnaissante de son ton de défi.

J'ai vu qu'il réfléchissait à de nouveaux arguments. Mais tout à coup, il m'a regardée comme s'il découvrait quelque chose qu'il ne soupçonnait pas. Lorsqu'il a repris la parole, sa voix avait perdu de son mordant[1], et elle était terne et posée.

– Comme dit Eva... ta vie t'appartient.

– Je suis désolée, ai-je répété, mais il me tournait déjà le dos et rassemblait ses vêtements.

Il s'est habillé en silence, et en silence nous avons roulé nos sacs de couchage, rangé l'un et l'autre notre barda[2]. En silence il a poussé du pied un peu de terre sur notre feu éteint.

Il ne restait plus rien à faire. Il a hissé son sac sur son dos, m'a donné la carabine.

– Au revoir, Nell.

– Au revoir, ai-je répondu en tenant maladroitement la carabine entre nous.

Puis je l'ai tendue vers lui en ajoutant :

– Pourquoi ne la gardes-tu pas ?

Il a hésité un instant et a répondu sur un ton ferme :

– Non. La carabine reste avec toi. (Il m'a effleuré la joue.) Sois prudente. Je t'aimerai, peu importe comment.

Il a pivoté sur ses talons et s'est éloigné, me laissant debout près du charbon de bois de notre feu avec les mots que j'avais tant souhaité entendre sonner à mes oreilles, et j'ai dû serrer mes lèvres avec mes dents, les mordre jusqu'à sentir le sang pour m'empêcher de le rappeler.

Bien plus tard, je suis remontée sur la route. Grelottant de froid et plissant les yeux à travers mes larmes à cause de la luminosité du soleil du matin, j'ai entrepris le long trajet du retour. Kilomètre après kilomètre j'ai trébuché, mon sac lourd dans

---

1. **Son mordant** : son ton vif et critique.
2. **Barda** : bagage, chargement.

mon dos, les chaussures de ma mère du plomb à mes pieds. J'ai marché toute la journée, ne m'arrêtant que pour boire de l'eau, tandis que la morsure des chaussures me faisait des cloques aux talons et aux orteils et que mon esprit se couvrait de cloques aussi, à force de frotter et de frotter encore contre les mêmes surfaces rêches[1].

La nuit tombait quand j'ai enfin regagné la clairière. La maison était un monolithe[2] contre la forêt assombrie, et dans l'encadrement de la porte se tenait ma sœur, des larmes brillant sur son visage comme un cadeau.

* * *

Voilà, il est parti, il marche en direction de Boston, et qui peut dire ce qu'il trouvera, qui il rencontrera. Qui sait par quels miracles je le reverrai.

À présent les journées résonnent d'un silence à jamais grandissant. À présent les nuits sont plus longues que jamais. Parfois je suis saisie d'un désespoir si immense à la pensée d'avoir abandonné Eli que j'arrive à peine à respirer. Et parfois, je rougis de honte de l'avoir aimé, de m'être tordue et tortillée contre lui. Et puis ça passe, et il me manque à nouveau.

La seule chose qui revienne, c'est la pluie, qui n'est pas de saison et n'est pas la bienvenue. Dehors les bourgeons se pressent froidement au bout de leurs brindilles. À l'intérieur, Eva danse et j'essaie d'étudier, de continuer d'avancer dans les L. Le feu couve amèrement sur le bois mouillé. Dans le garde-manger, les sacs s'aplatissent, les boîtes de conserve disparaissent, les bocaux se vident.

1. **Rêches** : dures, rugueuses.
2. **Monolithe** : bloc de pierre de grandes dimensions.

J'ai l'impression que c'est ainsi depuis toujours.

* * *

[...] Mes pieds couverts d'ampoules ont guéri. Eva les a pris dans ses mains de danseuse et les a soignés si minutieusement qu'une peau rose et toute neuve a déjà commencé à repousser sur mes talons et mes orteils. Nous sommes bienveillantes l'une envers l'autre ces jours-ci, mais c'est une affabilité[1] distante, née semble-t-il plus du remords et de la perte que de quelque lien qui nous unirait en ce moment. Nous ne parlons pas beaucoup, et bien que je meure d'envie de discuter avec Eva, je me sens trop intimidée et trop fatiguée pour rompre nos silences.

* * *

Quelque part, dans un livre que j'ai rendu il y a longtemps à la bibliothèque désormais fermée, j'ai lu que les paysans en Chine qui cultivent du thé n'ont pas les moyens d'en boire. Du coup, ils boivent de l'eau chaude qu'ils appellent thé blanc. Demain notre thé aussi sera blanc.

Mais ce soir nous buvons de l'eau chaude transformée en thé par la poudre au fond de la boîte de chez Fastco. Elle donne au liquide fumant dans nos tasses une teinte et un parfum et un goût si légers que quelqu'un qui ignorerait qu'il boit du thé pourrait penser qu'il s'agit juste d'eau chaude.

Mais nous savons que c'est du thé. Et nous savons que demain il n'y en aura plus.

Il semble à présent que la vie n'est plus qu'une suite de dernier ou de dernière – cette dernière tasse de thé appauvri jusqu'à n'être plus que de l'eau claire, le dernier quart de cuillère

1. **Affabilité** : amabilité, bienveillance.

à café de sucre frotté entre nos langues et nos palais jusqu'à ce que chaque grain soit dissous et que le sirop s'écoule goutte à goutte dans nos gorges. Les dernières miettes de macaronis. La dernière lentille.

Nous avons mangé le dernier bocal de compote de pommes au déjeuner aujourd'hui. À un moment où Eva ne regardait pas, j'ai fourré ma tête dans mon bol vide et je l'ai léché entièrement.

LECTURE ACTIVE 4

→ Voir aussi étape 4, p. 286-287.

Chapitre 13 à 14 • Un nouvel espoir ?

As-tu bien lu ?

1 Chapitre 13. Quel lieu Nell fait-elle découvrir à Eli ?
☐ l'atelier de son père ☐ la souche ☐ sa chambre

2 Chapitre 14. a. Où Eli propose-t-il à Nell de partir ?
b. Pourquoi Eva refuse-t-elle de les suivre ?

3 CHRONOLOGIE. À quel moment Eli propose-t-il de partir ?
☐ en plein été ☐ à la mi-mars ☐ le 10 juin

4 Chapitre 14. Qu'est-ce qui conduit Nell à prendre sa décision finale ?
☐ son amour pour Eli
☐ l'impossibilité de laisser Eva
☐ le rêve de son père mort
☐ l'espoir de reprendre ses études

Atelier théâtre

Jouer une situation de dilemme

▶ ***Objectifs.*** Comprendre la difficulté de certains choix ; exprimer des sentiments complexes.

▶ ***Préparation.*** Par petits groupes, déterminez une situation dans laquelle un personnage doit faire un choix très difficile. Rédigez un dialogue dans lequel ce personnage annonce son choix à un proche qui en souffre.

▶ ***Réalisation.*** Chaque groupe joue sa scène devant la classe en essayant de bien faire percevoir les sentiments qui animent les personnages.

▶ ***Réfléchir ensemble.*** Quels types de situation impliquent des décisions particulièrement difficiles à prendre ?
Dans ces cas-là, qu'est-ce qui peut aider à prendre une décision ?

Chapitre 15

Alors même que je l'entendais sangloter, ma première pensée quand je l'ai vue couchée par terre près du billot[1] a été, « Elle est morte, ma sœur est morte ». Maintenant je suis vraiment seule.

J'ai couru vers elle, je me suis jetée sur elle, je l'ai tenue dans mes bras pendant qu'elle tremblait et gémissait.

– Eva, Eva, Eva, qu'est-ce qui s'est passé ? Qu'est-ce qui ne va pas ? ai-je crié, mais elle pleurait et refusait de répondre.

Quand elle a fini par lever la tête vers moi, j'ai vu que sa bouche était toute gonflée et en sang, et que ses yeux étaient les yeux de quelqu'un que je ne connaissais pas.

– Que s'est-il passé ? ai-je demandé à nouveau, et elle a alors réussi à le dire, à forcer les mots pour qu'ils franchissent ses lèvres fendues.

– Un homme... il m'a violée.

Je l'ai aidée à se mettre debout doucement, je l'ai soutenue jusqu'à l'intérieur de la maison, j'ai verrouillé les portes, j'ai fait du feu, et dans ma hâte, j'ai utilisé toute une feuille de journal. Je lui ai donné quelques précieuses gouttes de sherry[2], j'ai posé des bouilloires et des casseroles d'eau sur le poêle. Et enfin, pendant que l'eau chauffait, l'histoire est sortie d'elle comme des jets de vomi. Elle m'a tourné le dos pour me la raconter, et parfois sa voix vibrait et craquait, et parfois, elle crachait les mots sur un ton morne, dur, qui ne semblait pas être le sien.

1. **Billot** : bloc de bois qui sert de support pour découper des branches avec une hache.
2. **Sherry** : boisson sucrée et alcoolisée, qui sert ici de remontant.

Elle se trouvait dans la cour. Elle coupait du bois, se délectant du balancement aisé de la hache, fière de faire danser les bûches çà et là. Le soleil brillait, il était chaud. Une brise soufflait.

Elle ne l'a pas entendu arriver, n'a perçu sa présence que lorsqu'il se tenait presque contre elle.

Elle a sursauté, mais il a tendu la main pour la tranquilliser comme si elle était un animal qu'il ne voulait pas effrayer.

– Tout va bien, a-t-il murmuré.

Il lui a raconté qu'il se dirigeait vers le nord pour rejoindre des amis à Grantsville, mais qu'il avait dû se tromper de route. Il lui a dit qu'il avait entendu le bruit de sa hache et senti l'odeur de la fumée et décidé d'aller voir qui vivait là, si loin, décidé de s'arrêter et de se présenter.

Il ne lui a pas dit son nom.

– Comment vous vous en sortez ? a-t-il demandé en parcourant la cour du regard. J'ai comme l'impression que vous avez beaucoup de bois.

Elle avait tellement perdu l'habitude de parler à qui que ce soit qu'elle se sentait un peu gênée, mais elle n'avait pas peur.

Elle a posé la hache contre la souche fendue et lui a demandé :

– Vous avez des nouvelles ? Vous savez quand le courant va revenir ?

Il a dit :

– Qui sait ?

Elle a dit :

– Il paraît que ça repart sur la côte Est.

– Qui vous a raconté ça ?

– Un ami.

– Vous avez des amis, par ici ?

– Pas en ce moment. Il est venu voir ma sœur. Mais il est parti.

– Ouais. J'ai entendu ça aussi à propos de Boston. J'ai même entendu dire que des imbéciles partaient à l'autre bout du pays, à la poursuite de rumeurs. Ils ne dureront pas longtemps.

– C'est ce que j'ai dit, aussi ! a confié Eva.

Ils se sont souri. Puis il a repris :

– En tout cas, les filles, vous avez une sacrée pile de bois, là.

– Oui, a répondu Eva.

Il a scruté les bûches en plissant les yeux.

– Vous n'avez pas coupé tout ce bois à la main, hein ?

– C'est mon père qui l'a coupé, a dit Eva.

– Votre père ? a-t-il répété brusquement. Votre père est dans le coin ?

– Oui, a-t-elle déclaré, surprise par la facilité avec laquelle elle avait menti. Il est dans le coin.

– Où ça ? J'aimerais bien lui parler, savoir ce qu'il sait.

– Vous allez devoir attendre un moment, a-t-elle répliqué, la voix égale, neutre. Il est dans la forêt.

– Il ne vous reste pas un peu d'essence par hasard ? a-t-il demandé en tendant le cou pour regarder la maison.

Elle avait envie qu'il parte. Elle a répondu :

– Désolée.

– Désolée pour quoi ? Désolée parce que vous n'avez pas d'essence ou désolée parce que vous ne voulez pas la partager ?

[...] Sa figure s'est durcie, il a plissé les yeux, ce qui a fait tressauter et trembler les minuscules muscles sous ses paupières. Mais ça n'a pas empêché Eva de soutenir son regard d'un air de défi. [...] [E]lle l'a visé à l'aine[1] avec un genou.

1. **Aine** : partie du corps qui se situe entre la cuisse et le tronc.

Elle l'a manqué – mais l'a touché à la cuisse avec une telle violence qu'il a sursauté et trébuché. À force de lutter et de se battre, ils ont fini par terre tous les deux. Sa vigueur de danseuse aurait pu la sauver s'il ne l'avait pas frappée en plein visage, un coup qui a ouvert des chambres entières de douleur à l'intérieur de son crâne. [...]

Quand l'eau dans les casseroles a fini par bouillir, j'ai rempli la baignoire et je l'ai conduite dans la salle de bains. Elle est restée sage comme une enfant lorsque je l'ai déshabillée, que j'ai examiné ses blessures. Les bleus commençaient déjà à fleurir sur ses bras. Son visage était tordu et gonflé, ses cuisses striées[1] de sang.

Elle a frémi quand elle est entrée dans l'eau brûlante, et j'ai pensé qu'elle allait peut-être pleurer à nouveau, mais elle a paru se détendre juste un peu dans la chaleur et l'humidité. Elle a parlé pour la première fois depuis qu'elle m'avait raconté le viol.

– On a du savon ?

– Le savon de Noël, ai-je dit. Je vais le chercher.

Un minuscule morceau fendillé d'un vert forêt peu naturel, parfumé d'une fragrance qui avait dû autrefois passer pour du pin, c'était le dernier savon que nous possédions, le dernier d'un coffret de savons trouvé parmi les affaires de notre mère. Nous avions fait durer les autres au maximum, les rationnant jusqu'à ce qu'il ne reste que celui-là – un éclat de savon de la taille d'une pièce de dix cents ➲, le petit bout que nous avions décidé de garder pour notre triomphale expédition en ville.

1. **Striées** : zébrées, rayées.

➲ **La pièce de 10 cents (*dime*) est la plus petite pièce de monnaie américaine : elle mesure 1,7 cm de diamètre.**

Quand je l'ai mis dans ses mains, elle l'a porté à son nez, a respiré son odeur fanée, puis, levant les yeux vers moi, elle a dit :

– Tu ne veux pas le garder ?

– Non, ai-je répondu, avec un mouvement de recul devant l'innocente récrimination[1] de sa question. Tu peux t'en servir maintenant.

Elle a réclamé un gant de toilette, et quand je le lui ai donné, elle s'est attaquée à elle-même, frottant sa peau si violemment que j'ai pensé qu'elle saignerait sûrement, revenant sans cesse sur chaque centimètre, d'abord avec le savon puis, longtemps après que le savon eut disparu dans l'eau qui refroidissait, avec le gant. Elle a grimacé quand elle s'est touchée la première fois entre les jambes, et j'ai vu des larmes lui monter aux yeux, mais elle a serré les dents, elle a refoulé ses larmes, s'est lavée imperturbablement, entièrement, a lavé ses cuisses et son ventre et ses seins, a lavé ses épaules, ses coudes, ses poignets et ses doigts, ses genoux et jambes et chevilles et entre chacun de ses orteils. Doucement elle a aspergé d'eau son visage difforme[2].

Quand elle a eu fini, elle s'est tournée vers moi et a entrepris de sortir de la baignoire. Je l'ai aidée, l'ai enveloppée dans les serviettes que j'avais étendues près du poêle pour les chauffer. Je l'ai reconduite à son matelas, j'ai fourré une tasse de thé blanc et de sherry dans ses mains, je l'ai obligée à prendre la dernière aspirine.

Quand je la lui ai présentée, elle a protesté.

– On devrait la garder.

– C'est bon. Prends-la.

1. **Récrimination** : accusation, reproche.
2. **Difforme** : déformé par les coups qu'elle a reçus.

– On en aura peut-être besoin plus tard. Peut-être que la moitié suffira.

– La moitié ne servira à rien. Tu gâcherais l'aspirine si tu la coupais en deux, ai-je répondu en me demandant ce qu'un seul comprimé d'aspirine pouvait faire contre un viol.

Elle l'a avalée et m'a regardée en silence pousser le canapé contre la porte, prendre la carabine dans le placard et glisser maladroitement une balle dans la chambre. J'ai vérifié la sécurité une dizaine de fois, j'ai alimenté le feu puis je me suis assise par terre à côté de son matelas avec la carabine sur les genoux.

Elle s'est endormie au petit matin, pendant que je veillais près d'elle, fixant le feu, tressaillant au bruit du vent, redoutant de respirer.

* * *

Il n'y a aucun endroit où nous nous sentons en sécurité. Sortir chercher du bois mobilise tout mon courage, et pourtant je recule et frémis, m'attendant à tout moment à être attaquée. Et dedans, nous nous sentons à la fois exposées et prisonnières. Dix fois par heure je me surprends à jeter un coup d'œil par la fenêtre, à scruter la forêt, m'attendant à apercevoir la silhouette qui je le sais nous guette.

La présence de la carabine, posée tel un avertissement contre l'encadrement de la porte, change l'allure du salon. Une arme est quelque chose de déplaisant. Au lieu de me rassurer, son canon froid, sa crosse lourde et sa fine queue de détente[1] m'effraient autant que le reste et me rappellent que la violence est partout.

1. **Queue de détente** : gâchette, élément sur lequel on appuie pour déclencher le tir.

Il n'y a aucune échappatoire. Même le feu dans le poêle semble menaçant. De la sève[1] suinte en bouillonnant du bois qui craque, les flammes mordent et crachent. Nous sommes cernées par la violence, par la colère et le danger, aussi sûrement que nous sommes entourées par la forêt. La forêt a tué notre père, et de cette forêt viendra l'homme – ou les hommes – qui nous tueront.

* * *

Hier je me suis forcée à sortir et à fouiller dans le bazar derrière l'atelier jusqu'à ce que je trouve quelques plaques de tôle ondulée[2]. Je les ai clouées sur chaque fenêtre du rez-de-chaussée à l'exception de celle du salon. Pendant qu'Eva se tenait immobile sur son matelas, le visage gonflé tourné vers le mur, j'ai cloué la porte de la cuisine qui donne sur la buanderie, et avec la machine à laver j'ai barricadé la porte qui ouvre sur l'extérieur. Du coup, nous n'avons plus maintenant qu'une seule fenêtre et qu'une entrée à notre maison, mais ça veut dire que nous pourrons l'entendre s'introduire avant qu'il surgisse devant nous.

* * *

Bien qu'il fasse beau et que les journées rallongent, nous ne mettons pas le nez dehors. Heure après heure, nous restons assises à la table près de la fenêtre qui n'est pas condamnée et qui est notre seule source de lumière. Pour le petit déjeuner, nous nous partageons une tasse de riz que nous mangeons non par faim mais par habitude. Le déjeuner consiste en un demi-bocal de fruits en conserve, le dîner en un bol de haricots.

1. **Sève** : liquide nutritif qui circule dans les végétaux.
2. **Tôle ondulée** : matériau de construction en métal.

J'essaie d'étudier, mais les mots glissent sur moi sans faire sens, attirant mon attention uniquement quand ils me rappellent ce qui me manque. *Lindos* ➲. *Liszt* ➲. *Londres.*

* * *

Je rêve que je ramasse des pierres, des morceaux de schiste rugueux de la couleur de la terre sur une plaine froide sous un ciel gris, et je me réveille en proie à un désespoir si lourd que je dois faire un effort pour me lever.

* * *

Après *London Stock Exchange* vient *Londonderry*. Après *Londonderry* vient le *Lone Ranger*. Et après le *Lone Ranger* vient la *Lone Woman de l'île de San Nicolas :*

En 1853, une femme indienne a été découverte vivant entièrement seule sur une île à cent douze kilomètres au large de la côte de Santa Barbara. D'après des documents de l'époque, en 1835, alors que sa tribu était évacuée de l'île sur ordre de la Mission de Santa Barbara, un vent violent s'est levé. Dans la confusion, un enfant a été oublié. Lorsque sa mère s'est aperçue de son absence, elle est retournée le chercher à la nage, mais pendant ce temps, le vent est devenu plus menaçant, et le capitaine a décidé de prendre la mer sans elle.

Dix-huit années se sont écoulées avant qu'une équipe de chasseurs de loutres de mer ne tombent sur la Lone Woman. Bien que personne ne parle sa langue, elle a utilisé des gestes avec beaucoup d'éloquence. Elle a expliqué qu'elle n'avait jamais retrouvé son enfant et craignait que les coyotes ne l'aient mangé.

➲ **Lindos est un site archéologique situé sur l'île de Rhodes en Grèce.**

➲ **Franz Liszt est un pianiste et compositeur hongrois du XIXe siècle.**

Elle est retournée sur le continent avec les chasseurs et a été affreusement déçue d'apprendre qu'on ne pouvait trouver aucun membre de sa tribu. Elle est morte sept semaines plus tard.

Et l'ordre inexorable[1] de l'encyclopédie parle à nouveau de ma vie, cette fois en me mettant face à la pire des vérités : il n'y aura pas de secours.

Depuis que tout ça a commencé, nous avons attendu d'être sauvées, attendu comme de stupides princesses que nos vies légitimes nous soient rendues. Mais nous n'avons fait que nous berner[2] nous-mêmes, que jouer un autre conte de fées. Notre histoire ne peut pas plus avoir une fin heureuse que celle de la LoneWoman. L'électricité ne sera jamais rétablie ici. Le téléphone ne sonnera plus jamais pour nous. Eva et moi continuerons de vivre ainsi jusqu'à notre mort, amassant et nous terrant et finalement mourant de faim – si nous n'avons pas la chance d'être égorgées avant.

Quelle que soit la façon dont nous mourrons, nous mourrons ici. Seules. Il n'y aura pas d'inscription à Harvard, pas de début avec le San Francisco Ballet. Il n'y aura pas de voyages, pas de diplômes, pas de rappels. Il n'y aura plus d'amants, pas de maris, pas d'enfants. Personne ne lira jamais ce journal sauf si ces fichues poules apprennent à lire.

Bien sûr ce genre de choses arrive tout le temps. J'ai suffisamment étudié l'histoire pour le comprendre. Les civilisations périclitent[3], les sociétés s'effondrent et de petites poches de gens demeurent, rescapés et réfugiés, luttant pour trouver à manger, pour se défendre de la famine et des maladies et des

1. **Inexorable** : auquel on ne peut se soustraire, fatal.
2. **Nous berner** : nous tromper, nous faire des illusions.
3. **Périclitent** : se dégradent, vont vers la ruine.

L'Étoile des cimes (structure biplace en fibre de carbone, G. Ebersolt, architecte) avec le biologiste Francis Hallé à bord, lors d'une mission au Laos, en 2012.
Voir enquête page 312.

Photogramme du film *Le Revenant* (2015), d'Alejandro González Iñárritu avec Leonardo DiCaprio (dans le rôle de Hugh Glass).
Voir groupement de documents page 294.

Photogramme du film *Danse avec les loups* (1990), de et avec Kevin Costner.
Voir groupement de documents page 297.

L'Écossaise Emma Orbach devant sa hutte, construite de ses propres mains.
Voir enquête page 310.

maraudeurs[1] tandis que les herbes folles poussent à travers les planchers des palais et que les temples tombent en ruine. Regardez Rome, Babylone, la Crète, l'Égypte, regardez les Incas ou les Indiens d'Amérique. ➲

Et même si ce n'est pas une autre civilisation vieille de deux mille ans qui arrive à sa fin, regardez toutes les petites dévastations – les guerres et les révolutions, les ouragans et les volcans et les sécheresses et les inondations et les famines et les épidémies qui remplissaient les pages lisses des magazines que nous lisions autrefois. Pensez aux photos des survivants blottis les uns contre les autres au milieu des décombres. Pensez à l'Amérique du Sud, à l'Afrique du Sud, à l'Asie centrale, à l'Europe de l'Est, et demandez-vous comment nous avons pu être aussi suffisants[2]. Pensez à la LoneWoman de l'île de San Nicolas et demandez-vous pourquoi nous avons pensé que nous serions sauvés.

1. **Maraudeurs** : voleurs, pillards.
2. **Suffisants** : qui ont une trop haute idée d'eux-mêmes, vaniteux.

➲ **Rome, Babylone, la Crète et l'Égypte ont développé de brillantes civilisations dans l'Antiquité, dont il ne reste que des ruines. La civilisation inca et la civilisation amérindienne ont été balayées par la colonisation de l'Amérique.**

Chapitre 16

Son visage va mieux, mais jour après jour ma sœur demeure silencieuse, non pas maussade, mais avec une douceur impuissante qui me rappelle le dernier sourire de notre père. Elle semble presque contrite[1], comme si elle était prête à abandonner avec joie son choc et sa peur, à se débarrasser d'eux comme d'une peau usée si seulement elle savait comment faire. Elle a recommencé à s'occuper du feu, mais je me charge du reste. Je lui donne à manger, et ce qu'elle ne mange pas, je le mange, ou le garde pour le prochain repas.

– Tu veux jouer au Backgammon ? ai-je suggéré une fois, mais elle a haussé les épaules avec tant d'apathie que j'ai compris qu'il était inutile de préparer le jeu.

Elle n'est pas retournée dans son studio depuis le viol.

– Pourquoi tu ne danses pas ? ai-je voulu savoir hier.

Surprise, elle a levé les yeux de ses genoux. On aurait dit que je venais de demander pourquoi elle ne jouait pas de la cornemuse[2], ou pourquoi elle ne volait pas.

– Je ne peux pas, a-t-elle répondu.

– Utilisons l'essence, ai-je proposé, comme ça tu pourras entendre de nouveau la musique.

Mais son corps est resté passif et aucun désir n'a illuminé son visage.

– Non, a-t-elle dit. Non. Il vaut mieux la garder.

* * *

1. **Contrite** : honteuse, qui se sent fautive.
2. **Cornemuse** : instrument à vent, lié à la musique traditionnelle d'Europe.

Ce matin je me suis réveillée avec le soleil en plein sur le visage et le mal de tête contre lequel je me battais depuis des jours enfin disparu. Je me sentais aussi légère qu'un ange, portée par cette sorte d'énergie chancelante[1] qui suit une maladie.

J'avais l'impression d'avoir les poumons à plat, les muscles mous, pourtant mon corps avait hâte de servir à quelque chose. J'ai pris la carabine et je suis sortie balayer la terrasse. Puis j'ai rincé une pile de vêtements que j'ai étendus sur le fil dans le vent parfumé de soleil, éprouvant – entre deux coups d'œil furtifs en direction de la forêt – d'intenses demi-secondes de plaisir dans les mouvements amples du balai et les chaudes saccades de la brise.

En revenant du fil à linge, je suis passée devant le potager. Il était dans un état épouvantable, et j'ai été saisie d'un lancinant[2] sentiment d'échec et de culpabilité. Nous n'avions même pas fini de rentrer la récolte, l'automne dernier. Nous n'avons ni retiré les plantes, ni récupéré les graines ni paillé la terre[3]. Nous n'avons pas taillé les arbres fruitiers. Nous aurions dû commencer les semis[4] à l'intérieur, près du poêle, en février dernier. Nous aurions dû planter les légumes qui supportent le froid le mois dernier. Nous devrions mettre en route les tomates, les poivrons, les concombres et les melons maintenant. Mais la dernière fois que chacune de nous a tenu une pelle, c'était pour creuser la tombe de notre père.

J'ai ouvert le portail et je suis entrée dans le jardin potager. Lentement, j'en ai fait le tour en longeant la clôture grillagée qui

1. **Chancelante** : qui manque de stabilité, d'équilibre.
2. **Lancinant** : obsédant, qui revient sans cesse.
3. **Paillé la terre** : protégé le sol avec de la paille, pour éviter qu'il gèle.
4. **Semis** : plantations de graines.

le protégeait des cerfs, en essayant de me rappeler tout ce que j'avais refusé d'apprendre sur le jardinage. Sous les enchevêtrements des herbes folles, j'ai cru apercevoir les feuilles d'une pomme de terre qui poussait spontanément. Je suis tombée à genoux, j'ai posé la carabine près de moi, j'ai attrapé une touffe de mauvaises herbes d'une main hésitante et j'ai tiré. L'herbe a résisté, et j'ai pensé à des cheveux – des poignées de cheveux implantés dans le cuir chevelu. J'ai tremblé, j'ai grincé des dents, et j'ai tiré plus fort. Finalement les racines ont cédé, et j'ai failli basculer en arrière quand elles se sont brusquement détachées. Le petit cercle de terre nue qu'elles ont révélé était noir et humide. J'y ai enfoncé mes mains, j'ai senti la terre rentrer sous mes ongles, s'effriter entre mes doigts. Brusquement, j'étais en train de dégager les mauvaises herbes, plongeant les mains au cœur de leur luxuriance[1], les arrachant par poignées, jusqu'à ce que mes paumes soient tachées et empestent leur verte odeur musquée[2].

Le soleil était comme une main sur mes épaules, les oiseaux chantaient au bord de la clairière et un papillon s'est posé sur le sol nu à côté de moi. Il est resté immobile un instant, puis a fermé et ouvert ses ailes plates et s'est envolé. J'ai oublié de scruter la forêt pour voir s'il y avait des intrus.

Je me suis rappelé les graines. Me levant d'un bond, j'ai couru vers l'atelier où sur une étagère en hauteur j'ai trouvé une boîte en plastique hermétique bourrée de sachets en papier. Certains venaient du commerce, mais la plupart étaient des enveloppes récupérées d'anciennes factures, libellées de la main de notre

1. **Luxuriance** : abondance, foisonnement.
2. **Odeur musquée** : parfum puissant, animal.

père, et remplies des graines du potager, sous forme d'agrégats[1] ou ressemblant à des perles. De retour de l'autre côté de la clôture, j'ai étalé les sachets sur le sol et les ai examinés, attentive et concentrée, réfléchissant à la configuration d'un jardin potager.

Quand je suis partie à midi, une bande de terre de la longueur du potager était désherbée, retournée et prête à être ensemencée[2].

***

L'encyclopédie me rappelle que la seule raison d'être d'une fleur, c'est de produire des graines. Toute cette couleur, ce parfum et ce nectar existent uniquement pour transporter le pollen, uniquement pour attirer l'attention des insectes ou profiter du vent. La raison d'être d'une fleur, ce sont ces minuscules taches et boutons anodins[3] et inertes, ces paumes ouvertes pleines de chromosomes qui nous nourriront peut-être un jour.

J'ai planté des graines de citrouille ce matin – trois par petites buttes disposées en rangées du côté ouest du potager. Griffonné par mon père sur l'enveloppe dans laquelle je les ai trouvées, il n'y avait qu'un seul mot – Pumpkin. Quand je l'ai lu la première fois, j'ai cru pendant un moment d'égarement qu'il m'avait adressé l'enveloppe. Mais lorsque je l'ai ouverte et que je n'ai vu que des graines comme celles que nous récupérions des citrouilles d'Halloween ➲, des larmes dont je ne voulais pas ont forcé le passage jusque dans mes yeux.

Pourtant, il y a une lucidité qui nous vient parfois dans ces moments-là, quand on se surprend à regarder le monde à

1. **Agrégats** : ici, petit tas de graines collées entre elles.
2. **Ensemencée** : semée de graines.
3. **Anodins** : sans importance, insignifiants.

➲ **La veille de la Toussaint, la tradition américaine est de fabriquer des lanternes en sculptant des citrouilles.**

travers ses larmes, comme si elles servaient de lentilles pour rendre plus net ce que l'on regarde. Alors que je fixais le mot que mon père avait écrit au crayon, j'ai vu que c'était peut-être un message qu'il m'envoyait, après tout.

* * *

J'ai tellement mal que je n'arrive presque pas à tenir ce stylo. Mes mains couvertes d'ampoules et d'égratignures m'élancent, elles sont engourdies d'avoir creusé le sol, et j'ai beau les frotter dans l'eau, la terre ne part pas complètement. J'ai des courbatures dans les bras et les jambes et le dos comme si j'avais la grippe. Je n'avais jamais mesuré à quel point jardiner est un travail difficile.

À présent, j'ai semé plus de la moitié des graines, et demain je retirerai la clôture contre les cerfs de façon à prolonger le potager vers l'abri de jardin. Il nous faut au moins toute cette superficie pour nous maintenir en vie.

* * *

– J'ai besoin d'aide, ai-je annoncé ce matin en soufflant sur la vapeur à la surface de mon thé blanc avant de boire une gorgée. Dans le potager.

Eva a baissé les yeux sur son riz auquel elle n'avait pas touché.

– Je ne peux pas installer les nouveaux piquets de la clôture toute seule. Et c'est pratiquement impossible pour une seule personne de tendre le grillage. Il n'arrête pas de rouler sur lui-même.

– Demain peut-être, a dit Eva.

– On y est autant en sécurité qu'ici, l'ai-je raisonnée. Plus même... parce que j'ai la carabine et qu'il y a plus d'endroits où se cacher.

– Je... je n'ai juste pas envie d'y aller aujourd'hui.

– Mais Eva, le potager n'attendra pas que tu en aies envie. On doit finir les plantations dès que possible. Et puis, si on ne le clôture pas avant que sortent les graines que j'ai déjà mises en terre, les cerfs mangeront les pousses[1].

– Ça n'a pas d'importance.

– Quoi ?

– Ça n'a pas d'importance ce qu'on fait. Ça n'a pas d'importance si les cerfs mangent les pousses.

J'ai eu l'impression d'avoir été frappée. Ses paroles perçaient les ampoules sur mes mains, cognaient mon dos et mes cuisses endoloris, elles me poussaient à me déchaîner contre cette douleur. J'ai bu une gorgée de l'eau brûlante comme si je pouvais trouver dans sa chaleur une inspiration pour mon combat. Mais avant que je ne me mette à discuter, ses mots avaient atteint mon cœur.

– Tu as raison, ai-je dit posément.

Elle a relevé les yeux, surprise.

– Quoi ?

– Tu as raison. Ça n'a pas d'importance. Nous serons probablement tuées avant même que ces graines ne deviennent des pousses.

Elle a incliné la tête. Dans le silence qui a suivi, j'ai fini mon riz et mon eau, et j'ai essayé de voir comment je pourrais installer toute seule les piquets en séquoia que j'avais coupés pour la clôture, comment je pourrais dérouler le grillage et l'attacher solidement sans l'aide de ma sœur.

1. **Les pousses** : les premières feuilles ou tiges qui sortent d'une graine fraîchement plantée.

Mais quand je me suis levée de table, Eva s'est levée aussi, et elle m'a suivie dans la cour où elle n'était pas allée depuis le viol. [...]

***

Eva a mangé tout son riz ce matin au petit déjeuner. Dans le potager, elle a proposé de mélanger le ciment pendant que je ramassais des pierres pour fixer le piquet dans le dernier trou. Mais quand je me suis baissée pour le soulever et le mettre en place, quelque chose a cédé dans le bas de mon dos. Je suis tombée en avant sur les genoux, mes muscles hurlant et se tordant.

– Que se passe-t-il ? a demandé Eva en se penchant à côté de moi.

– Mon dos, j'ai mal.

– Allonge-toi, a-t-elle dit, avec une autorité que je ne lui avais pas entendue depuis qu'elle avait dansé la dernière fois. Sur le dos. À plat. Plie les genoux. Toute ta colonne vertébrale doit être en contact avec le sol. Ne bouge surtout pas sinon tu risques de te faire encore plus mal. On ne t'a jamais dit de ne pas soulever avec le dos ?

Je suis restée immobile jusqu'à ce que les spasmes musculaires[1] passent. Mais quand j'ai essayé de m'asseoir, mes muscles se sont de nouveau contractés et j'ai grimacé de douleur.

– Rallonge-toi, a ordonné Eva. Ça prend du temps. Mais si tu te reposes maintenant, tu pourras probablement danser, je veux dire travailler, demain.

– Quand je pense qu'on était presque arrivées au bout, ai-je gémi, et la laitue commence à sortir.

1. **Spasmes musculaires** : contractions rapides et involontaires des muscles.

– Je vais finir, a-t-elle déclaré. Les cerfs n'auront qu'à faire pousser leur fichue salade.

Pendant que j'attendais, la colonne vertébrale à plat contre le sol, Eva a planté le dernier piquet et s'est battue avec le grillage pour l'installer tout autour du potager élargi.

– On pourra le tendre et le fixer demain, a-t-elle dit quand elle a terminé. C'est du bricolage, a-t-elle ajouté sur un ton satisfait qui rappelait celui de notre père, mais à mon avis, il dissuadera les animaux pendant une nuit. Allez, Nell. Il va falloir qu'on te mette au lit. [...]

* * *

On doit être presque en juin maintenant, mais rien n'est moins sûr. En ce moment, nous passons tout notre temps dans le potager. Aux premières lueurs de l'aube grise, nous buvons nos tasses de thé blanc et mangeons notre frugal[1] petit déjeuner. Dès que le ciel commence à se fleurir de couleurs, nous sortons, grelottant dans l'air frais, et ouvrons le portail, les doigts raides. Nous éclaircissons et désherbons tandis que le soleil se lève, nos souffles apparaissant en buée blanche, nos corps se détendant, se réchauffant dans le travail. Plus tard, quand nos mains supportent le froid, nous arrosons. D'abord nous siphonnons[2] à l'aide d'un tuyau la vieille baignoire à pattes de lion que notre père avait installée pour recueillir l'eau après que la pompe électrique n'a plus marché. Puis, une fois la baignoire vide, nous entreprenons nos interminables voyages jusqu'au ruisseau, apportant l'eau au potager à raison d'un seau à la fois.

1. **Frugal** : léger, peu abondant.
2. **Siphonnons** : transvasons.

Nous avons semé toutes les graines que nous possédons, toutes les graines que notre père nous a laissées, même celles non identifiées tombées au fond de la boîte. Nous fertilisons[1] chaque repousse spontanée, supplions chaque plante de vivre, de se développer, de s'épanouir en nourriture.

Creuser, désherber, arroser, voilà notre travail jusqu'à ce que le soleil soit au-dessus de nous. Nous nous arrêtons pour déjeuner et nous reposer, et nous reprenons jusqu'à ce que la lumière s'épaississe et que l'air frais apporte ses nuées de moustiques. La nuit, quand je suis couchée, mes muscles tremblent et mes mains calleuses[2] me font mal. Je ferme les yeux et je vois de la terre. Mais je ne rêve pas.

1. **Fertilisons** : mettons un engrais.
2. **Calleuses** : dures, rêches, à cause du travail.

Chapitre 17

Ce matin nous arrachions les mauvaises herbes, allant côte à côte le long des rangées de haricots dont les cotylédons[1] pointaient de terre en se déployant comme des ailes. Je venais de finir mon petit déjeuner, et Eva avait une fois de plus refusé d'avaler quoi que ce soit.

– Je n'ai pas faim, avait-elle dit quand je lui avais proposé un œuf dur plus gros qu'un noyau d'avocat, le premier que les poules avaient pondu depuis des mois.

Mais elle était là à présent, se traînant à côté de moi sur le sol humide, nos chemins séparés par une rangée de jeunes plantes. Vue sous un angle comique, la situation avait presque quelque chose de sacré, avancer ainsi petit à petit sur nos genoux, souffler sur les plantes, s'occuper d'elles. La terre était fraîche, le soleil chaud, les oiseaux s'activaient, et j'ai réalisé avec une stupeur soudaine que pour la première fois depuis mon aventure avec Eli je venais de connaître un moment de bonheur facile et éhonté[2].

– Si tout ça pousse, ai-je déclaré en indiquant d'un ample geste du bras le potager agrandi, on tiendra toutes les deux jusqu'à l'hiver prochain.

Eva s'était arrêtée aussi. Elle a basculé en arrière pour s'accroupir et a dit :

– On sera trois alors.

1. **Cotylédons** : premières petites feuilles, qui contiennent les réserves nutritives nécessaires au développement de la plante.
2. **Éhonté** : sans culpabilité, sans honte.

L'espace de quelques secondes confuses, j'ai pensé qu'elle parlait d'Eli et qu'elle disait qu'il revenait, et puis j'ai vu qu'il s'agissait de l'autre chose, et j'ai voulu continuer d'arracher les mauvaises herbes. Mais elle m'observait, attendant que je m'exprime.

– De quoi tu parles ? ai-je bafouillé.

– Il y a un bébé en route.

– C'est ce que je redoutais.

– Oui, a-t-elle dit en enfonçant ses mains dans la terre. Il y a un bébé. Je n'en étais pas sûre avant. Mais maintenant je le suis. [...]

* * *

Ma sœur va donc avoir un bébé. Depuis qu'elle me l'a annoncé, à plusieurs reprises au cours des journées qui ont suivi, j'ai été saisie par une angoisse si forte et si froide qu'il me semblait être emportée par une vague, retournée dans une houle[1] d'eau glacée et de sable rêche, incapable de respirer, me débattant pour trouver comment remonter. [...]

* * *

L'encyclopédie ne dit pas grand-chose sur la grossesse et l'accouchement, bien qu'on y trouve de longs articles sur la conception, le développement du fœtus, et le genre de médicaments que les obstétriciens[2] utilisent pendant le travail. Il y a une section intitulée *changements anormaux au cours de la grossesse* et une autre sur *les accidents pendant l'accouchement*, mais je n'arrive pas à me résoudre à les lire pour l'instant.

1. **Houle** : mer agitée de vagues.
2. **Obstriciens** : médecins spécialistes de la grossesse et de l'accouchement.

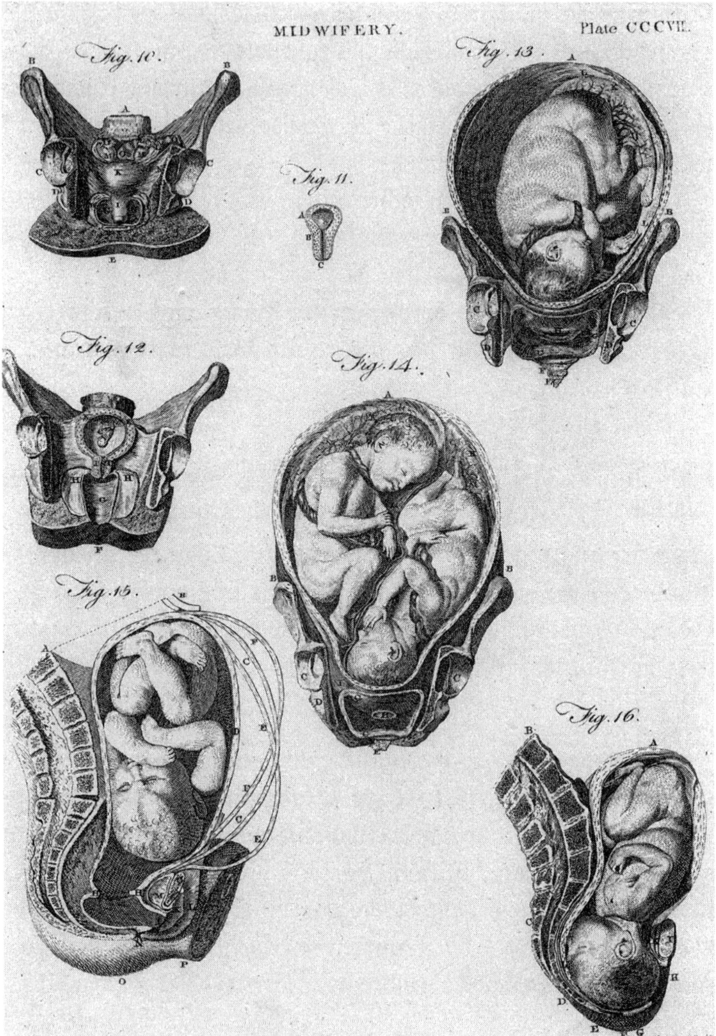

Planche anatomique d'obstétrique, *Encyclopaedia Britannica*, XVIIIe siècle.

Elle affirme que *La robustesse d'une femme et sa santé physique en général comptent parmi les nombreux facteurs qui influent sur la durée de l'accouchement et son issue.* Et aussi, *Marcher est considéré comme le meilleur exercice pour une parturiente*[1].

Même armées de la machette[2] et de la carabine, nous avions l'impression d'aller droit à notre perte quand nous avons quitté la clairière et pénétré dans la forêt pour notre première sortie. Malgré la chaleur de la mi-journée, nous portions des bottes et des pantalons longs et éprouvions un fort sentiment d'appréhension[3] à mesure que nous nous éloignions de la maison par le chemin de terre.

La forêt paraissait luxuriante et sûre, mais nous sursautions au bruit de nos pas. Même la brise nous faisait frémir. Nous venions de passer le premier tournant de la route envahie par l'herbe quand quelque chose a bougé dans les broussailles et s'est élancé en haut de la colline à grands bonds bruyants. Légèrement penaudes[4], nous sommes convenues que nous étions allées suffisamment loin pour une première fois et avons fait demi-tour.

Mais le lendemain nous nous sommes aventurées un peu plus loin sur la route. Le jour d'après nous avons inspecté le verger et le jour suivant nous avons marché jusqu'au pont. En rentrant à la maison, je me suis aperçue avec stupeur que j'avais laissé la carabine dans le potager.

Après un hiver rude et un printemps incertain, les deux poules pondent à nouveau et nous avons des œufs à profusion,

1. **Parturiente** : femme qui accouche.
2. **Machette** : grand couteau à lame recourbée.
3. **Appréhension** : inquiétude, peur de ce qui peut arriver.
4. **Penaudes** : honteuses.

que nous mangeons pour la plupart brouillés et aromatisés de persil, de romarin et du basilic du jardin, ou durs et saupoudrés avec le sel à l'ail dont nous avons tout un stock.

Le potager donne plutôt bien maintenant, quoique pas une seule graine de pastèque ou de brocoli n'ait germé, que le maïs semble avoir arrêté de pousser et que de la dernière rangée de laitues que j'ai plantée il ne soit sorti que quelques feuilles toutes déchiquetées. Mais nous avons déjà mangé des blettes et des épinards et des petits pois, et ce soir nous nous sommes préparé une salade de feuilles de betterave.

Je n'avais jamais réalisé à quel point un potager peut être un jardin d'agrément aussi joli. Les courges arborent de larges fleurs dorées, les fleurs des tomates font comme des étoiles jaunes çà et là parmi les feuilles vertes, et les haricots sont décorés de bourgeons couleur lavande.

Dans le verger, les arbres sont chargés de fruits petits et durs, et les boutons verts des noix emplissent le noyer.

* * *

Le ventre plat d'Eva a commencé à s'arrondir très légèrement, bien qu'il y ait encore des moments où je n'arrive pas à croire qu'elle soit vraiment enceinte, où je suis persuadée que ses règles capricieuses vont arriver. Elle a retrouvé un peu de son ancienne grâce, et quand elle bouge, elle est de nouveau elle-même, mais elle ne danse toujours pas.

Rien ne semble la perturber ces derniers temps. Elle oublie de verrouiller la porte la nuit. Elle se fiche totalement du garde-manger qui se vide. Elle remarque à peine les trous irréguliers dans les feuilles des blettes, les poivrons rabougris, les concombres fripés ou le maïs chétif[1]. Elle ne s'inquiète pas

1. **Chétif** : petit, fragile.

comme moi au sujet des hybrides F1[1] ou des graines stériles[2]. Elle n'a jamais songé à compter les bocaux ou à s'enquérir de ce qui arriverait si la source s'assèche.

Mais je me fais du souci pour deux. Je me fais du souci à propos des animaux nuisibles et des maladies et des accidents. Je me fais du souci à propos du feu et des maraudeurs. Je me fais du souci à propos des poules et du verger, à propos des bardeaux cassés sur le toit et de la buanderie qui s'affaisse. La nuit, je reste éveillée à regarder fixement l'obscurité et à me demander comment nous ferons pour sortir un bébé d'Eva, comment diable nous nous débrouillerons une fois qu'il sera là. [...]

1. **Hybrides F1** : première génération de plantes issues du croisement de deux variétés.
2. **Graines stériles** : graines qui ne poussent pas.

Chapitre 18

Nous n'avions pas l'intention d'y aller quand nous sommes parties marcher cet après-midi. Au début, nous nous contentions d'avancer sur la route, et puis, juste avant d'arriver au pont, nous avons décidé de prendre un sentier emprunté par les animaux que nous avions découvert quelques jours auparavant. Il nous a conduites à travers un fourré et de l'autre côté d'un terrain plat où la cime des arbres s'élevait bien au-dessus de nous et où il y avait peu de broussailles. Au bout d'un moment les arbres sont devenus plus petits et de nouveau plus denses, et nous nous sommes aperçues que le chemin montait. Marchant l'une derrière l'autre sur l'étroit sentier, nous avons grimpé d'un pas ferme, chacune absorbée par le son pur de sa respiration, par la brûlure franche des muscles de ses cuisses.

Quand j'ai compris que nous nous trouvions dans ce coin de la forêt que nous avions parcouru à toute allure à la recherche de notre père qui se mourait, ma première pensée a été de faire demi-tour. Mais cette impulsion est passée et tout à coup, j'ai éprouvé le besoin urgent de voir sa tombe. Je voulais la regarder en face, savoir avec certitude ce qui était arrivé. Je voulais voir si mes cauchemars étaient vrais.

Mon désir était si fort que je ne tenais pas trop à le mentionner, au cas où Eva déciderait de rebrousser chemin. Je la suivais, et alors même que je commençais à me sentir coupable de l'amener par la ruse là où elle n'aurait peut-être pas envie d'aller, j'ai vu qu'elle ralentissait. Une seconde plus tard, elle redressait les épaules et continuait de marcher, et quand nous avons longé un carré de fleurs sauvages, elle s'est penchée pour en cueillir quelques-unes.

Le temps qu'Eva nous conduise à la clairière, j'avais, moi aussi, des fleurs plein les mains, et je haletais[1], j'avais chaud, et je voulais me reposer. Malgré tout, j'ai pénétré dans cet endroit avec hésitation, prête à reculer et à partir en courant.

La tombe était là, un monticule[2] clos et paisible. Malgré un hiver de pluie et de feuilles de chêne et d'aiguilles de sapin, elle semblait plus nue que la terre tout autour. Mais elle n'était pas ouverte. C'était juste une terre chaleureuse et non pas le sol éventré et jonché de chair de mes cauchemars.

Je dois reconnaître que j'ai éprouvé un sentiment d'accomplissement en regardant la tombe de mon père. D'une certaine façon, nous avions su quoi faire. Nous avions creusé profondément et l'avions bien remplie, de sorte qu'elle cicatrisait maintenant comme il faut, telle une plaie correctement soignée.

Nous avons posé nos fleurs sur le monticule, puis nous nous sommes assises à côté dans un silence absolu comme si nous étions auprès d'un vieil ami avec qui les mots n'étaient plus nécessaires. J'ai appuyé mes paumes sur la terre qui recouvrait les cellules en décomposition de mon père et j'ai pensé à la pourriture et aux vers, je me suis rappelé tous les cauchemars qui m'avaient réveillée dans l'obscurité de notre maison, ces images qui me laissaient raide et trempée de peur et de culpabilité.

J'ai imaginé le visage de mon père boursouflé, s'affaissant sous son poids de terre. J'ai imaginé les asticots qui grouillaient, les liquides épais, la putréfaction. Et pourtant, mes visions ne contenaient aucune horreur. Et après ? ai-je pensé. Nous chions quand nous sommes en vie, et nous pourrissons quand nous sommes morts. C'est la nature. C'est notre nature.

---

1. **Haletais** : respirais à un rythme rapide, saccadé.
2. **Monticule** : tas de terre de forme arrondie.

Délicieusement baignée par le soleil de ce début d'été, je me suis assoupie, j'ai rêvé à nouveau, j'ai senti dans les rayons sur ma tête le poids et la chaleur de la main de mon père. Je me suis rappelé comment, quand j'étais petite, il entrait dans ma chambre à l'heure du coucher, comment il s'asseyait sur mon lit pour me raconter une blague et bavarder un moment avant de se pencher pour m'embrasser, pour dire, “Fais de beaux rêves, Pumpkin”, et me laisser ensuite bien au chaud et en sécurité dans la nuit bienveillante.

Il m'est alors venu à l'esprit que je pouvais trouver le réconfort dans le deuil de mon père et de ma mère, puisque le mystère de la mort les avait déjà étreints. Quoi qu'il arrive quand une personne meurt, ça leur était arrivé. Ils étaient partis devant, ils avaient montré le chemin, et à cause de ça, la mort semblait un peu plus confortable, un peu plus tranquille, un peu moins terrifiante. Parce que mes parents étaient déjà là – dans la mort –, j'ai compris que je pouvais me permettre de profiter de la lumière du soleil aussi longtemps que possible. Assise près de la tombe de mon père, j'étais heureuse – et fière – d'être en vie.

Puis Eva, qui fourrageait[1] dans les herbes folles de l'autre côté de la tombe, a dit :

– Regarde.

– Quoi ?

– Ce ne serait pas des fraises ? a-t-elle demandé en me tendant quelques baies[2] de la couleur et de la taille de gouttes de sang.

– Je crois, oui.

1. **Fourrageait** : farfouillait, fouillait de façon désordonnée.
2. **Baies** : petits fruits ronds et charnus, comme les fraises, les groseilles, les myrtilles, etc.

Elle les a portées à sa bouche.

– Elles ont l'air mûres, a-t-elle dit.

– Eva ! ai-je crié avant qu'elle les goûte.

– Quoi ?

– Tu ne peux pas les manger.

– Pourquoi pas ?

– Elles sont peut-être toxiques.

– Les fraises ?

– Ce ne sont peut-être pas des fraises.

– Qu'est-ce que ça pourrait être d'autre ?

– Je ne sais pas. Mais tu ne peux pas courir le risque, ai-je dit en pointant du doigt son ventre.

Elle a baissé les yeux, a haussé les épaules et m'a tendu les fraises.

– OK. Vas-y, toi.

« Les plantes sauvages peuvent vous tuer », ai-je entendu ma mère dire tandis qu'Eva versait les baies dans ma main. Mais elles semblaient si inoffensives, si sucrées et innocentes, que sans plus réfléchir, je les ai gobées. Les pépins faisaient comme de minuscules grains de sable entre mes dents et la saveur forte de la fraise éclatait sur ma langue.

– Elles ont quel goût ? a demandé Eva.

– Le goût de fraises, mais en plus prononcé. De fraises puissance dix.

Je me suis penchée pour en chercher d'autres.

– Si elles doivent me tuer, ai-je dit, je veux être sûre qu'elles fassent du bon boulot.

– Hé, a crié Eva. Ne les mange pas toutes.

Nous avons laissé la tombe de notre père et sommes rentrées doucement, grignotant le chemin, fouillant une parcelle après une autre, paissant nonchalamment comme des vaches, avidement comme des enfants, suivant la vague piste sinueuse[1] des fraises qui semblait se déployer de cette paisible clairière à travers toute la forêt.

Ce soir, alors que nous sirotions nos tasses de thé blanc avant de nous coucher, je me suis dit que la forêt avait sûrement plus à nous offrir qu'un après-midi de fraises. Elle doit sûrement regorger de choses à manger. Les Indiens qui vivaient là ont survécu sans les vergers et les potagers, ils ne se sont nourris que de ce que ces bois mettaient à leur disposition.

Mais j'ignore par où commencer. J'ai étudié la botanique[2]. Je m'y entends en morphologie et physiologie végétales[3]. Je sais comment les plantes poussent et comment elles se reproduisent. Je sais identifier une cellule végétale au microscope, dresser la liste des réactions chimiques qui provoquent la photosynthèse. Mais j'ignore le nom des fleurs que nous avons déposées sur la tombe de notre père. J'ignore le nom des mauvaises herbes que nous arrachons du potager ou même quel type de feuilles nous utilisons en guise de papier toilette.

Je sais reconnaître le sumac vénéneux. Je sais distinguer un sapin d'un séquoia. Mais tous les autres noms – latins ou indiens ou usuels – m'échappent. Je suis même loin de deviner quelle plante est comestible ou à quoi d'autre elle peut servir si elle ne l'est pas. « Ce buisson », dis-je, « cette fleur » ou « cette mauvaise herbe ». Et comment des buissons ou des fleurs ou

1. **Sinueuse** : qui ne va pas en ligne droite, qui fait des détours.
2. **Botanique** : science qui étudie les végétaux.
3. **Morphologie et physiologie végétales** : science qui étudie la forme et le fonctionnement des végétaux.

des mauvaises herbes peuvent-ils nous nourrir, nous vêtir, nous guérir ?

Comment ai-je pu vivre ici toute ma vie et en savoir si peu ?

* * *

– Il doit bien y avoir une façon d'apprendre à connaître les plantes sauvages, ai-je dit à Eva ce matin, après y avoir pensé toute la nuit.

Elle a levé les yeux de son assiette d'œufs et a demandé :

– Comment faisaient les gens ?

– Je ne comprends pas.

– Comment les gens ont-ils su quelles plantes étaient bonnes à manger ?

– J'imagine que quelqu'un a dû les goûter.

– Eh bien ?

– On ne peut pas faire ça. Elles pourraient nous tuer.

– Que dit ton encyclopédie ?

– Rien.

– Bon. Je ferais mieux d'aller mettre un tuteur[1] aux haricots.

Elle était devant la porte quand elle s'est retournée et a dit :

– Je croyais que Maman avait acheté un livre sur les plantes sauvages... pour essayer de voir si elle arriverait à s'en servir pour ses teintures.

Entrer dans l'atelier de notre mère, c'était comme entrer dans l'obscurité privée d'air d'une tombe. Avec la fenêtre condamnée, il n'y avait même pas assez de lumière pour que je lise les titres des livres entassés sur les étagères qui couvraient deux des murs, aussi, brassée[2] par brassée je les ai transportés dans

1. **Tuteur** : tige de bois plantée dans le sol, destinée à redresser une plante.
2. **Brassée** : quantité que les bras peuvent porter.

le salon, puis, brassée par brassée je les ai remis sur les étagères – des ouvrages sur les courants théoriques de l'enseignement[1] et sur les techniques de tissage, des manuels de réparation d'automobiles, des policiers, des livres d'histoire, des biographies, des romans.

Pour finir je suis allée chercher dans l'atelier le marteau fendu[2] et le pied-de-biche[3].

– C'est pour quoi faire ? a demandé Eva quand je suis passée devant le potager.

– J'ai besoin de lumière, ai-je répondu.

Les clous ont crié et protesté, le marteau a glissé et a entamé le montant de la fenêtre, et je me suis entaillé la main contre la tôle ondulée, mais au bout du compte la lumière a réintégré sa demeure dans l'atelier de ma mère.

J'ai trouvé *Les Plantes indigènes de la Californie du Nord* sur une étagère du haut entre *Madame Bovary* et un ouvrage sur la Guerre d'Espagne. Bien que ma mère ait écrit son nom au verso de la couverture, le dos du livre était intact et ses pages en parfait état, comme si elle n'avait jamais eu l'occasion de le lire avant que le cancer lui vole même son amour de la couleur. Je l'ai ouvert avec empressement, attirée non pas par une quête de la couleur mais par l'appel de la nourriture.

Ça a été une déception. Je crois qu'inconsciemment je m'étais attendue à un ami, un guide, une grand-mère – une femme sage qui nous aimait et qui savait notre souffrance, qui sortirait des pages de ce livre et me conduirait dans les bois, s'agenouillant au bord du ruisseau pour me montrer les herbes, enfonçant

1. **Les courants théoriques de l'enseignement** : les différentes façons d'envisager l'enseignement.
2. **Marteau fendu** : marteau qui permet d'enlever les clous.
3. **Pied-de-biche** : outil permettant d'arracher les clous.

son bâton dans la berge pour déterrer des racines, m'apprenant patiemment où chercher, quand récolter et comment préparer les bienfaits de la forêt.

Bien sûr une telle femme n'existait pas, et je ne suis tombée que sur une suite d'articles avec des noms latins, des descriptions botaniques et de vagues croquis en noir et blanc ou des photos floues. *Les Plantes indigènes de la Californie du Nord* est aussi dense et déroutant que la forêt qu'il est censé décrire. Toute la journée, pendant qu'Eva jardinait, j'ai avancé farouchement dans ma lecture, m'efforçant d'associer les herbes folles des bois avec les photos granuleuses[1] et les dessins inconsistants, m'efforçant de raviver la signification des mots que j'avais autrefois mémorisés – pétiole, ombelle, racème.

Je ne me suis jamais sentie aussi perdue. Je vendrais mon âme ce soir pour une heure d'Internet. J'ai l'impression d'essayer d'apprendre une langue nouvelle sans l'aide de cassettes ou de livres, une langue que plus personne ne parle, et pour la première fois de ma vie, je me demande si je suis capable de réussir l'examen.

* * *

[...] D'après *Les Plantes indigènes*, les érables de la forêt produiront de la sève sucrée, les feuilles des pas-d'âne peuvent nous donner du sel, et les Indiens qui vivaient là autrefois utilisaient la mousse espagnole comme couches pour les bébés, le pavot de Californie comme antidouleur, la farine de gland moisi comme antibiotique. Il existe des plantes pour stopper la fièvre, des plantes pour soulager le rhume, des plantes pour apaiser

1. **Granuleuses** : qui ont du grain, qui sont floues et imprécises.

les rougeurs et les douleurs menstruelles. Il existe des plantes pour augmenter les contractions d'Eva et diminuer la douleur pendant le travail, des plantes pour rendre son bébé fort, des plantes pour favoriser les montées de lait.

Il y a des tisanes. Pendant des mois nous avons bu de l'eau chaude alors que nous aurions pu boire des tisanes de menthe sauvage, d'églantier, de mûres, de baies, de mahonia faux houx, de moutarde noire, de menthe pouliot, de manzanita, de graines de fenouil commun, de petite oseille, d'ortie, d'aiguilles de pin, d'écorce d'arbousier d'Amérique, de yerbabuena, de sauge noire, de matricaire odorante, de violette, de framboises sauvages.

Et il y a les glands. Aux dires des *Plantes indigènes, Dans le monde entier et de tout temps, les glands ont servi de base aux régimes de nombreux peuples, dont les Japonais, les Chinois, les premiers Méditerranéens et les Nord-Américains.*

Les glands ont été prisés comme source de nourriture pour leur abondance et leur valeur nutritionnelle. Dans l'Ouest américain, par exemple, plusieurs variétés de chêne appréciées par les tribus indiennes pouvaient donner entre 227 et 450 kg de glands par arbre et par an. Bien que la saison de production des glands ne dure que quelques semaines, il a été estimé qu'un ouvrier assidu et travaillant huit heures par jour est capable de ramasser plus de quatre tonnes de fruits. Une telle récolte pourrait nourrir une famille de cinq personnes pendant plus d'un an, fournissant plus de 5 000 kilocalories et 50 grammes de protéines par jour par personne.

J'ai vécu dans une forêt de chênes toute ma vie, et il ne m'est jamais venu à l'idée que je pouvais manger un gland.

* * *

Avant j'étais Nell, et la forêt n'était qu'arbres et fleurs et buissons. Maintenant, la forêt, ce sont des toyons, des manzanitas, des arbres à suif, des érables à grandes feuilles, des paviers de Californie, des baies, des groseilles à maquereau, des groseilliers en fleurs, des rhododendrons, des asarets, des roses à fruits nus, des chardons rouges, et je suis juste un être humain, une autre créature au milieu d'elle.

Petit à petit, la forêt que je parcours devient mienne, non parce que je la possède, mais parce que je finis par la connaître. Je la vois différemment maintenant. Je commence à saisir sa diversité – dans la forme des feuilles, l'organisation des pétales, le million de nuances de vert. Je commence à comprendre sa logique et à percevoir son mystère. Où que j'aille, j'essaie de noter ce qu'il y a autour de moi – un massif de menthe, une touffe de fenouil, un buisson de manzanita ou un champ d'amarante à ramasser maintenant ou plus tard quand je reviendrai, quand le besoin se fera sentir ou que ce sera la saison. [...]

* * *

La cueillette du potager tire à sa fin. Nous avons utilisé tous les bocaux[1] que nous possédons et les étagères du garde-manger sont remplies de tomates, de haricots verts, de betteraves, de prunes, de compotes de pomme, de pêches, d'abricots, de citrouille et de poires. Des chapelets de fruits secs et de poivrons et de haricots pendent du plafond, avec des bouquets d'herbes de la forêt. Des oignons séchés remplissent un sac de courses en loques, et notre maigre récolte de maïs séché un autre. Les courges d'hiver sont empilées dans un coin de la pièce, et un carton de pommes de terre est entassé à côté.

1. **Bocaux** : récipients en verre, ici utilisés pour mettre les fruits et légumes en conserve.

Cela paraît beaucoup, mais quand je pense à tout ce que nous mangeons, je me demande s'il est possible de garnir suffisamment ce garde-manger pour nous maintenir en vie.

* * *

À un peu plus d'un kilomètre environ à l'est de la maison, la forêt commence à s'éclaircir. Les séquoias disparaissent en premier, puis petit à petit les sapins et les érables. Et enfin quand l'arbousier et le laurier s'effacent à leur tour, la terre s'ouvre, s'aplanit sur une large crête où il ne reste que des chênes – des chênes de Californie si solidement ancrés dans le sol qu'on dirait plus des monuments que des arbres. Loin du fouillis et de l'enchevêtrement de la forêt, ils sont massifs, leurs troncs épais, leurs branches s'étalant avec élégance au-dessus de l'herbe dorée. Ce sont de vieux arbres tranquilles, lourds de feuilles robustes et courbes et de noix en grappes couleur miel, et c'est vers eux que nous sommes allées pour apprendre à récolter des glands.

Si vous voulez ramasser des glands, il faut ramper. Vous devez avancer à quatre pattes comme un animal ou un suppliant[1] et vous traîner dans la poussière et les résidus végétaux, vous traîner sur vos paumes et vos genoux en écartant les feuilles pointues et les cupules[2] vides pour trouver des glands mûrs.

Cela nécessite bien plus d'adresse que je ne l'avais imaginé. Hier j'ai ramassé un plein sac avant de m'apercevoir que même le plus petit trou de la taille d'une piqûre d'épingle dans le gland signifie qu'il y a un asticot blanc qui se tortille à l'intérieur. Ce

1. **Un suppliant** : celui qui est en position de supplier, à genoux.
2. **Cupule** : enveloppe en forme de petite coupe dans laquelle le gland est à demi-enveloppé.

matin, j'ai dû inspecter chaque gland pour voir s'il était troué avant de le mettre dans mon sac. Mais cet après-midi je pouvais presque dire si un gland n'était pas véreux[1] en le tâtant simplement quand je le ramassais.

Nos mains sont occupées, mais c'est un travail lent. Faire le tour d'un arbre peut prendre des heures d'un labeur minutieux, lequel commence autour du tronc et progresse en spirales jusqu'à la limite de la ramure[2]. On a chaud et on est couvert de poussière, on a mal au dos et aux genoux. Mais il y a un rythme à prendre, lent et rêveur. Au bout d'un moment, c'est presque une prière.

Les grillons chantaient comme si la journée elle-même respirait, un chant inhalé et exhalé dans la chaleur, se dilatant et se resserrant et revenant sur lui-même en décrivant des cercles. Parfois nous avions droit à la faveur d'une brise. Haut dans le ciel au-dessus de nous, trois vautours tournoyaient et montaient en flèche si élégamment qu'on aurait presque pu me persuader qu'il y avait quelque chose de sacré dans le fait de manger des charognes.

Pendant longtemps nous avons travaillé en silence, remplissant nos sacs en toile et nos taies d'oreiller. Lorsque le soleil a été au zénith[3], tous nos récipients étaient bourrés de glands. Adossées contre le tronc du chêne sous lequel nous avions trimé[4], nous avons mangé des œufs durs et des pommes, en contemplant les collines silencieuses, desséchées par le soleil.

– On est peut-être les deux dernières personnes sur terre, a dit Eva d'une voix qui ne traduisait ni peur ni tristesse.

1. **Véreux** : qui contient un ver.
2. **Ramure** : ensemble des branches d'un arbre.
3. **Au zénith** : à son point le plus haut.
4. **Trimé** : travaillé dur.

J'ai hoché la tête un peu rêveusement, et j'ai répondu sur le même ton :

– Oui, peut-être. [...]

* * *

Les glands de la plupart des chênes contiennent de l'acide tannique qui, bien que servant de conservateur naturel, donne une désagréable amertume au fruit. Aussi, pour rendre la majorité des espèces de glands consommables par l'homme il faut procéder à l'une des nombreuses méthodes permettant de filtrer le tanin.

Un gland frais a un goût de cérumen[1]. Il fait se froncer la langue, dessèche la bouche et laisse une amertume qui demeure longtemps après qu'on l'a recraché.

J'ai mis plusieurs jours à trouver une façon de sécher, décortiquer, peler, piler, filtrer et cuire les glands. Au début j'écrasais les glands décortiqués avec un marteau puis je me servais du rouleau à pâtisserie en marbre de Mère pour essayer de les moudre sur une pierre plate qu'Eva m'avait aidée à sortir du ruisseau. Mais moudre des glands ne fait que les transformer en une pâte impossible à filtrer car l'eau ne passe pas à travers. Au bout du compte, j'ai échangé le rouleau à pâtisserie contre l'un des coins en acier que Père utilisait pour fendre des bûches. J'ai encore mal aux bras, et j'ai des ampoules et des pinçons[2] aux mains à force d'avoir passé des heures à piler des glands avec la tête plate du coin, mais mes efforts ont été récompensés par un kilo de farine d'une texture un peu plus rugueuse que la farine de maïs grossièrement moulue.

1. **Cérumen** : substance qui protège le conduit de l'oreille.
2. **Pinçons** : marques dues à des pincements.

J'ai pris un vieux filtre à café pour la filtrer, et j'ai versé de l'eau bouillante plusieurs fois de suite jusqu'à ce que le liquide couleur thé qui gouttait du filtre devienne clair, et que la farine ait un goût insipide, presque sans saveur, comme des haricots non assaisonnés. J'ai mélangé la farine filtrée avec de l'eau fraîche et je l'ai fait cuire à feu doux pour obtenir de la bouillie.

Je suis sûre qu'un Pomo ➲ se serait moqué de ma méthode, mais je dois admettre que j'étais fière quand nous nous sommes assises, Eva et moi, pour dîner hier soir. Après nous être tenu les mains par-dessus le bol fumant, nous avons mangé. C'était fade et lourd – comme du riz ou du pain –, avec un léger goût de noisette, de terre, un aliment aussi solide qu'un chêne.

* * *

Je frémissais avant quand j'ouvrais un gland et que je découvrais un ver qui se tordait à l'intérieur. Puis j'ai lu que les Pomos considéraient les vers comme une douceur, et maintenant j'ai honte lorsque j'en élimine un. J'aimerais bien, moi aussi, pouvoir manger ces larves qui dans mes rêves signifient la mort. J'aimerais pouvoir mordre dedans, les mâcher, les avaler tout rond. Je veux apprendre à manger des vers.

* * *

Bien après la souche du séquoia, nous avons trouvé un lieu planté de chênes blancs de Californie avec les plus gros glands que j'avais jamais vus. Mais quand nous avons essayé de les ramener à la maison, le trajet était si épuisant qu'après avoir gravi et descendu la colline toute la journée nous étions fourbues, et nous n'en avons pas ramassé autant que je l'espérais.

➲ **Les Pomos sont un peuple amérindien du nord de la Californie, qui se nourrissait traditionnellement de glands.**

Nous nous étions presque mises d'accord pour nous en tenir aux glands moins nombreux et plus véreux que nous récoltons à proximité de la maison quand Eva a suggéré de faire sécher les glands dans la forêt et de les stocker dans la souche du séquoia en attendant d'en avoir besoin cet hiver. Aussi avons-nous passé la matinée à traîner nos claies[1] jusqu'à la souche, ainsi que huit barils[2] en plastique de cent litres que nous utilisions autrefois pour ce que nous pensions être des détritus.

[...]

Nous avons travaillé tout l'après-midi, ramassant des glands, les étalant sur le tulle blanc, déplaçant les claies pour suivre la migration du soleil. Lors d'un de nos allers et retours nous sommes tombées sur une montagne de ronces encore lourdes de mûres. Nous en avons cueilli un plein panier et éparpillé celles que nous ne mangions pas pour qu'elles sèchent à côté des glands.

L'air a commencé à s'épaissir et à fraîchir. D'un seul coup, la nuit est tombée, et nous avions hâte de sortir de la forêt et de rentrer à la maison. Nous avons versé les glands dans l'un des barils pour les protéger de la rosée, mais les mûres étaient trop juteuses pour les transporter sans qu'elles se transforment en purée.

– Laissons-les là pour la nuit, a dit Eva en se penchant sur la claie et en tâtant une mûre puis une autre entre ses doigts violets. La rosée ne les abîmera pas vraiment, en revanche elles seront perdues si on essaie de les emporter maintenant.

1. **Claies** : ustensiles utilisés pour faire sécher les fruits et les légumes, formés d'un fin tissu tendu sur un cadre.
2. **Barils** : tonneaux.

– Les écureuils et les oiseaux ne risquent-ils pas de les manger ? ai-je demandé.

– La nuit ? Nous reviendrons demain matin à la première heure.

Et nous sommes parties avant que le crépuscule ne devienne plus dense.

Juste avant l'aube, nous avons de nouveau gravi la colline, soufflant et riant dans les brumes radieuses[1], transportant des tasses, des assiettes, une casserole remplie de cendres et de braises. Nous avions prévu un petit déjeuner de thé à la menthe et de bouillie de glands et de mûres sur le feu de camp que nous allions faire, et je crois que nous étions toutes les deux presque aussi gaies que les enfants que nous avions été autrefois, heureuses de rejouer ensemble dans la forêt.

Je suis arrivée à notre nouvelle clairière juste avant Eva et j'ai eu un hoquet de surprise, trop choquée pour me retourner et courir.

Les claies étaient renversées, leurs voiles de tulle en lambeaux, leurs cadres tordus et fendus. Quelques mûres étaient éparpillées sur le sol tapissé de feuilles et de branches mortes. Nous nous sommes rapprochées. La forêt était silencieuse à l'exception du pépiement intime des mésanges à tête noire. Sans la violence muette des claies détruites, je n'aurais peut-être pas pensé à un ours.

Nous avions un choix à faire, une décision à prendre sur la façon dont nous allions vivre, sur les risques qui valaient la peine d'être encourus. Nous devions déterminer ce qu'il fallait craindre avant tout. Nous devions trancher entre notre peur de

---

1. **Radieuses** : rayonnantes, resplendissantes.

passer un hiver affamées avec un bébé et notre peur d'un ours noir au début de l'automne. Nous devions mettre en balance ce que nous imaginions de la bruine[1] noire de l'hiver – avec le garde-manger vide et nous, réduites à bouillir le cuir de nos chaussures ➔ et à manger le cambium[2] des arbres – et les griffes et les muscles d'un ours.

Au bout du compte nous avons choisi de redouter l'hiver et nous nous sommes raisonnées : L'encyclopédie dit que les ours noirs sont farouches. Elle dit qu'ils ne sont agressifs qu'au printemps, uniquement quand ils ont faim et que leurs petits sont jeunes. Nous devons juste veiller à ne jamais laisser de nourriture dehors pendant la nuit.

Malgré nos arguments logiques et nos justifications élaborées, je ne pense pas que ce soit la logique qui nous a finalement persuadées, mais plutôt le fait que c'était agréable d'être dans les bois, de ramasser des glands, de faire sécher des baies, de boire nos tisanes aux herbes sauvages et de cuire nos repas sur les feux qu'Eva allumait dans le foyer que nous avons construit devant la porte de la souche.

Tous les matins à présent, une fois accomplies nos corvées dans le potager déclinant, nous prenons la direction de la forêt. Dans le ruisseau près de la souche nous avons ouvert un bassin pour collecter l'eau – que je tiens absolument à faire bouillir avant que nous la buvions –, et loin du ruisseau nous avons creusé des latrines[3]. Toute la journée nous ramassons et faisons sécher des glands, et le soir nous rajoutons notre récolte

1. **Bruine** : petite pluie fine et froide.
2. **Cambium** : couche située entre le bois et l'écorce, qui permet à l'arbre de grossir.
3. **Latrines** : toilettes.

➔ **Dans *La Ruée vers l'or*, le célèbre film de Charlie Chaplin (1925), le personnage de Charlot a si faim qu'il fait ainsi bouillir sa chaussure pour s'en faire un festin.**

aux barils. Nous attachons les couvercles avec des élastiques, bloquons l'entrée avec des planches de contreplaqué, et alors que nous regagnons la maison à la tombée de la nuit, à travers la forêt qui est devenue si sauvage qu'elle abrite maintenant un ours, j'éprouve une joie secrète. Pour une raison totalement obscure, je me sens moins seule.

* * *

La récolte de glands est terminée depuis quelques jours. Notre travail se traduit par cinq barils pleins de glands et un quart de baril de mûres séchées. Nous avons décidé de les laisser tous dans la souche pour l'instant et de remplir les deux autres barils restants avec de la nourriture séchée du garde-manger. Ainsi, quoi qu'il arrive, nous aurons toujours une cache dans les bois.

Posséder ne serait-ce qu'un seul baril de glands, c'est posséder une richesse inestimable. Lorsque nous avons vidé le dernier sac dans le cinquième baril, je me suis penchée par-dessus. J'ai plongé les mains entre les fruits lisses et frais puis les bras jusqu'aux coudes, et j'ai posé ma joue contre les glands dans une sorte d'étreinte. J'ai humé leur légère odeur de poussière, songé à la pluie et à l'obscurité et à la faim contre lesquelles ils nous prémuniraient et je me suis sentie profondément fière.

LECTURE ACTIVE 5

→ Voir aussi étape 5, p. 288-289.

Chapitres 15 à 18 • La redécouverte de la forêt

As-tu bien lu ?

1 **Chapitre 15.** Qu'arrive-t-il à Eva ?
☐ Elle est victime d'un viol. ☐ Elle mange une plante toxique.

2 **Chapitre 16.** Quelle activité Nell propose-t-elle à Eva pour la sortir de sa torpeur ?
☐ jouer aux cartes ☐ s'occuper du jardin

3 **Chronologie.** À la fin du chapitre 16, Nell estime qu'on est :
☐ presque en juin ☐ à la fin de l'automne

4 **Chapitre 17.** Qu'annonce Eva à Nell ?

5 **Chapitre 18.** **a.** Quel est le fruit sauvage que les sœurs mangent près de la tombe de leur père ?
b. Pourquoi Nell décide-t-elle de lire *Les Plantes indigènes de la forêt* ?

Atelier SVT

Réaliser un herbier de proximité

▸ ***Objectif.*** Observer la place de la nature dans sa vie quotidienne.

▸ ***Préparation.*** Photographiez toutes les plantes que vous trouvez dans votre environnement proche (rue, cour de récréation…).
À l'aide d'une appli (Pl@ntNet, iNaturalist), identifiez ces végétaux.

▸ ***Réalisation.*** Par groupes, réalisez un panneau avec vos photos et les caractéristiques de chaque plante observée (comestible ou non, sauvage ou plantée…). Exposez vos panneaux au CDI et recueillez les réactions des visiteurs.

▸ ***Réfléchir ensemble.*** Prête-t-on souvent attention à la végétation qui nous entoure ? Pourquoi ?

Chapitre 19

Les beaux jours persistent, quoiqu'ils raccourcissent à présent et soient plus frais, un été indien[1] avant l'arrivée des pluies de l'hiver. Les poules ont cessé de pondre il y a un moment et le potager n'existe quasiment plus, bien que nous glanions encore quelques tomates aqueuses, quelques derniers poivrons et une petite blette. Tous les barils de la souche sont remplis de nourriture, une cache qui j'espère pourra nous mener jusqu'à la fin de l'hiver s'il le faut. J'ai passé les deux derniers jours à lui clouer un toit en contreplaqué et en tôle ondulée, si bien qu'elle ressemble davantage maintenant à la cabane d'un clochard qu'à la chaumière des fées que nous feignions d'y voir autrefois.

Eva commence à paraître minuscule comparée à son ventre, un globe ferme là où autrefois elle était plate et tout en muscles. Parfois je le vois se soulever sous les chemises de travail qu'elle porte. « C'est un danseur, dit-elle en riant. Il travaille ses *frappés.* » Mais son ventre qui bouge me dégoûte comme les mares de boue que nous avions vues à Yellowstone ➲ l'année de mes huit ans, la boue chaude et lente bouillonnant stupidement, plus menaçante que la vie.

Elle s'est plainte de nausées récemment. Elle est pâle et fatiguée et ne mange pas beaucoup. Elle dit qu'elle a mal au cœur tout le temps. Quand je lui prépare du thé à la menthe, elle sourit et prétend qu'elle se sent un peu mieux.

1. **Été indien** : période de temps doux et ensoleillé survenant juste avant le début de l'hiver.

➲ **Le Yellowstone est le plus ancien parc national des États-Unis. Il est connu pour ces phénomènes de géothermie (geysers et sources chaudes).**

Il s'est peut-être écoulé plus de temps que je ne le pensais. Peut-être ne va-t-elle pas tarder à entrer en travail.

* * *

[...] La nuit dernière j'ai empilé un énorme tas de bois devant la porte et fabriqué un petit nid pour un nouveau-né avec des couvertures et un tiroir de commode. Puis, dans une tentative désespérée pour me préparer à être une obstétricienne, je me suis de nouveau attaquée à l'encyclopédie. Je passais rapidement sur les croquis des organes reproducteurs de la femme, sur les sections ayant pour titres *Changements anatomiques et physiologiques dans les organes non reproducteurs et les tissus durant la grossesse,* quand le mot *anémie* a accroché mon regard : *Si la fatigue et des nausées sont présentes au cours du deuxième et troisième trimestre, on peut suspecter une anémie ; cependant, seule un hématocrite peut déterminer le type et la gravité d'une carence en fer. Chez la parturiente souffrant d'anémie le risque d'avoir un accouchement difficile et une hémorragie du post-partum est bien plus grand. Par ailleurs, une anémie macrocytaire, due à un déficit en vitamine B12 dans le régime, peut provoquer des lésions cérébrales et nerveuses chez le nouveau-né. Toutefois, dans la mesure où la vitamine B12 existe en quantités adéquates dans presque tous les produits laitiers et la viande, ce type d'anémie ne menace en général que les femmes suivant un régime strictement végétarien.*

J'ai ressenti la même sorte de satisfaction qu'autrefois quand je plaçais l'ultime pièce d'un puzzle – nous n'avons pas mangé de viande depuis que nous avons fini la dernière boîte de thon l'hiver dernier, ni d'œufs depuis presque un mois. Et Eva a la nausée, est pâle et sans énergie.

Accouchement difficile. Hémorragie du post-partum. Lésions cérébrales et nerveuses chez le nouveau-né. S'il le fallait, je tuerais Bathsheba ou Pinkie. Mais elles sont un peu comme des amies après tout ce temps, et de toute façon, quelle quantité de vitamine B12 y a-t-il dans une vieille poule ?

***

Le porc sauvage et le sanglier appartiennent à la famille des Sus scrofa, *qui s'est développée en Inde il y a environ trente millions d'années. Bien que Christophe Colomb ait embarqué des pourceaux avec lui lors de son second voyage en 1493, ce sont les conquistadors qui ont véritablement introduit le sanglier dans le Nouveau Monde. Les cochons espagnols domestiques qui s'échappaient dans la nature se sont rapidement adaptés à leur nouvel environnement, perdant, en l'espace de quelques générations, leurs caractéristiques d'animaux de basse-cour, et revenant aux oreilles dressées, au groin allongé, à la queue droite, à la corpulence et aux défenses proéminentes de leurs ancêtres sauvages.*

Les sangliers sont relativement farouches, bien qu'ils semblent apprécier le contact avec des individus de leur espèce. Ils sont intelligents, ont un odorat et une ouïe développés, et ils courent remarquablement vite. Les sangliers sont omnivores et consomment des végétaux de tous types, même s'ils sont connus pour manger des vers, des souris, des insectes, des œufs et des charognes, ainsi que certains types de sol et de roches qui leur procurent des minéraux et d'autres substances nutritives.

Un sanglier, ça devrait faire beaucoup de viande – bien plus qu'un cerf à queue noire. Fumée – ou séchée aux derniers rayons du soleil d'automne –, sa viande pourrait nous durer longtemps. Par ailleurs, il n'y a pas grand-chose à aimer chez un sanglier – ce sont des animaux laids et agressifs, qui déterrent les bulbes et creusent des souilles[1] dans les ruisseaux. Ce ne serait pas comme tuer un cerf avec ses yeux doux et ses pattes de danseur.

Je crois que je pourrais tuer un sanglier.

Je crois que je vais essayer.

* * *

Tuer un sanglier est plus difficile qu'il n'y paraît.

Apparemment, je m'étais imaginé qu'une fois ma décision prise, il me suffirait de ramasser la carabine dont je ne me suis servi que pour tirer sur des bocaux de pickles[2], d'aller faire un petit tour et de tuer le gentil petit cochon qui m'attendait de l'autre côté de la route. Mais toute la journée j'ai erré dans la forêt, tendue et nerveuse, ne voyant rien que des moineaux et des écureuils. Avec la carabine qui pesait sur mon épaule, j'ai grimpé et descendu les collines abruptes en m'aidant des pieds et des mains, me suis frayé un chemin entre le fouillis des arbres, cherchant les porcs qui ont pénétré dans ces bois avec les premiers Européens. J'ai suivi les sillons étroits des pistes des animaux et n'ai trouvé que des arbres et encore des arbres. [...]

* * *

Je suis partie juste avant le crépuscule. Dans mon sac à dos, je transportais la pierre à aiguiser de notre père, le couteau désosseur de notre mère que j'avais pris parmi ses ustensiles de cuisine, la hachette et une bouteille d'eau. Les poches de mon blouson étaient remplies de rondelles de pommes séchées et de balles. Le contact de la carabine sur mon épaule m'était agréable tandis que je grimpais dans la fraîcheur des sous-bois, passais

1. **Souilles** : lieux boueux où les sangliers se vautrent.
2. **Bocaux de pickles** : conserves de légumes au vinaigre.

devant l'énorme souche avec sa mine de nourriture et longeais le ruisseau jusqu'à ce que, alors que la nuit tombait, j'arrive à la souille.

J'ai cherché autour de moi quelque chose sur quoi me hisser, mais aucun arbre n'offrait de branches accessibles. Les plus proches de la souille étaient les chênes à tan qui poussent sur ces coteaux encombrés, grands, fins et presque dépourvus de branches jusqu'à la hauteur de la canopée[1]. Au-delà c'étaient des séquoias dont les branches les plus basses se trouvaient à neuf mètres au-dessus de ma tête.

Lentement j'ai tourné autour des troncs en réfléchissant. « Bon, j'ai essayé. Ce n'est pas ma faute s'il n'y a pas d'arbres auxquels grimper. Ce n'est pas ma faute si Eva est enceinte. Elle ne souffre probablement pas d'anémie, de toute façon. Je suis juste parano. Son accouchement se passera bien. Le bébé est sans doute en bonne santé. Et s'il ne l'est pas, c'est comme ça. Il est trop tard pour y changer quoi que ce soit. »

La lumière baissait vite, et c'est peut-être la peur de rentrer dans le noir qui m'a convaincue de rester où j'étais. Comme je ne voulais pas passer la nuit au sol, je me suis finalement attaquée à l'arbre le plus prometteur que j'ai pu trouver – un chêne qui poussait en amont du ruisseau et fléchissait en arrière au-dessus de la souille. J'ai mis ma carabine en bandoulière sur le dos et j'ai posé mes mains de part et d'autre du tronc. L'écorce était froide, humide et rêche. Étonnamment résistante.

J'ai commencé à grimper. Les premières branches n'étaient guère plus que des brindilles qui cassaient dans mes mains quand j'essayais de m'y accrocher. Mais j'ai réussi à en atteindre

1. **Canopée** : partie la plus haute des forêts, couche formée par le feuillage des arbres.

une suffisamment solide pour me servir de prise. Je l'ai attrapée et me suis hissée, le canon de la carabine cognant contre ma joue. Finalement je suis parvenue à une branche assez épaisse pour soutenir mon poids, et je l'ai enfourchée comme un cheval. J'étais plus haut que je ne l'aurais voulu et assise en biais du mauvais côté de l'arbre si bien que je devais me pencher et tourner les épaules pour faire face à la souille. Mais il était trop tard pour tenter autre chose. [...]

Un à un, les grillons ont cessé de chanter. La lune trônait au-dessus des arbres, un cercle serein qui tenait dans le creux de deux mains jointes en coupe. Tant qu'elle était au-dessus de moi, je distinguais nettement la souille, et, le souffle retenu, j'essayais de prier silencieusement pour que les sangliers viennent. Une fois j'ai entendu un fracas dans les bois derrière moi, mais je n'ai pas osé me retourner et le bruit ne s'est pas rapproché. Une autre fois j'ai sursauté en voyant une silhouette sombre au bord du ruisseau. Un mélange égal d'excitation et de frayeur a parcouru mes veines. Je tentais d'épauler tout doucement ma carabine lorsque je me suis rendu compte que quelque chose clochait. La créature était trop petite, sa queue trop longue. Alors que j'hésitais, elle s'est avancée dans un rond de lumière, et j'ai vu la bande blanche.

– On ne veut pas de mouffette, ai-je murmuré.

Heure après heure, je me suis assoupie et j'ai eu la bougeotte. J'avais des élancements dans les jambes, des crampes dans les cuisses, le dos et les mains de plus en plus raides, et il ne se passait rien. La lune avançait petit à petit dans le ciel, et elle a disparu dans un labyrinthe de branches. Je me suis retrouvée dans le noir, serrant l'arbre, serrant la carabine, attendant en silence le matin. J'ai senti la rosée, délicate et froide, se condenser sur mes joues et mes cheveux et mes mains et le long du canon de la carabine, et lentement la lumière a commencé à reparaître, lentement les formes et les couleurs ont réintégré la forêt.

Agitée de frissons, courbaturée, j'ai regardé l'aube se lever avec une sorte de soulagement coupable – j'avais fait de mon mieux, mais les sangliers étaient plus malins. « Dès qu'il fera un tout petit peu plus jour, ai-je pensé, je rentre me coucher, je dors toute la matinée et je travaillerai dans le potager cet après-midi. J'ai fait ce que j'ai pu. Ce n'est pas ma faute si les sangliers ne se sont pas montrés. »

C'est alors qu'ils sont venus. Ils étaient plus calmes que ce à quoi je m'étais préparée. Avant, chaque fois que je les entendais, ils étaient effrayés et se sauvaient à toute vitesse. Mais là ils venaient à leur heure, ils venaient pour se désaltérer après avoir fourragé toute la nuit, pour se vautrer dans leur souille avant de se reposer pendant la journée, et le bruit de leur arrivée n'était guère plus que celui de quelques brindilles cassées et de doux grognements.

Ils étaient trois, dont l'un légèrement plus gros que les deux autres. J'avais craint que mon odeur ne les fasse fuir, mais le vent avait dû jouer en ma faveur [...]. Ils ont bu au ruisseau, là où la mouffette avait bu. La forêt devenait plus claire. Je distinguais les feuilles de l'arbre en face de la souille.

J'ai retenu mon souffle en les regardant, ces monstrueuses et anciennes créatures grossières et – à ce moment-là – étonnamment belles. Je voyais leurs dos raides, leurs oreilles pointues et leurs queues noires toutes droites. Je les entendais grommeler dans la boue au-dessous de moi, et je me sentais honorée de les voir ainsi, détendus et nus, et n'ayant pas conscience de ma présence.

Je me suis rappelé que j'étais censée en tuer un.

Juste pour voir l'effet que ça faisait, j'ai épaulé la carabine. Sans respirer, je me suis retournée et me suis placée avec un coude contre la branche du chêne, mes genoux raides accrochés comme des bernacles au tronc. Tandis que j'essayais d'avoir les sangliers dans ma ligne de mire, ils se sont tendrement enlacés comme s'ils dansaient, se reniflant, se fouillant du groin. Ils s'aiment, ai-je réalisé. Et j'ai alors compris, de façon plus immédiate, plus viscérale[1] que je ne l'aurais pensé – c'est une mère et deux sœurs.

Cette idée m'a fait chanceler, et l'espace d'un instant, j'ai eu peur de tomber de mon arbre, d'atterrir dans la souille au milieu d'eux, où ils me piétineraient et me déchiquetteraient [...]. Mais je me suis accrochée, je me suis obligée à penser à Eva et à sa fille.

Accouchement difficile. Hémorragie du post-partum. « Est-ce que tu veux que ta sœur se vide de son sang parce que tu n'arrives pas à appuyer sur la détente ? »

Lésions cérébrales et nerveuses chez le nouveau-né. « Est-ce que tu veux que cette petite fille naisse handicapée ? »

« Est-ce que tu veux passer une autre nuit assise dans cet arbre ? »

J'ai serré le chêne avec mes genoux et mes cuisses. J'ai pris trois longues inspirations et j'ai essayé de me rappeler tout ce que je pensais savoir sur le maniement d'une arme. J'ai attendu que la carabine ne bouge plus et j'ai visé le dos de la laie, en plein milieu. Cela paraissait impossible, mais je m'étais dit que si je pouvais juste lui sectionner la colonne vertébrale, elle ne

1. **Viscérale** : instinctive, provenant du fond de soi-même.

s'enfuirait peut-être pas avec ma balle dans le corps. J'ai inspiré encore et j'ai retenu mon souffle. Puis j'ai expiré et pressé la détente si lentement que je n'ai pas su quand encaisser le recul.

Tout a explosé dans un bruit assourdissant. La carabine a rugi, bien que, l'espace d'une seconde absurde, j'aie pensé que je n'avais pas tiré car dans mon excitation je n'avais pas senti l'arme partir en arrière. Des oiseaux que je n'avais pas remarqués se sont envolés de leurs nichoirs dans les arbres voisins. Une pluie de feuilles et de brindilles est tombée autour de moi. En dessous, la terre bouillonnait. Les marcassins[1] avaient disparu, et j'ai regardé, horrifiée, la vieille laie qui s'agitait dans tous les sens et poussait des cris.

Une fois j'avais vu des gamins attacher un foulard autour du ventre d'un chat, et je me souviens d'avoir regardé avec une fascination malsaine le chat se débattre pour marcher tandis que, ne contrôlant plus ses pattes de derrière, il tombait et titubait comme un ivrogne. La laie faisait la même chose. Incapable de se redresser, elle se tordait et donnait des coups de pied, ses pattes de devant cherchant à tirer son corps pendant que ses pattes de derrière remuaient inutilement.

« J'ai réussi ! » ai-je pensé tout en essayant de mettre une autre balle dans la chambre, mais mes mains tremblaient tellement que la première balle est tombée comme un gland dans la boue. J'ai fouillé dans ma poche pour en prendre une autre, l'ai enfoncée dans le canon, et j'ai tiré une seconde fois. J'ai raté la laie. J'ai recommencé, et je l'ai touchée à l'épaule. Accrochée à mon arbre, remplie de joie et atterrée par ce que j'avais provoqué, je l'ai regardée se battre contre les balles, grommeler et

1. **Marcassins** : petits du sanglier.

grogner et projeter de la boue en l'air, toute son énergie libérée, jetée sauvagement dans le monde.

– Meurs, meurs. Je t'en prie, meurs, ai-je supplié à voix haute.

Au milieu de son agonie, elle a entendu le son étranger de ma voix. Elle a relevé la tête et ses yeux myopes ont semblé rencontrer les miens.

– Je t'en prie, meurs, l'ai-je implorée. Ma sœur va avoir un bébé.

Elle a grogné, a essayé à nouveau de se hisser hors de la souille, mais ses pattes de devant se sont affaissées sous elle. Elle a trébuché dans la boue et s'est couchée là, pantelante, tout à coup excessivement patiente. J'ai tiré encore, et cette fois je l'ai touchée là où je visais – à l'arrière de la tête. Elle s'est raidie sous l'impact de cette dernière balle puis s'est effondrée, s'abandonnant entièrement à la terre, renonçant à la vie.

Tout en pleurant et en tremblant, j'ai dégringolé de l'arbre, m'éraflant les mains, me tordant les jambes. Une fois à terre, mes muscles ont crié et tressailli sous l'effet de l'adrénaline et du manque de circulation, et j'ai failli m'évanouir. Je me suis retenue à l'arbre où j'avais passé la nuit, incapable de détacher mon regard du tas de chair boueuse que j'avais créé. J'ai éprouvé un élan, un déferlement de puissance, je me sentais immense, impressionnée et fière, convaincue – un instant du moins – que ma prise n'était pas uniquement due à la stupide chance du débutant.

Quand j'ai enfin réussi à me tenir debout, je me suis approchée, me suis penchée sur la créature dont j'avais pris la vie. J'ai vu les chairs déchirées, le sang sur la terre et, aussi sûre et violente que l'explosion de la carabine, l'image de mon père gisant dans la boue que son sang avait engendrée m'est revenue. J'ai eu un haut-le-cœur et j'ai vomi. Des bouts de pomme séchée réhydratée par la bile sont remontés de mon estomac et m'ont laissé une traînée brûlante dans la gorge.

J'ai vomi jusqu'à ce qu'il ne me reste rien à rendre, puis je me suis écroulée dans la boue et j'ai pleuré. J'ai pleuré mon père et ma mère et j'ai pleuré sur Eva et sa fille pas encore née et sur moi-même. [...] J'ai pleuré sur cette laie et ses petits. J'ai pleuré d'épuisement et d'excitation, et j'ai pleuré parce que je savais que quand j'arrêterais, j'allais devoir d'une façon ou d'une autre transformer ce tas de muscles et de nerfs en viande.

La préparation, c'est le terme employé par l'encyclopédie, bien qu'il s'agisse plus de terminer ce que l'on a fait, et, comme d'habitude, l'encyclopédie ne dit presque rien sur la façon de s'y prendre. Mais je savais que je devais lui planter un couteau dans le corps, l'ouvrir, la vider de son sang, lui retirer les entrailles, lui arracher la peau, lui trancher la tête et les pattes, la dépouiller de sa chair. Et je savais que je ne pouvais pas attendre trop longtemps sinon la viande risquait d'être rance et la rigidité cadavérique[1] arriverait.

« Tu l'as tuée. Tu lui dois de l'accueillir dans ton ventre. Elle mérite de vivre à nouveau en toi, et en Eva, et en la fille d'Eva. »

[...]

Toute la journée j'ai travaillé, séparant la peau de la chair, la chair des os, divisant la laie en viande – quelques morceaux à faire bouillir et frire, une montagne de lamelles à faire sécher et fumer[2]. Je ne m'arrêtais que pour boire de l'eau, aiguiser

1. **Rigidité cadavérique** : raidissement du corps qui intervient entre trente minutes et deux heures après la mort.
2. **Fumer** : exposer la viande à de la fumée (technique de conservation traditionnelle).

mon couteau et retirer mon blouson quand le soleil réchauffait la forêt.

Une épaule et la majeure partie de son dos et du filet[1] étaient fichus à cause des balles, mais malgré tout nous avons été occupées pendant plusieurs jours à conserver sa chair. Déjà la lune du chasseur sous laquelle la laie est morte n'est plus qu'un croissant, et les joues d'Eva ont retrouvé des couleurs.

* * *

Je fais la sieste au creux de la souche dans un rond de lumière pâle, je rêve que je suis enterrée jusqu'au cou, mes bras et mes jambes comme des racines pivotantes s'effilant en un réseau de racines plus fines jusqu'à ce qu'il n'y ait plus de démarcations nettes entre les poils racinaires et le sol même. Tandis que je regarde par-dessus la terre, mon crâne enfle comme si j'absorbais à travers mes orbites le monde en surface et le ciel. Ma tête grossit jusqu'à devenir une coquille englobant la terre entière. Je me réveille doucement, avec un sentiment de calme infini.

* * *

Les feuilles des érables sont toutes tombées, et les jours sont encore clairs. Il nous reste des lanières de viande séchée, et je suis arrivée à fabriquer une espèce de savon liquide avec du saindoux[2] et de la cendre, et à produire une lumière enfumée avec un bol de graisse de la laie et une mèche en soie.

Parfois j'ai l'impression de porter sa vieille âme sauvage en même temps que la mienne. Parfois au crépuscule, quand Eva et moi descendons de la colline et réintégrons la maison pour dormir, je me surprends à regarder ces pièces avec une sorte

1. **Filet** : partie comestible du sanglier située au bas du dos.
2. **Saindoux** : graisse de porc.

de terreur furtive. Je dois me rappeler, ce n'est qu'une porte. Ce ne sont que des murs. « Ils ne peuvent pas te faire de mal. » Et parfois quand je me réveille le matin, ma première pensée est la panique – « Il faut que je sorte. »

* * *

La nuit dernière je me suis réveillée au bruit des premières pluies de l'hiver. Je suis restée allongée dans l'obscurité sans lune, écoutant le doux ruissellement de l'eau contre la fenêtre. Je me suis rappelé que l'an dernier, quand il avait commencé à pleuvoir, Eva et moi assemblions des puzzles et mangions de la soupe en boîte et attendions l'arrivée de quelqu'un qui nous sauverait, et j'ai éprouvé une immense compassion pour ces filles effrayées. Froide ironie du sort, c'était l'automne où Eva devait rejoindre une compagnie de ballet, l'automne où j'aurais dû entrer à Harvard, et l'un de ces jours incertains durant cet automne était le jour où j'avais eu dix-huit ans.

Ce matin je suis allée dans le garde-manger – juste pour me tenir là, entourée par notre collaboration de six mois avec la terre et l'eau et le soleil. Dans cette pièce mal aérée et sans fenêtres, j'ai regardé les denrées que nous avions mises en conserve, les citrouilles et les pommes de terre empilées sur le sol, les chapelets de fruits secs et de haricots qui pendaient du plafond, les ballots et les bocaux de racines et de feuilles et d'écorce et de fleurs que j'avais rassemblés, portant chacun une petite note indiquant où je les avais trouvés, ce qu'ils pouvaient soulager ou provoquer ou soigner. J'ai pensé aux sachets de graines dans l'atelier, toutes séchées et triées en attendant le printemps, et aux barils dans la souche, lourds de glands et de baies et de viande de porc séchée, et j'ai eu la sensation d'avoir finalement réussi l'Achievement Test.

Chapitre 20

La lune est de nouveau pleine. Il a arrêté de pleuvoir pendant un moment, mais il fait si froid et Eva est si énorme que nous ne nous éloignons guère de la maison, du poêle, du garde-manger et de nos matelas chauds. Eva somnole et boit les tisanes que je fais infuser pour elle. Elle tricote d'étranges petites robes avec les fils de soie que notre mère a laissés, pendant que je parcours l'encyclopédie en quête des rêves qu'elle contient, et que j'écris à la lumière de la lune ronde et de la porte ouverte du poêle, mon stylo traçant de minuscules figures sur ces dernières feuilles de papier.

Cet après-midi j'ai lu : *L'emploi le plus ancien du mot « vierge » ne signifiait pas la condition physiologique de la chasteté mais l'état psychologique de l'appartenance à aucun homme, de l'appartenance à soi-même uniquement. Être vierge ne voulait pas dire être inviolée, mais plutôt être fidèle à la nature et à l'instinct, exactement comme la forêt vierge n'est ni stérile ni infertile, mais inexploitée par l'homme.*

À une époque on faisait référence aux enfants nés hors des liens du mariage comme des enfants « nés d'une vierge ».

* * *

Ce soir nous avons bien mangé – des gâteaux aux glands, de la compote de mûres séchées, de la citrouille cuite sous les braises du poêle, un peu de cresson que j'ai cultivé près du ruisseau. Eva s'endort sur sa tisane de fleurs de molène, la vapeur montant de la tasse à son visage comme le lever d'un rêve.

Je me demande comment c'est ce soir à la souche. Je me demande si le toit est solide, si le contreplaqué tient toujours. Je me demande si quelque chose s'y est abrité, niché bien au chaud parmi nos barils de glands et de baies. Je me demande comment ce serait d'y être en ce moment, d'écouter la pluie et le vent, de sentir la nuit, les feuilles mouillées et la terre, la vieille odeur de brûlé de l'arbre. Je me demande quel genre de créatures nous observeraient de la forêt, quels esprits planeraient au-dessus de nous, tournoieraient autour de nous sous la pluie.

Pourquoi cet endroit semble-t-il plus sûr, plus vivant, qu'ici ?

* * *

Ça a commencé. Je redoute de penser à la façon dont ça va se terminer, bien qu'écrire ces mots me terrifie – car que se passera-t-il s'ils se révèlent prophétiques ?

Hier soir Eva a à peine touché à sa bouillie de gland, et un peu après, elle s'est levée d'un bond de sa chaise, a couru à la salle de bains plus vite que je ne l'avais vu faire depuis des mois. Quand elle est ressortie, ses mains appuyaient sur son ventre.

– Sens, a-t-elle dit.

Je l'ai touché et il était aussi dur que le tronc d'un chêne ; c'était une chose douée de sa propre volonté.

– Une contraction ? ai-je demandé, alors qu'il se détendait.

Elle a acquiescé.

– La première ?

– La plus forte. Elles vont et viennent toute la journée. Mais je n'étais pas sûre que ce soit ça.

– Quand était la dernière ?

– Il y a un moment. Avant le dîner.

– Comment te sens-tu ?

– Bien. Un peu flageolante[1].

1. **Flageolante** : tremblante, qui ne tient pas bien sur ses jambes.

Elle m'a regardée et a demandé :

– Tu es prête ?

« Non », ai-je pensé, et j'ai répondu :

– La question c'est, es-tu prête, toi ?

– Oui. Non. Peut-être. De toute façon, c'est pour bientôt, a-t-elle dit presque joyeuse.

– Que veux-tu faire maintenant ?

– Me coucher, je suppose. Essayer de me reposer.

Elle s'est installée sur son matelas, pendant que je sortais l'encyclopédie et tentais de glaner quelques dernières informations, de mémoriser les mots ou de les arracher de la page.

Elle a dormi, et peu après moi aussi, bercée par la pluie et la chaleur du poêle. Juste avant l'aube je me suis réveillée. Eva était allongée sur son matelas et se balançait en gémissant.

– Eva, ai-je appelé d'une voix râpeuse, la gorge desséchée par le sommeil. Comment vas-tu ?

– Ça va, je crois.

– Tu as encore des contractions ?

– Oui.

– Elles sont comment ?

– De plus en plus fortes.

– Espacées de combien ?

Elle a réussi à rire.

– Tu as un chronomètre ?

J'ai fait bouillir de l'écorce d'aulne et je l'ai obligée à boire la décoction[1]. Puis j'ai préparé de la bouillie de glands, bien que je sois la seule à en manger. De temps en temps, Eva serrait son ventre, et je m'interrompais pour m'asseoir sur le matelas à

1. **Décoction** : infusion bouillie.

côté d'elle et lui masser les épaules jusqu'à ce que la contraction passe.

La longue journée s'est écoulée. J'ai alimenté le feu et balayé le plancher et défroissé les draps et fait infuser les tisanes qui étaient censées faciliter l'accouchement d'Eva et calmer ses nerfs, tandis qu'elle était couchée sur son matelas, supportant les contractions qui ne cessaient pas ni ne se rapprochaient. Finalement, alors que le crépuscule venait, elle a levé la tête de son oreiller pour poser la question que je redoutais :

– Combien de temps encore ?

– Ce ne sera plus très long. Tu te débrouilles bien.

– Il n'y a rien d'autre à faire ?

– Je ne sais pas. Je ne crois pas.

– Que dit l'encyclopédie ?

Elle dit, *La durée moyenne de l'accouchement chez une primipare*[1] *varie entre six et dix-huit heures.*

– Douce Nellie, a murmuré Eva en me regardant comme si j'étais une inconnue. C'est gentil à toi de t'occuper de ça.

J'ai haussé les épaules.

– C'est à ça que servent les sœurs, non ?

Mais tout ce que je peux faire, c'est lui masser le dos, l'obliger à boire sa tisane et lui mentir, lui dire, « Tu te débrouilles bien ».

* * *

L'encyclopédie prétend que le besoin de pousser est instinctif. Mais Eva ne dit rien sur le besoin de pousser. Elle ne dit rien sauf, « Ça vient », et rien ne vient à part une autre contraction.

Après une nouvelle nuit et une nouvelle journée de travail, la maison est chaude et bien fermée. Elle sent l'odeur de la chair

1. **Primipare** : femme qui accouche pour la première fois.

qui souffre et résonne des gémissements d'Eva. Heure après heure, ma sœur gît sur son matelas défraîchi, pendant que j'entretiens le feu et lui masse le dos en attendant, affolée et impuissante.

Au diable l'encyclopédie.

Eva est en train de mourir, et l'encyclopédie parle d'instinct. Même maintenant il faut qu'elle fasse de longs discours, posés, pédants[1], distants, réduisant le monde à des faits – mais sans livrer les connaissances dont j'ai besoin pour sauver la vie de ma sœur. Qu'est-ce que l'encyclopédie sait de l'instinct ?

L'instinct est plus vieux que le papier, plus naturel que les mots. L'instinct est plus sage que n'importe quel article sur les trois étapes de l'accouchement, que n'importe quel article sur les interventions obstétricales. Mais d'où vient l'instinct ? Et où est-ce que je peux le trouver en ce moment, après avoir vécu sans lui pendant si longtemps ?

[...] La LoneWoman a suivi son instinct. Elle a renoncé à son peuple pour sauver son enfant, et quand elle a découvert que son enfant n'était plus là, elle a vécu seule. La laie a suivi son instinct. Elle est venue se désaltérer avec ses petits et s'est battue contre les balles jusqu'à ce que l'heure de sa mort sonne.

Je dois sûrement avoir un instinct à suivre, moi aussi.

C'est alors que je comprends : Nous devons quitter cette maison. Si Eva doit survivre, nous devons abandonner cet endroit où elle est coincée. Si Eva doit devenir une mère, nous devons trouver une autre façon pour qu'elle mette au monde.

Cette pensée est si impérieuse, si pressante que je parle avant d'avoir la possibilité de la mettre en doute :

1. **Pédants** : qui font étalage de leur savoir.

– Écoute, Eva... est-ce que tu te sens capable de marcher ?

– Quoi ?

– Est-ce que tu peux marcher ?

– Pourquoi ?

– Je veux qu'on sorte.

– Pour aller où ?

– À la souche, je réponds sans prendre le temps de réfléchir.

À la place de l'incrédulité ou de l'indignation ou de l'indifférence auxquelles je m'étais préparée, elle me dévisage avec une petite lueur d'intérêt.

– À la souche ? répète-t-elle.

– Ça aidera peut-être. Tu penses pouvoir marcher ?

– Je vais essayer, dit-elle, répondant à l'assurance de ma voix, au soulagement qu'apporte l'action, tout en se débattant pour se lever.

Je fourre des courtepointes[1], des couvertures et de la nourriture dans le sac, je remplis un seau de cendre dont le cœur luit d'une poignée de braises. Je me débrouille je ne sais pas comment pour nous habiller chaudement, lacer nos chaussures. Et nous partons, marquant une pause dans l'embrasure de la porte[2] pendant qu'Eva se penche et empoigne son ventre dans ses mains.

Tandis que je lui masse le dos, debout sur le seuil, le regard porté vers la forêt gris vert, je ressens moi-même une contraction – une contraction de peur. Pourquoi est-ce que j'oblige ma sœur à marcher à travers les bois humides alors que le travail a commencé depuis presque deux jours ? Est-ce que je ne fais cela que pour précipiter l'inévitable, pour en finir avec sa mort ?

1. **Courtepointes** : couvertures matelassées.
2. **Dans l'embrasure de la porte** : sur le seuil de la porte.

Un pas à la fois, nous traversons la clairière. Nous franchissons le cercle de tulipes pourries, et nous sommes dans la forêt, longeant le ruisseau vers l'amont. Eva s'appuie contre moi, elle marche comme un canard et non comme la ballerine qu'elle était autrefois, et pourtant à chaque nouveau pas elle puise dans toute sa résistance de danseuse. Parfois elle s'arrête, s'agrippe à moi quand une contraction la terrasse.

Nous atteignons la colline que nous devons gravir, nous nous arrêtons le temps d'une nouvelle contraction, et nous commençons à monter. Et à monter encore.

Et encore. Nous nous arrêtons. Nous repartons. Nous montons encore, progressant un pas à la fois.

J'ai le bras engourdi à cause de la poigne d'Eva. J'ai mal au dos à cause du sac. Nos joues sont trempées de larmes ou de transpiration ou de brume, et pourtant nous continuons de grimper. Au moins c'est quelque chose. Au moins nous faisons quelque chose.

Mais à mi-hauteur de la pente, Eva dit :

– Je n'y arrive pas.

Elle lance autour d'elle des regards éperdus, désespérés, puis elle fixe ses yeux sur moi, parle aussi intensément que si elle m'expliquait la plus grande vérité du monde.

– Je n'y arrive pas.

– On n'est plus très loin, dis-je.

– Je n'y arrive pas, répète-t-elle. Ce n'est pas la colline. C'est ça. Je n'arrive pas à le sortir. Je n'arrive pas à m'en sortir. Je n'arrive pas à faire ça.

Elle sanglote puis se met à hurler, la tête rejetée en arrière vers le ciel gris. Son visage ressemble à un masque, un peu de chair innommable qui enveloppe sa douleur éternelle. C'est une créature qui n'est plus ma sœur, poussant des cris tandis que nous gravissons la colline. Tout autour de nous la forêt attend, écoute, absorbe notre petite lutte.

– Je n'y arrive pas. Je n'y arrive pas, hurle-t-elle. Je n'y arrive pas.

J'attrape ses épaules qui tressaillent, je la force à me faire face, et je dis, d'une voix que le désespoir rend horrible :

– Et qu'est-ce que tu vas faire d'autre ?

L'espace d'un instant, Eva revient, et de ses yeux anonymes, elle me regarde tandis que je grogne à nouveau :

– Qu'est-ce que tu vas faire d'autre ? (Puis je m'adoucis, j'implore.) Monte juste la colline. Tu n'es pas obligée d'avoir le bébé. Mais s'il te plaît, s'il te plaît, monte juste la colline.

Elle avance en traînant les pieds. S'arrête. S'accroche à moi, se balance sous l'effort, puis avance de nouveau du même pas traînant, ses pieds creusant des sillons dans le compost d'aiguilles, de feuilles et de glands de l'an dernier. [...]

Il fait pratiquement nuit quand Eva parvient à la souche. Elle s'y adosse pendant que je retire la porte en contreplaqué et sors les barils pour nous faire de la place. Elle rampe à l'intérieur, son ventre frotte presque par terre. J'étale les courtepointes pour qu'elle s'allonge dessus, et parce qu'elle tremble de façon incontrôlable, je la couvre avec les couvertures que j'ai apportées. Puis je me dépêche d'aller chercher du bois sec à la lumière déclinante.

Je verse les braises du seau dans le foyer, essaie de lancer un feu. Eva regarde d'un air morne[1]. Une étincelle finit par s'allu-

1. **Morne** : triste, sans vie.

mer, elle lèche les précieux petits bouts de papier, et je m'accroupis pour ajouter de quoi faire grossir les flammes.

– C'est agréable ici, dit Eva en claquant des dents, ses premiers mots depuis des jours qui parlent d'autre chose que d'elle-même.

Je regarde, et elle a raison. Le feu jette des étincelles en direction des étoiles, et plonge dans l'ombre les plis et les nœuds de la souche au cœur de laquelle nous sommes. Nous sentons les odeurs propres de la fumée de chêne et de laurier, de l'humus et du séquoia brûlé et de la nuit humide. La lune est gibbeuse descendante[1], et ce soir il semble que rien dans la forêt ne pourrait nous faire du mal. J'éprouve au contraire un sentiment nouveau de bienveillance venant de toutes parts, comme si la forêt était enfin clémente, comme si – blotties à l'intérieur de la souche – nous étions enfin importantes.

[Peu avant l'aube, le bébé naît. Contrairement à ce que la narratrice avait imaginé, c'est un garçon.]

[...] Un brusque jet d'eau a giclé sur Eva.

– Il fait pipi ! a-t-elle dit avec délice et étonnement. Il m'a baptisée.

Elle s'est mise à glousser comme une fillette de huit ans, [...] et son hilarité était si contagieuse que je n'ai pu faire autrement que l'imiter, et le soulagement qui a accompagné mon rire m'a épuisée et purifiée.

1. **Lune gibbeuse descendante** : *gibbeuse* signifie que plus de la moitié du disque lunaire est éclairée ; cette phase descendante correspond à la période comprise entre la pleine lune et le dernier quartier.

Nous avons ri et la lumière a commencé à croître. Nous avons pouffé[1] jusqu'à avoir mal à la mâchoire et la nausée et la tête qui tournait, jusqu'à ce que les larmes brouillent nos yeux et coulent en un flot sans retenue le long de nos joues, et il me semblait que si le bébé était né et respirait, et que si c'était bien ma sœur qui habitait de nouveau derrière son visage, alors tout irait bien à nouveau.

Nous nous sommes reposées jusqu'à midi, somnolant et souriant et observant cette créature à la tête molle comme du caoutchouc qui regardait le monde à travers ses yeux neufs. Mais c'était une journée fraîche, le feu nécessitait beaucoup d'entretien pour maintenir une température suffisante dans la souche pour un nouveau-né, et je me suis surprise à vouloir presser Eva et le bébé de rentrer à la maison. J'avais envie de faire un feu fiable dans le poêle, de préparer un repas chaud et de la camomille, et de dormir pendant des jours.

J'ai enterré le placenta et le cordon ombilical dans notre nouvelle clairière, je les ai enterrés si profondément que les sangliers ne pourront jamais les dénicher. J'ai fourré les couvertures dans un baril, écrasé les braises du feu, pris le bébé dans mes bras, puis – un pas après l'autre – j'ai aidé ma sœur à descendre la colline. [...]

1. **Nous avons pouffé** : nous n'avons pas pu nous retenir de rire.

Chapitre 21

[Après la naissance du petit Robert, Eva tombe gravement malade. Nell la soigne grâce aux plantes de la forêt et s'occupe du bébé, qu'elle surnomme Burl, avec une immense tendresse. Mais quand Eva se rétablit, chacune des deux sœurs pense que le bébé lui appartient : « Burl était la seule chose qui nous restait, écrit Nell dans son journal, et Burl était la seule chose que ma sœur et moi ne pouvions pas apprendre à partager. »

Nell est alors partie vivre dans la souche, seule. Un matin d'hiver, après une nuit pleine de rêves étranges et puissants, elle est sortie dans la forêt.]

Eva attendait à l'extérieur de la souche quand je suis revenue, assise devant un feu qu'elle venait d'allumer, avec Burl emmailloté[1] et endormi sur ses genoux. À côté d'elle il y avait un drap bombé comme le ballot[2] d'un vagabond.

– Salut, ai-je dit.

– Salut, a-t-elle répondu. [...]

J'ai posé une casserole d'eau sur le feu, et nous avons attendu pendant qu'elle bouillait et que les boutons de rose infusaient. Elle m'a donné quelques fruits secs, une pomme de terre encore chaude qu'elle avait cuite sous les braises du poêle. J'ai bu et mangé, et le feu a de nouveau pénétré mon corps froid et sauvage.

Quand il n'est plus rien resté à manger et que nos tasses ont été vides, Eva a parlé.

1. **Emmailloté** : enveloppé dans un tissu.
2. **Ballot** : bagage enveloppé dans un tissu.

– Nell. Il y a quelque chose qu'on doit faire. Quelque chose que je veux que tu m'aides à faire.

– OK, ai-je dit. Quoi ?

– Pendant tout ce temps on a vécu dans le passé, en attendant d'y revenir. Mais ce passé n'existe plus. Il est mort. Et il n'allait pas, de toute façon.

– Il n'allait pas ?

– Écoute, même si on pouvait revenir en arrière, même si l'électricité est rétablie un jour, où sera-t-on ?

Elle a eu un large geste du bras pour inclure la forêt et la souche.

– Tu te vois vivre dans un dortoir à Harvard ? Ou tu me vois, moi, danser Coppélia ➲ maintenant ?

Elle a incliné la tête et a reposé son menton sur ses poignets pliés en prenant une pose si ridiculement mièvre et pouponne[1] que je n'ai pas pu m'empêcher de rire.

– Ceci est notre vie, a-t-elle repris avec un empressement que je ne lui connaissais pas. Que tu le veuilles ou non, notre vie est ici... ensemble. Et on doit la préparer pour ne pas l'oublier à nouveau, pour ne pas commettre d'autres erreurs.

– De quoi tu parles ?

– Je veux qu'on vive ici.

– Ici ? Dans la souche ?

– Tu te souviens de l'essence ? a-t-elle demandé, changeant brusquement de sujet. [...] Je veux qu'on s'en serve. Maintenant. Ce soir.

– Ce soir ?

1. **Mièvre et pouponne** : puérile et naïve.

➲ **_Coppélia_ est un célèbre ballet créé au XIXe siècle, très souvent représenté depuis.**

– Je vais t'expliquer. On va dire que c'est Noël. Ce soir on va fêter Noël. D'accord ?

– D'accord, ai-je promis, imaginant *Le Messie* d'Haendel ➲, des lumières électriques, des douches chaudes, et Eva dansant, imaginant la célébration que nous avions planifiée pendant ce qui semblait des siècles.

– D'accord, ai-je répété, faisons ça. Organisons une fête. On n'a qu'à dire que c'est la fête d'anniversaire de Burl, aussi.

– Et je peux utiliser l'essence comme je le veux ?

– Elle est à toi, ai-je répondu. Utilise-la comme tu veux.

Son humeur a changé. Elle a perdu son intensité et est devenue joyeuse, joueuse. Elle m'a mis Burl dans les bras, et, courant devant, elle m'a conduite en bas de la colline en direction de la maison, me taquinant, me promettant le plus beau Noël de toute ma vie, tandis que je marchais pesamment derrière elle, serrant l'enfant endormi contre moi.

Quand nous sommes arrivés, j'ai sursauté. La maison était une tanière[1], empestant les produits chimiques et la chair rance, austère et exiguë, prenant l'eau et tombant en ruines. L'espace d'un instant, je l'ai vue avec les yeux d'une créature de la forêt, avec une méfiance et un dégoût qui m'ont fait hésiter à entrer. Mais quand j'ai franchi le seuil, elle m'est de nouveau apparue comme l'unique maison que j'avais toujours connue. Elle sentait encore l'odeur de mon enfance, elle abritait encore les fantômes de mes deux parents, les fantômes de toutes celles que j'avais été autrefois.

1. **Tanière** : lieu misérable et malpropre.

➲ ***Le Messie*** **d'Haendel est une œuvre musicale souvent jouée dans la période qui précède Noël.**

– Bon, a commencé Eva avec une vivacité qui m'a rappelé Père, je vais chercher l'essence.

Elle s'est élancée dehors pendant que je me tenais sur le plancher où j'avais appris à marcher, au cœur de ces pièces qui avaient contenu presque toute ma vie, étreignant Burl contre moi et songeant à quel point c'était agréable d'être à la maison.

Eva est revenue, essoufflée et les joues roses, en tirant le bidon d'essence. Elle a ôté le bouchon, et ses vapeurs se sont échappées. Portée par elles je suis retournée une fois de plus aux postes à essence de mon enfance. J'ai respiré avec avidité, fermé les yeux, et j'avais l'impression de pouvoir toucher ma mère impatiente et la voiture chaude qui ronronnait.

Quand j'ai ouvert les yeux, Eva versait l'essence sur le canapé.

– Hé ! ai-je hurlé. Qu'est-ce que tu fais ?

Elle s'est tournée brutalement vers moi.

– Tu as dit que je pouvais l'utiliser comme je le voulais.

– Mais qu'est-ce que tu fabriques ?

– Je brûle la maison.

Elle est sortie de la pièce, en répandant derrière elle une traînée d'essence qui pénétrait le plancher comme une flaque de larmes huileuses. Je lui ai couru après, je l'ai regardée, abasourdie, arroser les rideaux de son studio puis se diriger vers la cuisine.

– Arrête ! ai-je crié. Parle-moi au moins.

– OK, a-t-elle dit en ramenant le bidon droit et en le serrant contre elle, les yeux brillant déjà du feu promis. De quoi tu veux parler ?

– Qu'est-ce que tu fabriques ?

– Je te l'ai dit.

– Mais pourquoi ?

– Je te l'ai dit aussi.

– On ne peut pas juste partir ?

– Ce serait trop facile de revenir. Je veux qu'on n'ait plus le choix. Robert a besoin de toi, et j'ai besoin de toi. Et tu as besoin de nous. On ne peut pas se permettre de se tromper là-dessus à nouveau.

– Ça n'arrivera pas. Une fois nous a suffi.

– De toute façon cette maison ne durera pas longtemps.

– On peut la réparer.

– Avec quoi ? Il n'y a rien dans l'atelier de Père pour refaire le toit ou reconstruire la buanderie.

– On improvisera.

– Il vaut mieux occuper notre temps à autre chose. Par ailleurs...

– Par ailleurs quoi ?

– Suis-moi.

Elle m'a conduite à l'extérieur de la maison dans le crépuscule glacial, jusqu'à l'endroit où le chemin s'enfonçait dans la forêt.

– Regarde, a-t-elle dit en indiquant la terre.

À côté d'une flaque j'ai vu l'empreinte d'un pied chaussé d'une botte. Elle était grande, elle faisait trois fois la mienne, et celui qui l'avait laissée, qui qu'il fût, s'était tenu là, à regarder la clairière suffisamment longtemps pour imprimer la trace de sa chaussure dans la boue.

– Il est revenu, ai-je dit en parcourant des yeux les bois qui s'assombrissaient peu à peu, avec une peur que je n'avais pas éprouvée depuis des mois.

– Oui, a-t-elle répondu, ou quelqu'un comme lui.

– Tu l'as vu ? ai-je demandé.

– Non.

– Alors pourquoi...

– Regarde, a-t-elle dit à nouveau en pointant le chemin.

Dans la lumière crépusculaire j'ai vu trois autres traces de la même paire de bottes, mais indistinctes et loin les unes des autres et menant hors de la clairière.

– Je ne comprends pas, ai-je dit. Qu'est-ce qui l'a fait partir en courant ?

Sans un mot Eva m'a guidée vers une autre empreinte. Elle était large et nue et à peine plus petite que mon pied. Quand je me suis penchée pour l'examiner, j'ai vu dans la boue à l'avant de chaque orteil la marque d'une griffe, et j'ai senti la nuit que je venais de passer m'ébranler à nouveau.

Eva m'a observée tandis que ces dessins élaboraient leur histoire dans ma tête.

– Il s'est sauvé à cause d'un ours ? ai-je demandé.

– Mais c'est un pur hasard, c'est tout. Ça ne se reproduira pas deux fois.

Elle m'a regardée intensément pendant encore plusieurs minutes puis a repris la parole.

– Tu vois ce que je veux dire ?

– D'accord, ai-je répondu. D'accord. Peut-être doit-on effectivement partir d'ici, mais pourquoi faut-il brûler la maison ?

– Tu ne comprends pas ? Tôt ou tard quelqu'un viendra et nous cherchera. Si on abandonne la maison, il pourra s'y installer. Mais si elle a brûlé, et qu'on n'est pas là, il n'y aura aucune raison pour que qui que ce soit traîne dans les parages.

– Et si Eli revient ? ai-je dit.

La question m'avait échappé.

– Il sait où est la souche, n'est-ce pas ?

J'ai hoché la tête. Puis j'ai demandé :

– Et si on a besoin de quelque chose ?

– Comme quoi ?

– Eh bien… de la nourriture. Des habits. Je ne sais pas. De la vaisselle. Des outils.

– On a déjà de quoi tenir un hiver entier dans la souche.

Elle est repartie en direction de la maison.

– J'ai préparé des affaires cet après-midi… des couteaux et des couvertures et la loupe. Des brocs[1] et des casseroles. Les graines. Et si l'atelier ne prend pas feu, on pourra toujours y retourner discrètement et récupérer ce qui nous manquera. Mais rien de tout ça ne durera éternellement de toute façon. C'est déjà en train de s'user. Si on a vraiment besoin de quelque chose, on le trouvera dans la forêt.

– On n'en sait pas assez sur la forêt pour l'instant, ai-je fait remarquer en la suivant dans la maison nauséabonde[2].

Elle a de nouveau haussé les épaules.

– On apprendra. On a besoin de vivre une aventure.

– C'est ce qu'Eli disait.

– Sauf que ça, c'est une vraie aventure. Lui, il fuyait.

– Attendons un peu, au moins jusqu'au printemps.

– Le printemps n'est pas très loin. Je sais qu'on peut tenir jusque-là. Et puis, j'ai le pressentiment que cet homme va revenir bientôt. Si on attend, il sera trop tard.

– Mais ça, ai-je dit en parcourant la pièce du regard, c'est tout ce qu'on a. Tout ce qu'on a jamais eu.

– Tout ce qu'on a c'est nous. Et la forêt. Et peut-être un peu de temps. Ça, comme tu dis, nous a presque tuées. On ne peut pas rester ici.

1. **Brocs** : pots qui servent à contenir des liquides.
2. **Nauséabonde** : qui sent mauvais.

– Oh, Eva...

– Nell, tu connais toutes ces choses.

– Quelles choses ?

– Quand l'homme est-il apparu ?

– Quoi ?

– Quand a-t-il évolué ?

– *Homo sapiens sapiens* est apparu à la fin du Pléistocène moyen, ai-je répondu, citant l'encyclopédie.

– C'est-à-dire ?

– L'homme est apparu il y a au moins cent mille ans. Peut-être même deux ou trois fois ça.

– L'homme est apparu il y a au moins cent mille ans. Et depuis quand l'électricité existe ?

– Eh bien, Edison a inventé la lampe incandescente en 1879.

– Tu vois ? Tout ça... (et d'un ample mouvement du bras, elle a désigné les pièces de la seule maison que j'avais toujours connue) n'était que... comment l'as-tu appelé ? Une fugue dissociative.

Elle a montré ensuite l'obscurité qu'encadrait la porte ouverte.

– Nos vraies vies sont là-bas.

– Mais que se passera-t-il si on n'a plus à manger, ou si on tombe malade ? On pourrait mourir.

– On peut se retrouver sans plus rien à manger ou tomber malade ici. (Elle a éclaté de rire). Nellie, l'homme meurt depuis au moins cent mille ans. Ce n'est pas important de mourir. Bien sûr qu'on va mourir. Écoute, a-t-elle ajouté avec ferveur. Tu as déjà vécu là-bas. Ça fait des mois que tu détestes cette maison.

Elle m'a observée pendant que je réfléchissais à ses paroles, et puis elle a souri et m'a touché le visage.

– Oh, ma sœur, a-t-elle dit, ça va aller. Quoi qu'il arrive, c'est la meilleure chose à faire. Pense à Burl, a-t-elle insisté en l'appelant par ce nom pour la première fois. Si tu ne peux pas le faire pour toi, fais-le pour lui.

– D'accord, ai-je répondu. D'accord. On va partir vivre dans la souche, et j'ai expiré si profondément qu'on aurait dit que je retenais ma respiration depuis des années. Mais j'ai besoin d'une minute. D'un peu de temps.

– Bien sûr. On a toute la matinée. [...] Je t'attends dehors, a-t-elle dit. J'ai déjà dit au revoir.

Elle m'a laissée dans la maison que nos parents avaient faite pour nous, l'endroit où nous avions toutes deux été conçues. Les joues ruisselantes de larmes, je suis montée à l'étage et je suis entrée dans la chambre de mes parents. J'ai enfoui mon visage dans les robes de ma mère, respiré pour la dernière fois son parfum qui s'estompait. J'ai fermé l'armoire, couché les photos des enfants que nous avions été autrefois, face contre la commode, et je suis partie.

En bas, j'ai presque vacillé sur mes jambes à cause des vapeurs d'essence, aussi ai-je fait en sorte que mon dernier tour soit bref – je suis passée dans la cuisine, le salon, le studio d'Eva, l'atelier de Mère avec ses tapisseries inachevées et ses livres.

À la vue des étagères surchargées je me suis arrêtée net. Dans la pénombre de la pièce, m'est revenu tout ce que ces livres m'avaient appris, le réconfort qu'ils m'avaient apporté, le délassement et les défis, et j'ai été bouleversée à l'idée de les laisser. Comme une folle je me suis mise à empiler sur le sol tous ceux sans lesquels il me semblait que nous ne pouvions pas vivre. Les dialogues de Platon. *Orgueil et préjugés. Éléments de trigonométrie. Les Aventures de Huckleberry Finn.* Un *Guide des Oiseaux d'Amérique du Nord. Antigone. Beloved.* Les *Œuvres complètes* de Shakespeare. *La Désobéissance civile. La Cité promise. L'Atlas du monde. Sous la neige. La Physique quantique. Howl. Les Hauts de Hurlevent.*

Mais avant même d'en avoir terminé avec la première étagère, j'ai su que la pile était trop lourde pour la transporter à la souche. J'ai vu à quel point il était absurde de vouloir posséder une bibliothèque dans les bois, exposée à la moisissure de l'hiver, à la chaleur de l'été qui fait craqueler le dos des livres, occupant la place dont nous aurions besoin pour d'autres choses.

J'ai essayé désespérément de réduire le nombre, de ne garder que les livres absolument nécessaires. Mais étalé par terre, chaque volume était sa meilleure défense. Tous semblaient incomparablement précieux. Comment pouvais-je décider que *Les Poésies complètes* d'Emily Dickinson valaient plus que les Contes de Grimm, ou qu'il fallait renoncer à L'*Origine des espèces* au profit du *Troisième Reich, des origines à la chute : une histoire de l'Allemagne nazie* ?

Un instant il m'a semblé plus équitable, peut-être même plus charitable de les brûler tous. Je me suis dit que la vie qui nous attendait était de celles où les livres ne comptaient pas. J'ai songé à Eva m'attendant dans la cour, je me suis rappelé que l'encyclopédie ne m'avait pas aidée pendant son accouchement, qu'aucun livre ne m'avait préparée à sauver la vie de mon père.

Puis je me suis souvenue à quel point mon père aimait les livres, à quel point il leur faisait confiance, et il m'a semblé que partir les mains vides serait autant une profanation[1] que ne pas enterrer son corps et l'abandonner aux sangliers.

« Je vais en prendre juste trois, ai-je marchandé avec moi-même – un pour Eva, un pour Burl et un pour moi. »

1. **Profanation** : fait de porter atteinte à quelque chose de sacré.

« Ils ne se conserveront pas longtemps, ai-je fait valoir. Ils seront mouillés ou déchirés ou sacrifiés à quelque besoin plus urgent. »

« C'est bon, ai-je pensé. Un jour on en aura peut-être plus. Et sinon, ça me permettra de me déshabituer de la lecture plus lentement. »

Le livre pour Eva a été facile à choisir. Je lui ai pris *Les Plantes indigènes de la Californie du Nord*, puisqu'il lui avait peut-être déjà sauvé la vie, puisque c'était la seule grand-mère qu'elle aurait jamais.

Pour Burl, c'était plus difficile. *Les Contes de la mère l'oie* ? *Pierre Lapin* ? *L'Île au trésor* ? *Guerre et Paix* ? Comment pouvais-je imaginer ce qu'il désirerait apprendre, quel livre il aimerait le plus lire ? *L'Odyssée* ? *Don Quichotte* ? *Dune* ? Finalement j'ai décidé de lui prendre le recueil de chants et de récits des humains qui avaient peuplé la forêt avant nous [...].

Puis ça a été mon tour, et j'ai eu l'impression d'être Mère Courage, forcée de choisir entre ses enfants. J'ai fait le tri dans le tas de livres par terre, et je les aimais tous. J'aimais l'odeur et le poids de chacun d'eux, j'aimais les couleurs de leurs couvertures et le toucher de leurs pages. J'aimais tout ce qu'ils représentaient pour moi, tout ce qu'ils m'avaient appris, tout ce que j'avais été à leur contact, et j'ai mesuré à quel point choisir était tragique, car en prendre un signifiait laisser les autres.

J'avais presque décidé de n'en garder aucun, quand un livre qui se trouvait toujours sur l'étagère à moitié vide a attiré mon regard. Je ne l'avais pas lu, n'avais fait rien de plus que parcourir ses mille pages, pourtant j'ai brusquement su qu'il serait le troisième livre que je prendrais. Je l'ai descendu, j'ai tracé son titre du bout du doigt : *Index : A-Z*.

Je ne pouvais pas sauver toutes les histoires, espérer conserver toutes les informations – c'était trop vaste, trop disparate, peut-être même trop dangereux. Mais je pouvais emporter l'index de l'encyclopédie, je pouvais essayer de préserver cette liste majeure de tout ce qui avait été fait ou dit ou compris. Peut-être pourrions-nous créer de nouvelles histoires ; découvrir de nouveaux savoirs qui nous maintiendraient en vie. En attendant, j'emporterais l'*Index* pour ne pas oublier, afin de me rappeler – et de montrer à Burl – la carte de tout ce que nous avions dû abandonner derrière nous.

Les livres dans une main, j'ai fermé la porte de l'atelier de Mère. Dans le salon, j'ai ramassé la carabine, pris la boîte de balles dans l'armoire. Tout le reste, je l'ai laissé. Mon ordinateur et ma calculette et ma lettre de Harvard, les chaussons de danse d'Eva, le lecteur de CD, et le carrousel de Noël[1], j'ai laissé une maison entière de choses dont nous pensions autrefois avoir besoin pour survivre, et je suis sortie.

Une lune croissante d'une finesse absolue venait juste d'apparaître au-dessus des arbres, et dans la cour plongée dans l'obscurité Eva avait construit un feu à côté du poulailler et attendait avec Burl dans les bras.

– Prête ? a-t-elle demandé.

– Qu'est-ce qu'on fait des poules ?

– On les emmène. On ne devrait pas avoir trop de mal à fabriquer un poulailler. Et puis, elles sont déjà à moitié sauvages.

– Très bien, ai-je dit.

– Tu veux t'en charger ?

1. **Carrousel de Noël** : objet décoratif traditionnel, constitué de plateaux portant des figurines, qui tourne à la manière d'un manège.

– D'accord.

Nous avons regardé le petit feu de camp pendant un moment, puis Eva a tenu une branche de séquoia au-dessus des flammes jusqu'à ce qu'elle s'embrase.

– À toi de jouer, a-t-elle dit, et elle me l'a tendue. Sois prudente.

J'ai grimpé les marches, traversé la terrasse, hésité quelques secondes, puis j'ai lancé le tison[1] à l'intérieur par la porte ouverte.

J'ai à peine eu le temps de m'éloigner de la terrasse que l'explosion retentissait. Derrière moi, tandis que je courais, j'ai entendu un bruit comme un hoquet, et juste après une déflagration[2] si monstrueuse qu'elle a ébranlé la terre. Les fenêtres ont volé en éclats et j'ai trébuché. Mais une minute plus tard j'étais près d'Eva. Secouée de tremblements, je me suis retournée pour faire face aux flammes qui se dressaient, pour regarder le feu ravir la maison, rugir vers l'extérieur et vers le haut dans chaque pièce. Eva a pris ma main en silence, et ensemble nous avons écouté le fracas et les cris des murs qui s'écroulaient, le sifflement sauvage et le grondement de tout ce feu.

Finalement j'ai dit :

– Je voulais vraiment que tu te serves de cette essence pour danser. J'ai toujours rêvé te voir danser à nouveau.

Eva a éclaté de rire et s'est tournée vers moi.

– Tu peux me voir danser maintenant.

Elle m'a tendu Burl, et, levant les bras bien au-dessus de sa tête, elle s'est mise à danser. Là, à côté de la maison en feu, elle a exécuté une danse qui se débarrassait de la danse classique comme une peau devenue trop grande et laissait la danseuse fraîche et joyeuse et courageuse. Elle a dansé avec un corps qui

1. **Tison** : branche enflammée.
2. **Déflagration** : bruit d'explosion.

avait semé des graines, ramassé des glands, donné naissance. Avec de nouveaux mouvements qui n'avaient pas de noms, elle a dansé la danse d'elle-même, tantôt sauvage, tantôt tendre, tantôt pesante, tantôt sautillante. Sur le sol raboteux[1], elle a dansé au son de notre maison qui brûlait.

Au bout d'un moment, épuisée et exaltée, ma sœur s'est jetée par terre.

– Joyeux Noël, Nell, a-t-elle soufflé.

– Joyeux Noël, Eva.

Nous sommes restées silencieuses pendant de longues minutes, contemplant la maison en feu. Puis Burl a bougé dans mes bras.

– C'est ça l'histoire, ai-je dit, citant mon père. Elle pourrait être mieux, elle pourrait être pire. Mais au moins, il y a un bébé au centre.

– Je me demande, a dit Eva en se levant pour recommencer à danser, pourquoi qui que ce soit voudrait marcher sur l'eau… alors qu'on peut danser sur la terre.

Ma sœur danse donc et la maison morte brûle, et je griffonne ces quelques derniers mots à la lueur de son embrasement. Je sais que je devrais jeter cette histoire, aussi, dans les flammes. Mais je suis encore trop une conteuse d'histoires – ou du moins une gardienne d'histoires –, je suis encore trop la fille de mon père pour brûler ces pages.

Le vent se lève à présent et le bébé se réveille. Bientôt nous traverserons tous les trois la clairière et entrerons dans la forêt pour de bon.

1. **Raboteux** : irrégulier, inégal.

LECTURE ACTIVE 6

→ Voir aussi étape 6, p. 290-291.

Chapitres 19 à 21 • La résilience

As-tu bien lu ?

1 **Chronologie.** À quel moment Nell écrit-elle le chapitre 19 ?
☐ pendant l'été
☐ juste avant l'hiver

2 **Chapitre 19.** Pourquoi Nell décide-t-elle de chasser un sanglier ?
☐ parce qu'elles n'ont plus rien manger
☐ parce qu'Eva a besoin de vitamine B12

3 **Chapitre 20.** Où le bébé naît-il ?

4 **Chapitre 21.** Quelle décision radicale les deux sœurs prennent-elles à la fin du récit ?

5 **Chronologie.** À quel moment le récit se termine-t-il ?
☐ le jour où l'électricité revient
☐ à Noël

Atelier EMC

Réaliser un sondage

▸ ***Objectif.*** Déterminer la proportion de gens qui seraient prêts à adopter un mode de vie plus proche de la nature.

▸ ***Préparation.*** En groupe, rédigez cinq questions sous forme de QCM, pour évaluer ce que les sondés accepteraient de faire (ou de ne plus faire) pour mener une vie plus naturelle.

▸ ***Réalisation.*** La classe choisit les questions qui paraissent les plus intéressantes et se met d'accord sur le questionnaire final. Chacun interroge ensuite un maximum de personnes.

▸ ***Réfléchir ensemble.*** Dépouillez les résultats de votre sondage. Quels résultats avez-vous obtenus ? Qu'en pensez-vous ?

DÉFI LECTURE

Connais-tu bien le roman de Jean Hegland ?

Les repères spatio-temporels

1 Associe chaque moment du récit à un lieu et à une action.
Pour t'aider à remplir la frise, reporte-toi aux questions **CHRONOLOGIE** des lectures actives.

Noël	Dans la maison, ...
....	Nell se remémore ses jeux dans la forêt avec Eva. ....
Anniversaire du père	Nell se remémore ....
Mi-mars	....
....	Eva et Nell s'occupent avec ardeur du potager. ....
....	Nell réussit à tuer un ....
....	Eva et Nell décident de ....

Les quatre saisons du récit

2 Relie chaque période à son thème dominant :

le premier Noël •	• la redécouverte de la nature
l'hiver •	• une nouvelle vie choisie
le printemps •	• une nouvelle vie imposée
l'été •	• l'apprentissage de la forêt
l'automne •	• la renaissance de l'espoir
le deuxième Noël •	• le deuil et la nostalgie du passé

Les lieux clés

3 Au fil du récit, les deux sœurs tournent leurs pensées et leurs désirs vers différents lieux.
Parmi les illustrations de l'ouvrage, choisis celles qui évoquent le mieux ces lieux clés.

	Page de l'illustration et brève description
La ville inaccessible	....
La maison-refuge	....
Le jardin à faire pousser	....
La forêt où s'installer	....

DÉFI LECTURE

L'arbre de vie

La forêt accompagne Nell dans les grandes étapes de sa vie.

1. Retrouve ces grandes étapes en numérotant dans l'ordre chronologique les événements évoqués dans les citations.
2. Donne un titre à chaque moment fort de la vie de Nell.
3. Grise les événements qui se sont déroulés avant le début du récit.

1. L'ENFANCE
« À cette époque, la forêt semblait posséder tout ce dont nous avions besoin. Chaque champignon ou fleur ou fougère ou pierre était un cadeau Chaque bruit une aventure à explorer. »

... LA NAISSANCE DE BURL
« C'est une créature qui n'est plus ma sœur, poussant des cris tandis que nous gravissons la colline. Tout autour de nous la forêt attend, écoute, absorbe notre petite lutte. »

2. ....
« La forêt qui se révélait à mesure que la nuit se retirait était un lieu dur, indifférent, un lieu où un homme pouvait verser le sang de sa vie dans le sol, et les arbres, les pierres, la terre même ensanglantée demeuraient identiques. »

....
« Avant, j'étais Nell, et la forêt n'était qu'arbres et fleurs et buissons maintenant, la forêt ce sont des toyons, des manzanitas, des arbres à suif, des érables à grandes feuilles, des paviers de Californie (...) et je suis juste un être humain, une autre créature au milieu d'elles. »

....

« Bientôt, nous traverserons tous les trois la clairière et entrerons dans la forêt pour de bon.

LE DÉSIR DE PARTIR AVEC ELI

« La forêt sentait le laurier et le sapin, et nous entendions les pépiements ténus des oiseaux. Je voyais au loin les montagnes qui se dressaient, bleues et brumeuses, et je savais qu'il me suffisait de les franchir et de continuer de marcher pour rattraper tous mes rêves. »

3. ....

« Je suis entrée dans la forêt avec Eli. Après toute cette pluie, les bois étaient humides, vaporeux et voluptueux dans la soudaine générosité de la lumière du soleil, et je me suis sentie à la fois déroutée et emplie d'une vie nouvelle, comme si je venais de me réveiller après une longue maladie. »

Dans la forêt

LE DOSSIER

Dans la forêt

Un roman d'apprentissage qui questionne le progrès

REPÈRES

PARCOURS DE L'ŒUVRE

TEXTES ET IMAGES

Qu'est-ce qu'une fiction post-apocalyptique ?

Né au XIXe siècle, ce genre narratif s'interroge sur le devenir de l'humanité. Il inspire beaucoup de romans, films et BD actuels.

Qu'est-ce que l'apocalypse ?

Le nom grec αποκάλυψις *(« apokalupsis ») signifie « action de révéler ». Grâce à cette étymologie, on comprend que l'apocalypse ne désigne pas seulement la fin du monde : elle est censée nous faire comprendre quelque chose.*

• APRÈS LA CATASTROPHE

Les fictions post-apocalyptiques naissent d'une disparition : celle de la civilisation. Guerre planétaire, épidémie mortelle, catastrophe naturelle, toutes les causes – en particulier les plus spectaculaires – sont possibles. *Dans la forêt* se distingue par un choix très original, puisque Jean Hegland ne précise pas la raison de la fin du monde.

À l'opposé de la violence souvent omniprésente dans ce genre littéraire, son roman évoque la lente dislocation des États-Unis de façon très implicite.

L'implicite est ce qui reste sous-entendu, suggéré, demandant au lecteur de comprendre les implications par lui-même.

• DE RARES SURVIVANTS

Le récit post-apocalyptique se concentre essentiellement sur le parcours de ceux qui ont survécu : dans un monde dévasté, comment se nourrir ? dans un monde sans lois, comment échapper à la violence ? dans un monde nouveau, comment faire face au deuil d'une civilisation perdue et tenter de se créer une nouvelle vie ? C'est cette somme de difficultés qui fait la matière des fictions « post-apo ».

● LE MIROIR DE NOS ANGOISSES

Une des premières fictions post-apocalyptiques a été publiée en 1912 : dans *La Peste écarlate*, Jack London imagine qu'une épidémie mortelle décime la quasi-totalité de la population mondiale ; un peu comme les personnages de Jean Hegland, les survivants doivent réapprendre à vivre dans la nature sauvage. À travers cette histoire, l'écrivain nous montre que nous avons tort de croire à un progrès sans limites.
En imaginant un avenir terrible, des auteurs nous mettent donc en garde sur les dangers du présent. Ainsi les films *Soleil vert* de Richard Fleischer (1973) ou *Wall-E* d'Andrew Stanton (2008) développent les conséquences possibles – et catastrophiques – de la pollution, qui pourrait à terme détruire l'humanité.

L'Apocalypse dans la Bible

Le dernier livre du Nouveau Testament se termine par une image rayonnante : celle d'un monde nouveau et pur, qui remplace le monde ancien effondré. Cette vision religieuse exprime l'espoir d'un après plus juste et plus heureux, que l'on retrouve parfois dans les fictions post-apocalyptiques. Mais la plupart d'entre elles choisissent l'hypothèse d'un futur beaucoup plus sombre.

Nicolas Bataille (v. 1335-1405), *La Nouvelle Jérusalem*, XIVe siècle. Tapisserie, 150 × 249 cm. Musée de la Tapisserie de l'Apocalypse, château d'Angers.

Qu'est-ce qu'un roman d'apprentissage ?

Ce genre littéraire naît en Allemagne, à la fin du XVIIIe siècle sous le nom de* bildungsroman *(« roman de formation »).

● UNE HÉROÏNE OU UN HÉROS JEUNE

Le personnage principal du roman d'apprentissage sort à peine de l'adolescence : il ne sait pas encore qui il est exactement, et se caractérise souvent par sa naïveté. Tout au long de l'histoire, il va se former et mûrir au contact du monde.

Pourquoi les héros des romans d'apprentissage sont-ils souvent des hommes ?

Le roman d'apprentissage traditionnel a pris son essor au XIXe siècle, à une époque où les femmes n'avaient pas la liberté d'agir seules – donc de forger leur propre expérience du vaste monde – puisqu'elles étaient placées sous l'autorité d'un père ou d'un mari.

● À L'ÉPREUVE DU MONDE

À travers l'histoire du héros, le lecteur est emmené à la découverte du monde. Dans *Un capitaine de 15 ans* (1878), de Jules Verne, on voyage ainsi dans de vastes espaces avec le jeune Dick Sand, qui navigue de la Nouvelle-Zélande à l'Afrique, se retrouvant aux mains de trafiquants d'esclaves. Dans *Le Père Goriot* (1842), de Balzac, on découvre le fonctionnement complexe de la société parisienne du XIXe siècle, grâce au regard de moins en moins naïf d'Eugène de Rastignac.

Le Marquis Eugène de Rastignac et Delphine de Nucingen, illustration de Lynch pour *Le Père Goriot* d'Honoré de Balzac, 1900.

• RUPTURE, VOYAGE, RETOUR

La chronologie du roman d'apprentissage obéit le plus souvent à une structure simple. Le personnage quitte sa famille pour faire l'épreuve, seul, de la vie telle qu'il l'imagine. Il entame alors un voyage, vers un lieu proche ou lointain, qui lui fait prendre conscience de ses illusions et l'engage à modifier sa conception du monde. Sur son chemin, de multiples rencontres forgent son expérience, et finissent par faire de lui un être accompli. Il mesure alors son évolution, en se remémorant ce qu'il était « avant », parfois en revenant sur le lieu de son enfance.

Du conte au roman d'apprentissage

La structure des contes traditionnels est très proche du roman d'apprentissage. Qu'on songe par exemple au Petit Poucet, *séparé de ses parents durant un long périple dans la forêt, et qui finit par rentrer chez lui confiant en ses capacités et conscient des dangers du monde.*

Ce qui différencie le conte d'un roman d'apprentissage est le mode de narration : dans le roman, on trouve beaucoup plus de détails sur les lieux et les personnages, car il cherche à s'inscrire dans une réalité concrète.

Gravure de Gustave Doré (1832-1883).
Illustration pour une édition du *Petit Poucet* de Charles Perrault (1628-1703) parue en 1867.

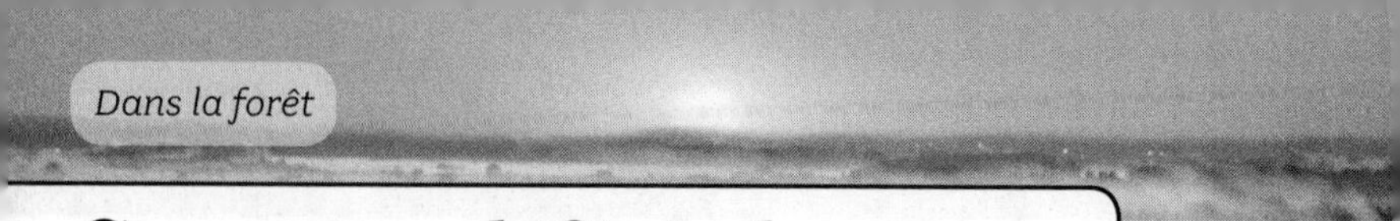

Comment définir le *nature writing* ?

Cette expression en anglais signifie littéralement « l'écriture de la nature ». Cette tradition littéraire est née dans les grands espaces américains.

• L'OBSERVATION DE LA NATURE

Le genre du *nature writing* rassemble des ouvrages en grande partie dédiés à la description de la nature, notamment la nature sauvage. Pour le *nature writer*, il ne s'agit pas d'en faire le simple décor d'une action centrée sur les aventures humaines : la nature est regardée et mise en mots pour elle-même, pour sa beauté propre, pour son infinie variété. Ainsi Jean Hegland prend-elle soin de nommer tous les arbres et toutes les plantes par leur nom, observant la forêt aussi minutieusement qu'elle observe ses personnages.

> « Voir et regarder le monde exige de l'attention et d'avoir une réelle capacité à s'émerveiller. Il faut prendre le temps de regarder et d'analyser ce que nous voyons, puis de laisser monter en nous l'admiration. »
>
> Henry David Thoreau.

• LA MÉDITATION DE SES ENSEIGNEMENTS

Ainsi placée au centre, la nature révèle une capacité d'organisation qui lui est propre et qui peut même devenir un modèle pour l'homme. Dans *Walden ou la vie dans les bois* (1854), livre fondateur du *nature writing*, Henry Thoreau raconte les deux ans, deux mois et deux jours qu'il a vécus seul, dans une cabane au fond de la forêt ; ce faisant, il décrit sa métamorphose au contact de la nature, dont il apprend à suivre le rythme profond. À son exemple, beaucoup de *nature writers* estiment que l'action et la morale humaine doivent s'inspirer de la vie naturelle en cultivant une simplicité volontaire.

● L'ENGAGEMENT ÉCOLOGIQUE

Le genre du *nature writing* implique une forme de réflexion philosophique sur la place de l'homme dans la nature. Les *nature writers* considèrent que la nature est vivante, autonome, qu'elle n'est pas une simple matière première ou une marchandise destinée à servir les intérêts de l'homme. On les associe souvent au courant de l'« écologie profonde », qui ne défend pas la nature en tant que ressource pour les besoins humains, mais propose de protéger l'ensemble du vivant.

Peindre la nature

Dans sa série de cinq toiles nommée Le Cours de l'Empire *(1833-1836), l'Américain Thomas Cole (1801-1848) peint le même paysage imaginaire à travers le prisme du temps, de* L'État sauvage *à* Désolation. *On retrouve dans ces tableaux les préoccupations du* nature writing *: l'observation précise de la nature et la réflexion sur la place que l'homme y occupe.*

Thomas Cole, *Le Cours de l'Empire : l'État Sauvage*, vers 1833.
Huile sur toile, 99,7 × 160,7 cm.
États-Unis, The New-York Historical Society.

Thomas Cole, *Le Cours de l'Empire : Désolation*, 1836.
Huile sur toile, 100 × 160,7 cm.
États-Unis, The New-York Historical Society.

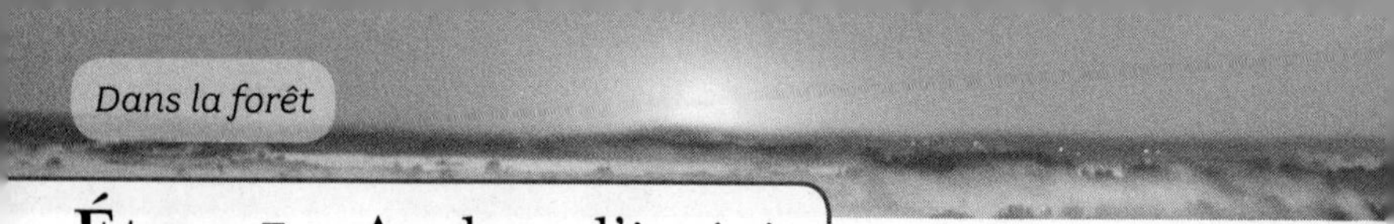

Étape I • Analyser l'incipit

SUPPORT • Chapitre 1, l. 1 à 112

OBJECTIF • Comprendre le système narratif ; identifier le genre du récit.

Un journal intime fictif

1 Dans les lignes 1 à 15, qu'est-ce qui permet au lecteur de comprendre que la narratrice est une jeune fille ?

2 **a.** Où et avec qui vit-elle ?
b. Ligne 37, relève le mot qui explique sa situation familiale.

3 Parmi les mots suivants, entoure ceux qui évoquent les sentiments de la narratrice au début du récit :

DOULEUR *joie* **étrangeté** *ennui* **inquiéture**

4 Avec quel objectif se met-elle à écrire dans le cahier offert par sa sœur ?

☐ faire des exercices en vue de son admission à l'Université
☐ témoigner de son expérience des événements qui touchent le pays

Un récit post-apocalyptique

5 Qu'apprend-on dans les premières pages du récit ?
a. Entoure les bonnes réponses.

		un an avant le début du récit	au début du récit
Dans le pays	Essence, électricité, téléphone	Oui Non	Oui Non
	Magasins ouverts	Oui Non	Oui Non
Dans la maison des deux sœurs	Accès à la musique et à Internet	Oui Non	Oui Non
	Papier toilette, shampoing, savon	Oui Non	Oui Non
	Produits frais (lait, fruits…)	Oui Non	Oui Non
	Produits secs (riz, haricots…)	Oui Non	Oui Non

b. Qu'est-ce qui pourrait expliquer les changements constatés ?

6 Lis le repère p. 274-275 pour préciser tes connaissances.
En t'appuyant sur des citations du texte, montre que l'histoire va se dérouler dans un contexte post-apocalyptique.

La langue et le style

7 Temps du récit et temps du discours

a. Lignes 1 à 8 : quel est le temps verbal employé ?
Lignes 25 à 41 : quel est le temps verbal dominant ?
Lignes 42 à 50 : même question

b. Justifie l'emploi de ces différents temps.

À ton avis

8 « Les vies que nous sommes censées vivre » (ligne 26)
À quel genre de vie la narratrice pense-t-elle avoir droit ?
Qu'attend-elle du futur ?

Faire le bilan

9 Un roman qui interrogera notre rapport au progrès
Complète le texte avec les mots suivants.
(autobiographique) (confronter) (effondrement) (électricité) (narratrice) (progrès)

• Depuis plusieurs mois, il n'y a plus ni essence ni .... aux États-Unis : « tout a disparu ou est à l'arrêt ». La .... et sa sœur vivent seules dans leur maison, sans contact avec l'extérieur.

• La fiction se présente comme un texte .... , dans lequel la narratrice va livrer son expérience de l'...................... de la civilisation.

• À travers les personnages, nous allons donc nous .... à la disparition de tous les .... accomplis par l'humanité : que va-t-il se passer ?

Enquêter maintenant

10 La théorie de l'effondrement : science ou croyance ?
Fais une recherche sur la théorie de l'effondrement de la société thermo-industrielle (cf. enquête p. 311). Relève et classe les arguments utilisés : lesquels sont démontrés par des données scientifiques ? Lesquels relèvent de la prédiction ?

Étape 2 • Caractériser la tonalité du récit

SUPPORT • Chapitre 7

OBJECTIFS • Comprendre le point de vue de la narratrice au début de l'histoire ; préciser ses rapports avec sa sœur et avec la forêt.

La nostalgie du passé

Une famille unie

1 Entoure les mots qui caractérisent la mère dans ce flash-back.

protectrice **méchante** confiante PRUDENTE indifférente

2 Ligne 19, relève et explique la comparaison qui décrit le père.

3 Dans les lignes 92-130, Eva et Nell sont principalement désignées par le pronom personnel « nous ».
Que souligne l'emploi de ce pronom ?
☐ la fusion entre les deux sœurs
☐ l'idée qu'elles sont obligées d'être toujours ensemble

Un lieu idyllique

4 Quel mot de l'encyclopédie entraîne Nell dans ses souvenirs d'enfance ?
☐ communauté ☐ perpétuation ☐ forêt

5 Dans quel lieu les deux petites filles avaient elles l'habitude de jouer ?
☐ une cabane ☐ la souche d'un séquoia ☐ un tipi indien

6 Ligne 112 : « À cette époque, la forêt semblait posséder tout ce dont nous avions besoin. »
a. Pourquoi les petites filles désiraient-elles aller dans la forêt ?
b. Pourquoi Eva et Nell n'avaient-elles pas peur de la forêt ?

Un présent douloureux

Le deuil du passé

7 Pourquoi la relation entre les deux sœurs s'est-elle distendue ?

8 Pourquoi Nell s'est-elle détournée de la forêt ? (l. 137-148)

Le deuil de l'avenir

9 Dans quel lieu désormais inaccessible Nell avait-elle imaginé son avenir ?

10 a. Au moment où Nell écrit ce chapitre, où est-elle enfermée ?
b. Pourquoi s'inquiète-t-elle à propos des réserves de nourriture ?

La langue et le style

11 Les paroles rapportées

Lignes 70-74, les paroles de la mère sont rapportées au discours indirect libre.

a. Réécris-les au discours direct : Elle nous a ordonné : « .... »
b. Réécris les au discours indirect : Elle a exigé que ....

Faire le bilan

12 Un récit marqué par le deuil

Complète la synthèse avec les mots suivants :

aimante | avenir | confortable | forêt | nostalgie | sœur | ville

• Dans les premiers chapitres de son récit, Nell est envahie par la douleur et la .... On comprend qu'elle doit faire le deuil de la vie facile et .... d'autrefois, mais aussi qu'elle regrette son enfance, la présence .... de ses parents et le lien fort qui l'unissait à sa .... Eva.

• Elle regrette également d'avoir perdu son attrait pour la ...., qui était autrefois un lieu de jeu et de découvertes. Au cours du temps, les deux sœurs ont tourné tous leurs désirs vers la ...., où elles espèrent pouvoir réaliser leurs projets d'...................... .

Écrire maintenant

13 Se raconter dans le style du *nature writing*

Rédige un texte à la première personne pour raconter un souvenir d'enfance lié à la nature. Pense à décrire l'espace naturel le plus précisément possible pour en faire percevoir toute la beauté (cf. repère sur le *nature writing*, p. 276-277).

Étape 3 • Étudier un moment de tension

SUPPORT • Chapitre 12, l. 1-143.

OBJECTIFS • Analyser l'opposition des deux sœurs ; comprendre la portée symbolique de la scène du jerrycan d'essence.

La dispute des deux sœurs

1 **a.** Où les deux sœurs découvrent-elles le jerrycan ?
b. Par quel signe de ponctuation la joie de cette découverte est-elle marquée ?

2 Que veulent-elles faire de l'essence ?

	Proposition	Arguments	Priorité
Eva	....	....	....
Nell	....	....	....

3 Quelle décision finit par l'emporter ?

4 Compare les lignes 63-65 aux lignes 138-143 : comment le rapport des deux sœurs a-t-il évolué ? Justifie ton analyse en citant le texte.

L'importance cruciale de l'essence

5 **a.** Lignes 1 à 5, relève les périphrases qui désignent l'essence.
b. Ligne 70-71, quelle image Nell associe-t-elle à l'essence ?

6 **a.** Ligne 50, à quoi l'essence est-elle comparée ?
☐ une drogue ☐ une bombe ☐ un poison mortel
b. Sur quel danger cette comparaison met-elle l'accent ?

7 D'après ce que tu as relevé dans les questions précédentes, que représente l'essence pour les deux sœurs ?

La langue et le style

8 La polysémie du mot *essence*

a. Recherche les différents sens du mot *essence*.

b. Trouve un adjectif et un adverbe dérivés de ce mot.

Faire le bilan

9 La fiction pour dénoncer les travers de la société

Complète la synthèse avec les mots suivants :

consommation | dépendance | mondiale | réalité | symbolique | vitale

• Eva et Nell considèrent toutes deux que l'essence est .... , mais s'opposent sur son utilisation.

• Cette querelle fait écho à la .... , car elle souligne notre .... au pétrole. Celui-ci est source de nombreux conflits à l'échelle .... , et engage de fréquents débats d'opinions sur sa .... , que certains jugent excessive.

• On peut donc dire que cette scène a une portée .... qui vise à nous interroger sur nos modes de vie.

À ton avis

10 Deux personnages symboliques

Pourquoi, d'après toi, aucune des deux sœurs n'imagine pouvoir se passer d'essence ? Qu'est-ce que cela révèle sur le monde où elles ont grandi ?

Préparer un oral

11 Une œuvre représentant des sœurs

Fais une recherche pour trouver une œuvre qui parle du rapport entre sœurs (tableau, extrait de film ou de roman, poème...). Prépare une présentation de cette œuvre, dans laquelle tu expliqueras comment les sœurs sont représentées et ce que l'auteur a choisi de mettre en valeur (rivalité, complicité, tension, solidarité...).

Étape 4 • Analyser le basculement du récit

SUPPORT • Chapitre 14, l. 261-459.

OBJECTIFS • Prendre la mesure du choix de Nell, comprendre pourquoi elle renonce à l'espoir de retrouver le progrès.

Ce que Nell voit devant elle

1 Après le pont qui marque la limite de la propriété des parents de Nell, dans quel état sont la route et les habitations qui la bordent ?

2 Lignes 346-360 :
a. Sur quoi la conversation porte-t-elle ?
b. De quoi Nell aurait-elle préféré parler ?

3 D'après les lignes 426-427, pourquoi Nell n'a-t-elle en réalité pas beaucoup d'espoir en ce voyage à travers les États-Unis ?

Ce que Nell ne peut laisser derrière elle

4 **a.** Qui disparaît dans le cauchemar de Nell ? (Deux réponses)
☐ le corps de son père ☐ Eli ☐ elle-même
☐ le corps de sa mère ☐ Eva ☐ la forêt
b. Comment interprètes-tu ce rêve ?

5 D'après ce qu'elle dit à Eli, quelle est la raison qui empêche Nell de partir ?
☐ Elle n'est pas amoureuse de lui.
☐ Elle ne peut quitter Eva.

6 Dans les lignes 277-283, relève toutes les expressions qui évoquent la beauté de la nature et classe-les dans le tableau.

La vue	L'ouïe	L'odorat
....	....	....
....	....	....
....	....	....

7 D'après la ligne 288, où Nell place-t-elle « la frontière de (son) monde » ? Pourquoi ne peut-elle franchir cette frontière ?

Ce qui fonde son choix

8 Lignes 428-439 : qu'est-ce qu'Eli fait comprendre à Nell ?

9 **a.** Quel sens donnes-tu à la phrase : « ta vie t'appartient » ? (l. 439)
b. Qui a appris à Nell et Eva que leur vie leur appartenait ?

La langue et le style

10 Une figure de style : la métaphore filée
a. Lignes 346-364, relève les mots qui complètent les GN suivants :
« les .... d'étoiles »
« les étoiles .... »
« les étoiles .... »
b. Quelle est l'image utilisée au fil du texte pour évoquer les étoiles ?
c. Qu'apporte cette métaphore filée à la description de la nuit ?

À ton avis

11 Partir ou rester ?
Aurais-tu, comme Nell, choisi de renoncer au voyage ?
Pour quelles raisons ?

Faire le bilan

12 Le renoncement au progrès
a. Rédige un paragraphe pour expliquer ce à quoi Nell renonce.
Emploie les mots : amour, études, progrès, ville, voyage, vie d'avant.

b. Rédige ensuite un paragraphe pour expliquer ce qu'elle choisit.
Emploie les mots : famille, sœur, forêt, solitude, inconnu.

Écrire maintenant

13 Un récit alternatif
Imagine que Nell ait finalement choisi de suivre Eli, et raconte leur voyage à travers les États-Unis jusqu'à Boston.
Tu écriras ton texte à la première personne, en reprenant la forme du journal intime.

Étape 5 • Étudier un moment d'harmonie

SUPPORT • Chapitre 18, l. 118-261.

OBJECTIFS • Comprendre la métamorphose de Nell et mesurer les progrès qu'elle accomplit.

À la lumière d'un ancien savoir

1 **a.** Pourquoi y a-t-il de la tôle ondulée devant les fenêtres de l'atelier ?
b. Pourquoi Nell décide-t-elle de retirer cette tôle ?
c. Quel est le double sens de « j'ai besoin de lumière » ?

2 « Une langue que plus personne ne parle » (ligne 208)
Pourquoi le langage des plantes peut-il être considéré comme une langue morte ?

3 Qu'apprend Nell en déchiffrant *Les Plantes indigènes* ?
Vrai ou faux ? Coche la bonne réponse.

	VRAI	FAUX
Rien, le livre est incompréhensible.	☐	☐
Certaines plantes peuvent guérir.	☐	☐
Les glands sont comestibles.	☐	☐
On peut toucher le sumac vénéneux.	☐	☐

Une nouvelle vision de la forêt

4 Lignes 124-141 et lignes 222-244, relève des citations qui montrent que, jusque là, Nell connaissait mal la forêt.

5 Lignes 257 à 261 : comment s'appelle le procédé de style qu'utilise la narratrice pour décrire la diversité de la nature ?
☐ une énumération
☐ une hyperbole
☐ une métaphore

6 Lignes 250-251 : « Je suis juste un être humain, une autre créature au milieu d'elle. »
En quoi cette phrase est-elle caractéristique du *nature writing* (cf. repère pages 278-279) ?

La langue et le style

7 Les ellipses narratives

a. Combien de temps s'écoule-t-il entre la ligne 141 et la ligne 142 ?

☐ une semaine ☐ une nuit ☐ une heure

b. Que s'est-il passé entre les lignes 210 et 211 ?
Et entre les lignes 244 et 245 ?

c. Complète la définition de l'ellipse avec les mots suivants :

raconter | reconstituer | manquants | accélération

Une ellipse narrative consiste à ne pas .... une partie de ce qui arrive. Le lecteur doit .... mentalement les événements .... Cela produit un effet d'...................... du récit.

Faire le bilan

8 Vers la résilience

Relis le bilan de l'étape 2 puis remplis le schéma.

Chapitre 7	*Raisons du changement* : →	**Chapitre 18**
• Rapport Nell-forêt :	....	• Rapport Nell-forêt : ....
• Rapport Nell-ville :	....	• Rapport Nell-ville : ....
• Relation Nell-Eva :	....	• Relation Nell-Eva : ....
• Tonalité du récit :	....	• Tonalité du récit : ....
	....	

Expérimenter maintenant

9 Faire une pause, se déconnecter

Pendant quelques heures, essaie de vivre comme Eva et Nell : sans téléphone, sans Internet, sans électricité. Porte toute ton attention sur ce qui t'entoure : que vois-tu, sens-tu, entends-tu... ?
Sous la forme d'un journal intime, note les difficultés et les plaisirs que tu observes, et échange avec tes camarades à ce sujet.

Étape 6 • Étudier l'excipit

SUPPORT • Chapitre 21, l. 268 à 385.

OBJECTIFS • Comprendre l'évolution des personnages et ce qui les mène à confier leur vie à la nature.

Un choix radical

1 Pourquoi Nell dit-elle que sa maison est « morte » (l. 377) ?

2 Où sa sœur et elle ont-elle décidé de vivre ? Pourquoi ?

3 Pourquoi les deux sœurs décident-elles de brûler la maison ?

4 Quels sont les seuls objets que Nell choisit d'emporter ?

☐ trois livres
☐ la carabine et des balles
☐ la photo de ses parents
☐ les chaussons de danse d'Eva

L'évolution des deux sœurs

5 Relis les dernières pages du texte et remplis le tableau.

	Au début du récit	**À la fin du récit**
La danse	Eva s'entraîne pour devenir danseuse.	....
La connaissance, les livres	Nell lit tout ce qui lui tombe sous la main.	....
Le lien entre les sœurs	....	....
Le lien avec la maison	La maison est un refuge.	....
Le lien avec la forêt	La forêt est fascinante mais effrayante.	....

6 Parmi les expressions et mots suivants, entoure ceux qui décrivent l'état d'esprit de Nell à la fin de son récit.

nostalgique tournée vers l'avenir **puissante** fragile

La langue et le style

7 Le champ lexical du feu

Dans les lignes 338-348, relève les mots qui décrivent le feu. Classe-les ensuite dans le tableau.

Aspect visuel	Aspect sonore
....	....
....	....
....	....

8 Le mot *forêt*

Parmi les mots suivants, entoure ceux qui appartiennent à la famille du mot *forêt*.

arbre • forestier • forer • déforester • bois • reforestation

À ton avis

9 Vivre dans la nature ou rechercher le progrès ?

Si tu étais confronté-e à la même situation qu'Eva et Nell, aurais-tu fait le même choix ? Pourquoi ?

Faire le bilan

10 Un roman d'apprentissage

Lis le repère p. 276-277, puis rédige un texte appuyé sur des exemples précis pour montrer que *Dans la forêt* est un roman d'apprentissage. Précise bien ce que les deux héroïnes ont appris sur le monde et sur elles-mêmes.

Le texte et l'image

11 Comparer la couverture du livre et l'affiche du film (au verso)

a. Quels aspects de l'histoire chaque image met-elle en valeur ?
b. D'après toi, laquelle des deux évoque le mieux l'histoire d'Eva et Nell ? Pour quelles raisons ?
c. À ton tour de proposer une couverture ou une affiche pour accompagner cette histoire. Utilise le dessin ou la photo pour cela.

Se retrouver dans la nature : groupement de documents

OBJECTIF • Comprendre les comportements et sentiments que la nature sauvage peut susciter.

DOCUMENT 1 *Laisser parler ses instincts*

Un avion s'écrase dans une île déserte du Pacifique, avec à son bord un groupe d'écoliers anglais.
Aucun adulte ne survit, et les jeunes garçons âgés de six à douze ans cherchent à s'organiser pour survivre.
Quelques-uns d'entre eux se rassemblent autour de Jack, qui brûle de chasser le cochon sauvage.

Abrité du soleil, Jack s'agenouilla au bord de l'eau et défit deux grandes feuilles qu'il tenait à la main. L'une contenait de l'argile blanche, l'autre, de la terre rouge. Il avait aussi un morceau de charbon de bois sorti du feu.
Jack se mit à l'œuvre tout en expliquant à Roger :
– Ce n'est pas qu'ils me flairent. Je crois qu'ils me voient. Quelque chose de rose sous les arbres.
Il se barbouilla de terre.
– Si seulement j'avais du vert !
Il tourna vers Roger un visage à demi dissimulé par l'ombre, et voyant son regard perplexe, il expliqua :
– C'est pour la chasse. Comme à la guerre. Tu sais... les camouflages. Comme quand on veut cacher ce qu'on est et paraître autre chose...
Le besoin de se faire comprendre le secoua d'un frémissement.
– Comme des papillons sur un tronc d'arbre.
(...) À l'aide du charbon de bois, il traça des raies noires entre les taches rouges et blanches de son visage. (...)
Il contempla son reflet dans l'eau et n'en fut pas satisfait. Il se pencha, prit au creux de ses paumes un peu d'eau tiédie par le soleil et se nettoya le visage. Taches de rousseur et sourcils d'un blond roux reparurent sous le barbouillage.

Roger sourit malgré lui.

– T'es drôlement dégoûtant !

Jack essaya un nouveau maquillage. Il peignit en blanc une joue et le tour d'un œil, puis enduisit de rouge l'autre côté de son visage et barra le tout d'un trait de charbon de l'oreille droite à la mâchoire gauche. Il voulut contempler son reflet, mais la surface de la flaque était troublée par son souffle.

– Erik et Sam, trouvez-moi une noix de coco vide.

Il restait agenouillé, un peu d'eau au creux de la main. Une tache de soleil tomba sur son visage et une lueur éclaira le fond de l'eau. Jack, stupéfait, regarda un reflet qui n'était plus le sien, mais celui d'un inconnu terrible. Il ouvrit les doigts, laissant l'eau s'écouler, puis il bondit sur ses pieds avec un rire fiévreux. Près de la flaque d'eau, son corps nerveux était surmonté d'un masque qui exerçait sur les autres une fascination mêlée d'effroi. Il se mit à danser, et son rire se changea en un grognement de bête assoiffée de sang. Il sautilla vers Bill et le masque prit une sorte de vie autonome derrière laquelle Jack se cachait, libérée de toute honte et de toute gêne. Le visage couvert de rouge, de blanc et de noir, oscilla dans l'air et s'approcha de Bill. Celui-ci commença par rire, mais il se tut bientôt et se sauva dans les buissons.

Jack se précipita sur les jumeaux.

– Vous autres, vous marcherez en file indienne. Venez !

– Mais...

– ...nous...

– Venez donc. Moi je ramperai, et je les égorgerai.

Le masque les forçait à l'obéissance.

William Golding, *Sa Majesté des Mouches*, 1954, © Éditions Gallimard.
Traduit de l'anglais par Lola Tranec, Folio.

DOCUMENT 2 *Affronter des dangers mortels*

Au début du XIXe siècle, dans le nord de l'Amérique, le trappeur Hugh Glass guide les colons qui cherchent à s'installer dans l'Ouest. Le convoi est attaqué par des Indiens et tente de leur échapper par les montagnes. Hugh Glass est alors grièvement blessé par un ours.

➤ *Retrouve ce visuel en couleur dans le cahier photo central.*

Photogramme du film *Le Revenant* (2015), d'**Alejandro González Iñárritu** avec Leonardo DiCaprio (dans le rôle de Hugh Glass).

DOCUMENT 3 *Communier avec la nature*

Au XVIIIe siècle, l'Anglais Robinson a échoué sur une île déserte située au large du Chili. Après des années de solitude, il s'est lié avec Vendredi, un indigène de la tribu des Araucans.
Vendredi s'est battu avec un énorme bouc sauvage qu'il a baptisé Andoar, puis il a longuement installé le crâne de sa proie dans les branches d'un arbre, promettant à Robinson : « Andoar va chanter. »

Vendredi était retourné à ses siestes et Robinson à ses exercices solaires, depuis de longues semaines, quand Andoar donna enfin toute sa mesure. Une nuit, Vendredi vint tirer par les pieds Robinson qui avait finalement élu domicile dans les branches de l'araucaria où il avait aménagé un abri à l'aide d'auvents d'écorce. Une tourmente s'était levée, apportant dans son souffle un orage de chaleur qui chargeait l'air d'électricité sans promettre la pluie. Lancée comme un disque, la pleine lune traversait des lambeaux de nuages blêmes. Vendredi entraîna Robinson vers la silhouette squelettique du cyprès mort. Bien avant d'arriver en vue de l'arbre, Robinson

crut entendre un concert céleste où se mêlaient des flûtes et des violons. Ce n'était pas une mélodie dont les notes successives entraînent le cœur dans leur ronde et lui impriment l'élan qui est en elle. C'était une note unique – mais riche d'harmoniques infinis – qui refermait sur l'âme une emprise définitive, un accord formé de composantes innombrables dont la puissance soutenue avait quelque chose de fatal et d'implacable qui fascinait. Le vent redoublait de violence quand les deux compagnons parvinrent à proximité de l'arbre chantant. Ancré court à la plus haute branche, le cerf-volant vibrait comme une peau de tambour, tantôt fixé dans une trépidante immobilité, tantôt fixé dans de furieuses embardées. Andoar-volant hantait Andoar-chantant, et il paraissait à la fois veiller sur lui et le menacer. Sous la lumière changeante de la lune, les deux ailes de vautour s'ouvraient et se refermaient spasmodiquement de part et d'autre du massacre et lui prêtaient une vie fantastique, accordée à la tempête. Et il y avait surtout ce brame puissant et mélodieux, musique véritablement élémentaire, inhumaine, qui était à la fois la voix ténébreuse de la terre, l'harmonie des sphères célestes et la plainte rauque du grand bouc sacrifié. Serrés l'un contre l'autre à l'abri d'une roche en surplomb, Robinson et Vendredi perdirent bientôt conscience d'eux-mêmes dans la grandeur du mystère où communiaient les éléments bruts. La terre, l'arbre et le vent célébraient à l'unisson l'apothéose nocturne d'Andoar.

Michel Tournier, *Vendredi ou les limbes du Pacifique*, 1967, © Éditions Gallimard.

DOCUMENT 4 *Se retrouver et redécouvrir l'autre*

Sybille a choisi d'emmener son fils Samuel pour un long voyage à cheval dans les montagnes du Kirghizistan, dans l'espoir de le sauver de la délinquance et de la haine de soi et des autres. Mais ils se sont perdus, ont souillé toutes leurs affaires dans une coulée de boue et Samuel est déterminé à envoyer un message à son père dès qu'il aura accès à une connexion internet.

Ce qu'ils voient, Sybille et Samuel, c'est qu'en arrivant près du lac, celui-ci n'a plus cette teinte bleu foncé, presque noire, qu'ils avaient vue de là-haut,

mais qu'il est doré comme si le soleil s'y reflétait, que le lac lui-même était fait de la lumière du soleil ou que l'eau y était devenue incandescente. Ils avancent calmement vers le lac et s'y installent. Ou plutôt, non, ils ne prennent pas le temps. Sybille ne se contente pas de descendre de Sidious, elle retire ses sacoches, la selle, tout, et puis elle s'élance et remonte sur le cheval, se penche vers lui et attrape sa crinière, se colle à son encolure, elle embrasse son cheval et lui parle à l'oreille, vas-y mon beau, vas-y, et alors le cheval avance et entre calmement dans l'eau, doucement.
Tous les deux entrent sans aucune peur – lorsque l'eau lui arrive aux chevilles, Sybille pousse un cri et dans un éclat de rire elle jure que, oh ! bon Dieu, ce que c'est froid ! Mais elle rit, elle avance, et bientôt le cheval n'a plus pied. Ça dure quelques minutes, il nage tranquillement, comme s'il le faisait très souvent, sans inquiétude, et Sybille s'allonge sur le dos de son cheval, elle est habillée et se met à rire d'un rire profond, sans retenue, une libération qui se propage sur le rivage, dans le regard de Samuel – cette fois, il reste sidéré et commence à rire lui aussi, un moment tout est oublié de la veille et il est prêt à penser que sa mère est imprévisible et drôle, folle peut-être, mais au fond c'est ce qui fait d'elle quelqu'un d'unique, d'inimitable –, il se demande combien de ses copains pourraient se retrouver dans sa situation, partir si loin avec leur mère et la voir nager tout habillée, crado comme une punk à chien, morte de rire sur le dos d'un cheval en train de nager. (...)
Oui, à ce moment-là, Samuel serait prêt à reconnaître qu'il est parfois impressionné par sa mère, que d'une certaine manière il a de l'admiration pour elle. Là, maintenant, pour ce qu'elle est, pour ce qu'elle fait, il serait prêt aussi à croire qu'elle l'aime assez pour avoir sacrifié une maison à laquelle elle tenait, en Bourgogne, et cette idée lui traverse l'esprit que tout ce qu'elle fait c'est pour l'aider lui, c'est par amour pour lui, et cet amour soudain il sent que c'est toute sa motivation, toute sa raison à elle d'être ici ; alors à ce moment-là il est au bord de reconnaître qu'il en est bouleversé, il pourrait, oui, s'il n'avait pas si peur d'avouer qu'il aime sa mère, s'il n'était pas effrayé à l'idée de l'aimer – lui qui sait si bien qu'aimer et accepter est plus difficile que haïr et rejeter.

Laurent Mauvignier, *Continuer*, 2016, Éditions de Minuit.

DOCUMENT 5 *Vivre ensemble dans la nature*

En 1863, le lieutenant John Dunbar se retrouve seul dans l'immense plaine du Dakota, à la frontière des terres conquises par les pionniers venus d'Europe et des terres indiennes. Les renforts qu'il attend ne viennent pas. Il se lie progressivement avec la tribu sioux qui vit à proximité, apprenant notamment à chasser le bison.

➤ *Retrouve ce visuel en couleur dans le cahier photo central.*

Photogramme du film *Danse avec les loups* (1990), de et avec Kevin Costner.

Lire les documents

1 Après avoir lu attentivement les documents, relie chaque citation à son auteur.

Le lac « est doré comme si le soleil s'y reflétait, que le lac lui-même était fait de la lumière du soleil ou que l'eau y était devenue incandescente. » •	• Michel Tournier
« Une tourmente s'était levée, apportant dans son souffle un orage de chaleur qui chargeait l'air d'électricité sans promettre la pluie. » •	• Laurent Mauvignier
« L'une contenait de l'argile blanche, l'autre, de la terre rouge. Il avait aussi un morceau de charbon de bois sorti du feu. » •	
« La terre, l'arbre et le vent célébraient à l'unisson l'apothéose nocturne d'Andoar. » •	• William Golding

2 Dans chacune des citations précédentes, surligne la présence des quatre éléments en attribuant à chacun la couleur de ton choix :

la terre — le feu — l'eau — l'air

3 En t'aidant du paratexte, identifie l'œuvre du groupement qui correspond à chaque indication spatio-temporelle :

titre de l'œuvre	moment et lieu de l'action
....	jour ensoleillé, lac de montagne, Kirghizstan
....	île déserte, océan pacifique
....	nuit de pleine lune, île du Chili
....	vaste plaine, Dakota du Sud
....	Jour d'hiver, montagne, Amérique du Nord

Comparer les documents

Le rapport avec la nature

4 **a.** Identifie l'animal qui apparaît dans chaque document :
doc ① : cochon sauvage
doc ② : ....
doc ③ : ....
doc ④ : ....
doc ⑤ : ....

b. Dans quels documents l'animal est-il une proie ? un prédateur ?

5 Dans certains documents, la nature est perçue comme hostile. Dans d'autres, les personnages sont en harmonie parfaite avec elle. Complète le tableau pour analyser le rapport des personnages à la nature.

	rapport à la nature	**extrait du texte qui justifie l'analyse**
doc ①	....	....
doc ②	....	....
doc ③	....	....
doc ④	....	....

Le rapport à soi

6 **Document 1.** **a.** Dessine le masque de Jack à partir de la description qu'en donne le texte.

b. Pourquoi ce masque transforme-t-il le garçon en « un inconnu terrible » (l. 31) qu'il ne reconnaît pas lui-même ?

7 Dans quels autres documents le personnage principal se métamorphose-t-il au contact de la nature sauvage ?

8 **Document 3.** Lignes 27-30. Comment expliques-tu que les deux personnages perdent ainsi « conscience d'eux-mêmes » ?

Le rapport avec l'autre

9 Document 1. a. Parmi les substantifs suivants, entoure les sentiments que Jack fait naître chez ses camarades.

PEUR jalousie fascination affection **admiration**

b. Selon toi, comment leurs réactions peuvent-elles s'expliquer ?

10 Document 4. Pourquoi la situation permet-elle à Samuel de voir soudain sa mère autrement ?

11 Document 5. a. Qu'est-ce qui montre que le lieutenant Dunbar a dépassé les préjugés des pionniers contre les Indiens ?
b. Dans quel autre document un Européen traite-t-il un indigène comme son égal ?

Faire le bilan

12 Quand on se retrouve dans la nature sauvage...
Complète la synthèse avec les mots suivants :
puissance | effroi | harmonie | authenticité | ancestral | insoupçonnées | découvre | se perdre

• La nature sauvage éveille parfois un sentiment d'...................... , car elle est pleine de dangers. Mais sa beauté et sa .... peuvent aussi susciter une sensation d'...................... parfaite.
• À son contact, tout ce que l'on est se modifie : on .... des facettes de soi .... , liées à un réflexe de survie ....
• La relation aux autres s'en trouve affectée, car la vie dans un monde sauvage permet de retrouver son .... On peut alors .... dans la violence, ou tisser des liens beaucoup plus forts.

À ton avis

13 Du groupement de documents au roman de Jean Hegland
Parmi les cinq documents du groupement, lequel peux-tu rapprocher de *Dans la forêt* ? Justifie précisément ton point de vue.

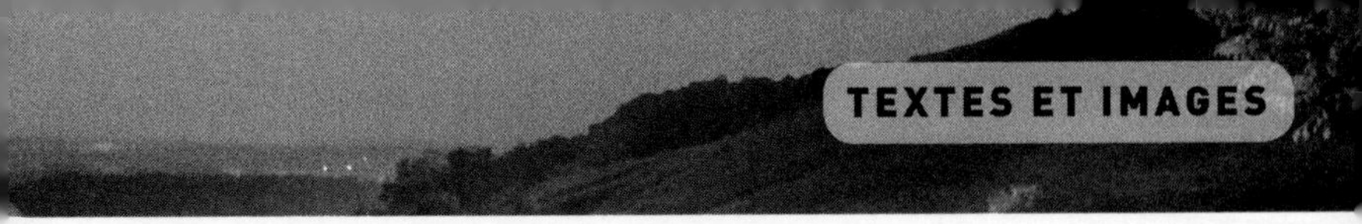

Enquêter maintenant

14 Vivre dans la nature sauvage

Fais une recherche sur un des peuples amérindiens mentionnés dans ce groupement : les Sioux (doc. 5) ou les Araucans (doc. 3). Tu organiseras ton exposé de la façon suivante :

- présentation du peuple amérindien choisi (dates et lieux-clés, langue, mode de vie, religion) ;
- approfondissement d'un thème (le rapport à la nature dans la vie quotidienne et les croyances) ;
- conclusion personnelle (comme Nell le fait p. 224, explique quels enseignements tu as pu tirer de cette recherche).

Écrire maintenant

15 La nature sauvage et nous

Te paraît-il souhaitable que l'être humain conserve un lien fort avec la nature sauvage ? Ou vaut-il mieux qu'il s'en détourne ?

a. Organise dans le tableau des arguments et des exemples :

Avantages de la nature sauvage	Exemples précis
•	• ....
•	• ....
•	• ....
Inconvénients de la nature sauvage	**Exemples précis**
•	• ....
•	• ....
•	• ....

b. Rédige une argumentation construite (introduction, développement, conclusion) pour répondre au sujet.

Le progrès, c'est l'ensemble des connaissances, des techniques et des pratiques qui améliorent la vie humaine, notamment dans les pays dits « développés ». Pourquoi et comment cela a-t-il un impact sur l'environnement ? Peut-on imaginer un progrès qui protège la nature ?

Le progrès menace-t-il la nature ?

1 Comment le progrès protège-t-il des dangers de la nature ?

Pour survivre, l'homme a dû se protéger du froid, de la faim, des maladies. Au fil des âges, il a cherché à aménager son environnement pour en faire un lieu de vie sûr et confortable.

Le mythe de Prométhée

Le titan Prométhée distribua toutes les facultés de survie – force, vitesse, fécondité, agilité... – aux êtres vivants et réalisa qu'il n'en restait plus pour les humains.
Il vit « que l'homme était nu, sans chaussures, sans vêtements, sans défense. (...) Il prit le parti de dérober à Vulcain et à Minerve les arts et le feu (...) et il en fit présent à l'homme. »[1]

Ce mythe grec nous fait comprendre que nous possédons un pouvoir à la fois utile et dangereux : la maîtrise des arts et du feu, autrement dit, la capacité d'adapter notre environnement à nos besoins grâce au contrôle des énergies naturelles.

Jan Cossiers (1600-1671), *Prométhée dérobant le feu*, 1637. Huile sur toile, 182 × 113 cm. Madrid, Musée du Prado.

1. Platon, *Protagoras*, ve siècle av. J.-C.

● LES PROGRÈS TECHNIQUES

De la caverne au gratte-ciel, du seau à l'eau courante, de la roue à la fusée, du signal de fumée au smartphone, il serait impossible de lister l'ensemble des progrès techniques accomplis par l'humanité.

On peut simplement remarquer que, dans les pays occidentaux, l'ensemble de ces progrès répond à des besoins vitaux simples – se protéger, boire, se déplacer, communiquer... – de manière de plus en plus sophistiquée.

● LES PROGRÈS SCIENTIFIQUES

C'est la connaissance scientifique qui, dans une large mesure, a permis l'ensemble des progrès techniques. Dans le domaine médical, on peut par exemple souligner la régression de la mortalité infantile ou l'augmentation de l'espérance de vie grâce aux progrès de l'hygiène, du diagnostic et des traitements depuis la fin du XIXe siècle.

● LES PROGRÈS SOCIAUX

D'autres types de progrès permettent aussi d'assurer une vie moins dangereuse, plus longue et plus prospère que la vie « à l'état de nature », par exemple, grâce à l'organisation de systèmes de santé et d'éducation accessibles à tous. De même, si, dans la nature, c'est souvent « la loi du plus fort » qui prévaut, les lois humaines cherchent à garantir les mêmes droits pour tous. Ainsi, le principe d'égalité devant la loi est un progrès social majeur des sociétés démocratiques.

L'état de nature

Le film *L'Enfant sauvage* raconte l'histoire vraie d'un garçon qui a grandi seul dans la nature, au XVIIIe siècle. Il ne se déplace pas plus loin que là où ses jambes peuvent le porter, ne mange rien d'autre que ce qu'il peut attraper, et ne possède rien. À travers son histoire, on peut imaginer ce que serait la vie sans le progrès.

Photogramme du film *L'Enfant sauvage* (1970), de François Truffaut.

2 Comment le progrès met-il la nature en danger ?

Dès les années 1970, on a commencé à comprendre que le progrès avait un impact sur la nature. En mangeant, en nous logeant, en nous déplaçant..., nous consommons des ressources naturelles épuisables.

Un outil de mesure : l'empreinte écologique

La biocapacité de la terre est l'ensemble des surfaces que l'homme peut exploiter (pâturages, terres cultivées, forêts, surfaces maritimes, terrains bâtis), auquel on ajoute les surfaces nécessaires pour absorber le CO_2 émis par les activités humaines.

Pour calculer son empreinte écologique, il faut calculer la surface nécessaire pour produire et compenser tout ce que l'on consomme. Par exemple, l'empreinte écologique moyenne d'un Européen est de 4,7 hectares globaux, alors qu'il ne dispose en théorie « que » de 2,3 ha globaux. Ainsi, l'Union européenne consomme plus de deux fois sa propre biocapacité.

Pour en savoir plus : https://www.data.footprintnetwork.org

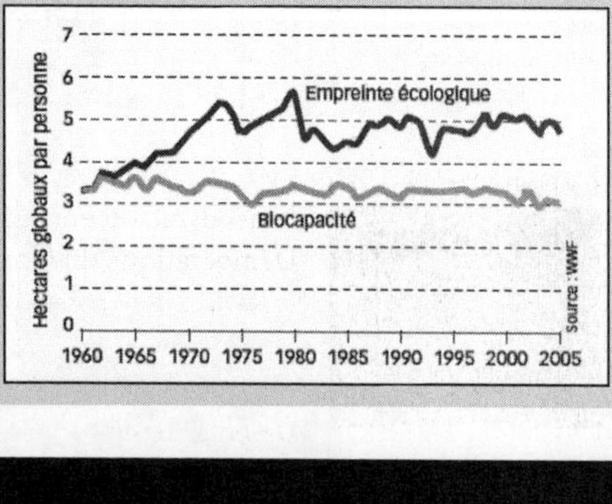

● LA POLLUTION

C'est la conséquence la plus perceptible du progrès. En développant les échanges et les transports, on pollue l'air et l'eau : tous les ans, par exemple, 8 millions de tonnes de déchets plastiques sont déversés dans les océans. En consommant toujours davantage, on produit de nombreux déchets. En assurant la sécurité alimentaire par le biais de l'agriculture intensive, on utilise des pesticides qui dégradent l'environnement et parfois même la santé.

● L'ÉPUISEMENT DES RESSOURCES NATURELLES

Les sources d'énergie actuellement utilisées sont principalement des énergies fossiles (pétrole, charbon) : elles ont accompagné les progrès techniques accomplis tout au long du XXe siècle, mais leur quantité est par définition limitée. D'autres ressources naturelles non-renouvelables, comme les minerais rares, s'épuisent. Les ressources renouvelables (bois, eau...) sont également appauvries sous la pression de la consommation.

Quel est l'impact d'un smartphone sur la nature ?

Le lac de Baotou, devenu toxique à cause de l'exploitation de minéraux rares. David Gray / Reuters

« Il faut mobiliser plus de 70 kg de ressources naturelles pour produire un seul smartphone et chaque appareil peut contenir jusqu'à 50 métaux différents. L'exploitation des minerais s'accompagne de conséquences désastreuses pour l'environnement mais aussi pour les populations locales, comme en Chine avec le néodyme ou encore en République Démocratique du Congo avec le tantale et le cobalt. »

Héloïse Gaborel,
France Nature Environnement

De plus, chaque smartphone émet environ 20 kg de CO_2 sur l'ensemble de son cycle de vie (source Ademe).

● LE DÉRÈGLEMENT CLIMATIQUE

Tout ce qui permet et améliore la vie de 7,7 milliards d'êtres humains – agriculture, élevage, industrie, transports... – rejette dans l'atmosphère des gaz qui empêchent la chaleur due aux rayons du soleil de se dissiper dans l'espace. Les experts scientifiques du GIEC estiment que le réchauffement du climat observé depuis les années 1950 est la conséquence de ces activités.

À terme, cela menace tout l'écosystème, et l'ensemble de l'humanité.

● LE RECUL DE LA BIODIVERSITÉ

Pour assouvir ses besoins croissants en nourriture, en eau, en bois, en fibres et en énergie, l'être humain transforme les milieux naturels. Pour dégager des terres agricoles, il détruit des espèces végétales, ainsi que les habitats des espèces animales. En 2005[1], un comité de 1 300 experts a conclu que, dans les cinquante dernières années, l'humanité a ainsi modifié les écosystèmes plus profondément et plus rapidement que depuis le début de son histoire.

Un constat : le réchauffement climatique

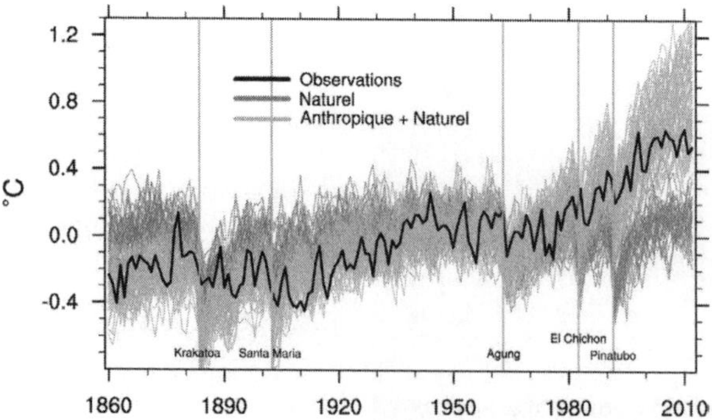

Évolution de l'anomalie de température moyenne globale sur la période 1860-2012 dans les observations, et dans les simulations CMIP5 utilisées dans le rapport du GIEC (2013) prenant en compte soit l'ensemble des facteurs connus (anthropiques[2] et naturels), soit uniquement les facteurs naturels.

1. Rapport sur l'*Évaluation des écosystèmes pour le millénaire*, commandé par l'ONU.

2. **Anthropiques :** dus aux activités humaines.

3 Faut-il poser des limites au progrès ?

« On n'arrête pas le progrès », clame un dicton populaire. – Mais le rêve d'un progrès sans limite se révèle aujourd'hui irréalisable. Quelles sont les options actuellement discutées par les responsables politiques et économiques ?

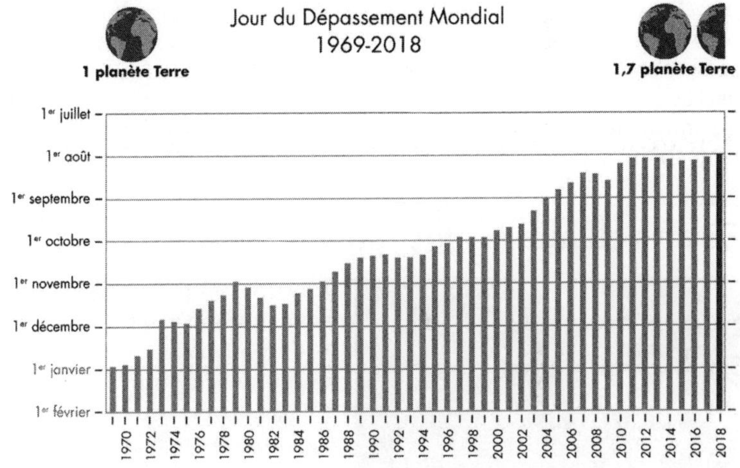

Le Jour du Dépassement est la date à laquelle l'humanité a consommé les ressources que la planète est capable de régénérer en un an. C'est une date plus symbolique que rigoureusement scientifique, qui souligne le poids croissant de l'empreinte écologique humaine. En 2019, on a ainsi calculé qu'il faudrait en réalité 1,75 planète terre pour subvenir aux besoins de l'humanité.

● NE RIEN CHANGER ?

Même si la très grande majorité des scientifiques s'accorde à penser que l'action humaine est responsable du dérèglement climatique, certains pensent que le réchauffement de la planète est un phénomène naturel : ce sont des climatosceptiques. Plusieurs responsables politiques s'inscrivent dans cette mouvance. C'est le cas par exemple de l'actuel président des États-Unis : alors que son pays émet 17 % des gaz à effet de serre mondiaux, il s'est désengagé de l'accord international[1] qui vise à contenir la hausse globale des températures.

● VIVRE PLUS SIMPLEMENT ?

Un autre mouvement de pensée estime que l'on peut encore anticiper et éviter de subir de plein fouet un effondrement en sortant de la société de consommation de masse. Il prône donc une *décroissance* massive de la production de biens et l'arrêt net de la course au progrès, qui passe par un retour délibéré de chacun à un mode de vie plus sobre et plus proche de la nature. Pour faire comprendre leur pensée, les décroissants utilisent parfois l'image de l'escargot, qui veille sagement à ce que sa coquille ne soit jamais ni trop grande ni trop lourde.

20 ans en autonomie dans la forêt

L'Écossaise Emma Orbach devant sa hutte, construite de ses propres mains le 16 août 2008.

L'Écossaise Emma Orbach a fait un choix radical : « vivre simplement avec ce que la nature donne ». Elle habite près de Newport dans une petite hutte qu'elle a construite de ses mains, n'a ni eau courante ni électricité et mange ce qu'elle cultive. Comme Nell et Eva, dans *Dans la forêt*, elle est capable de subvenir seule à ses propres besoins.

1. L'accord de Paris sur le climat a été signé par 196 pays en 2016. En novembre 2019, les démarches de désengagement des États-Unis sont entamées.

● ATTENDRE L'EFFONDREMENT ?

À l'exact opposé, certains pensent que les mesures pour réduire notre consommation d'énergie et nos émissions de CO_2 tardent trop, et que la société thermo-industrielle va s'effondrer de manière brutale.

Ils prévoient qu'à plus ou moins long terme, « les besoins de base (eau, alimentation, logement, habillement, énergie, etc.) ne [seront] plus fournis (à un coût raisonnable) à une majorité de la population par des services encadrés par la loi »[2].

Autrement dit, ils prévoient un monde beaucoup plus rude, où il sera nécessaire de se débrouiller avec les ressources de proximité et des moyens rudimentaires, comme le font Eva et Nell dans le roman de Jean Hegland.

● S'ENGAGER DANS UN DÉVELOPPEMENT DURABLE ?

À l'échelle mondiale, l'idée la plus soutenue est celle « d'un développement qui répond aux besoins du présent sans compromettre la capacité des générations futures de répondre aux leurs »[3].

En 2015, l'Organisation des Nations unies a adopté 17 objectifs de développement durable (ODD) à atteindre d'ici 2030. Parmi ces objectifs, beaucoup sont liés à la protection de la nature : le recours aux énergies renouvelables, la promotion d'une industrialisation durable qui profite à tous, l'exigence d'une consommation et d'une production responsables, la lutte contre le changement climatique, la préservation de la biodiversité.

De la réalité à la fiction

Les questionnements contemporains sur les dangers du progrès trouvent un large écho dans les arts (littérature, cinéma, BD...).
Le thème de l'effondrement, en particulier, est une source d'inspiration très vivante pour les artistes. On peut bien sûr citer *Dans la forêt*, mais aussi des œuvres plus récentes : les bandes dessinées *Femme sauvage*, de T. Tirabosco, et *Soon*, de B. Adam et T. Cadène, ou encore la série télévisée *L'Effondrement*, de G. Desjardins, J. Bernard et B. Ughetto, toutes parues en 2019.

2. Citation d'Yves Cochet, mathématicien et ancien ministre de l'Environnement.

3. Définition extraite du rapport Bruntland, rédigé en 1987 par la Commission mondiale sur l'environnement et le développement de l'ONU.

4 Vers un progrès respectueux de la nature ?

Le développement nous a permis de vivre de plus en plus facilement. Mais pour que la civilisation et la nature perdurent, il faut à présent développer une nouvelle vision du progrès.

● UNE CONNAISSANCE DE PLUS EN PLUS PRÉCISE DE LA NATURE

Pour fonder des techniques plus respectueuses de l'environnement, il faut comprendre comment ce dernier fonctionne et quels équilibres sont en jeu.

C'est par exemple le sens du travail scientifique de Francis Hallé, qui a exploré la forêt tropicale avec son Étoile des cimes durant des années (voir cahier photo p. I). Il explique : « Non seulement 80 % de nos médicaments proviennent des végétaux, mais je pense que les plantes, et les arbres en particulier, sont nos meilleurs alliés pour lutter contre le réchauffement climatique. Dans la mesure où celui-ci est dû au CO_2, quoi de mieux que les plantes, qui ont précisément les moyens de fixer le carbone ? »

Évaluer le progrès autrement : l'exemple du Bhoutan

Depuis 1972, un petit pays d'Asie a choisi un indicateur de développement singulier, le BNB – ou Bonheur National Brut – pour évaluer le niveau de vie de ses habitants.

Le BNB repose sur 4 fondamentaux :

- un développement économique et social, durable et équitable ;
- la préservation et la promotion des traditions culturelles ;
- la sauvegarde de l'environnement ;
- une bonne gouvernance.

● LE RECOURS À DES ÉNERGIES RENOUVELABLES

On pense actuellement que le développement durable passe par les énergies renouvelables (énergie solaire, éolienne, hydraulique...), et que la transition est nécessaire dans les années qui viennent.

Une étude scientifique parue en 2019[1] affirme même que « La transition vers un système global fondé à 100 % sur les énergies renouvelables n'est plus aujourd'hui une question de faisabilité technique ou de viabilité économique, mais une question de volonté politique ».

● LA NÉCESSITÉ D'UNE POLITIQUE RESPONSABLE

La demande de la jeunesse va dans le sens d'une prise en compte du futur. La réponse politique commence à s'élaborer à l'échelle mondiale avec l'implication de l'ONU, mais aussi à l'échelle locale avec des initiatives associatives et éducatives dans de nombreux pays. Pour les pays développés, l'enjeu est de conserver une qualité de vie ; pour les pays en développement, l'enjeu est d'améliorer la leur – et pour tous, il est désormais vital de trouver des solutions.

« Implique-moi et je comprendrai »

http://nesquelquepart.fr/le-jeu/

Développés par l'Agence française de développement, l'exposition et le jeu « Nés quelque part » reposent sur le principe de l'identification : le visiteur, le joueur sont invités à se mettre dans la peau d'un habitant vivant dans un autre pays (18 personnages différents, 7 pays, 7 écosystèmes) et à comprendre les défis liés au développement durable.

La construction de solutions, fondées sur des techniques innovantes mais aussi sur l'implication des forces politiques et la coopération de chacun, permet d'entrevoir de nouvelles possibilités de progrès humain.

1. Étude émanant de Energy Watch Group, un réseau international de scientifiques et de parlementaires, publié sur *energywatchgroup.org*, et, dans une version plus courte, dans la revue *Nature Communications*.

À lire et à voir

• D'AUTRES ŒUVRES SUR LA RELATION ENTRE SŒURS

Raison et sentiments
Roman anglais de Jane Austen (1811)

Elinor Dashwood est raisonnable et dévouée, sa sœur Marianne est pleine de passion et d'ardeur. L'une cache ses sentiments, l'autre les montre au grand jour, mais elles découvrent ensemble le jeu complexe de l'amour dans la bourgeoisie anglaise du XIXe siècle. Une belle adaptation de l'œuvre a été réalisée en 1995 par le cinéaste Ang Lee.

Les Quatre Filles du Docteur March
Roman américain de Louisa May Alcott (1868)

Pendant la guerre de Sécession, tandis que leur père est au front, quatre sœurs grandissent dans une petite ville du Massachusetts. Elles se chamaillent, s'entraident, s'opposent et se complètent, découvrant progressivement qui elles sont.

La Vie invisible d'Euridice Gusmão
Film brésilien de Karim Aïnouz (2019)

Rio de Janeiro, 1950. Au sortir de l'adolescence, la vie sépare Euridice et Guida. Chacune des deux sœurs va vivre sa vie d'adulte dans l'attente de retrouver l'autre. La fidélité sans faille qui les unit leur donne la force d'exister dans un monde où les femmes n'ont guère d'autre choix que d'obéir à un père ou à un mari.

• D'AUTRES ŒUVRES SUR L'EFFONDREMENT DE LA SOCIÉTÉ THERMO-INDUSTRIELLE

La Peste écarlate

Nouvelle américaine de Jack London (1912)

Dans un monde revenu à l'état sauvage, un grand-père raconte « le monde d'avant » à ses petits-fils : il évoque la puissance d'une société construite sur le progrès technique et décrit la maladie mortelle qui l'a brutalement décimée. Ainsi, la nouvelle souligne la fragilité de notre civilisation et nous invite à questionner notre croyance en un progrès sans fin.

Ravage

Roman de René Barjavel (1943)

Paris, 2052. Dans un contexte de conflit international, l'électricité s'arrête brusquement. La population est incapable de se déplacer et de se nourrir : le chaos s'installe. Sous la conduite du héros, un petit groupe cherche à se réfugier à la campagne, et se confronte alors à la peur, à la faim, à la maladie, à la violence...

Wall-E

Film d'animation américain d'Andrew Stanton (2008)

Au début du XXIIe siècle, la Terre est devenue un immense dépotoir. Les hommes ont fui vers l'espace, laissant à de petits robots – les Wall-E – le soin de nettoyer la planète. Sept cents ans plus tard, il ne reste qu'un seul de ces robots, qui ramasse inlassablement les déchets...

• D'AUTRES ŒUVRES SUR LA DÉCOUVERTE DE LA NATURE

L'Homme qui plantait des arbres
Nouvelle de Jean Giono (1953)

Le narrateur rencontre Elzéard Bouffier, un berger silencieux qui plante inlassablement des glands dans la terre sèche et désertique de l'arrière-pays provençal. Au fil des ans, les deux hommes se retrouvent plusieurs fois – et la forêt se met à grandir, rendant à cette région perdue la vie qui l'avait fuie...

Into the Wild
Film américain de Sean Penn (2007)

Fondé sur une histoire vraie, le film suit le trajet du jeune Christopher McCandless. Plutôt que choisir un métier et s'établir dans la société, il décide de prendre la route, seul, et de se confronter aux grands espaces : il traverse alors l'Arizona, le Grand Canyon du Colorado, la Californie..., et rêve d'atteindre un jour la nature vierge de l'Alaska.

Avatar
Film américain de James Cameron (2009)

La planète Pandora est couverte d'une nature luxuriante, où vivent des êtres doués d'intelligence, les Na'vis. Mais elle recèle aussi un minerai rare, que les humains convoitent pour résoudre la crise énergétique sur Terre. Un marine américain infiltre le peuple indigène, et nous découvrons à travers lui comment les Na'vis font le lien avec leur environnement...

• POUR S'INFORMER SUR LES ENJEUX ACTUELS DU PROGRÈS HUMAIN

Chaîne *Science étonnante*, sur Youtube
#20 Faut-il croire au réchauffement climatique ?
#60 Crise énergétique ? Crise de l'entropie !

Dans ces deux vidéos, le physicien David Louapre explique sous l'angle scientifique les problématiques auxquelles nous devons actuellement faire face.

Demain
Film documentaire de Cyril Dion et Mélanie Laurent (2015)

Nous sommes aujourd'hui confrontés à de lourds défis sociaux et environnementaux, et à la nécessité de trouver de nouvelles voies de progrès pour assurer la survie de nos sociétés. L'équipe du film s'est rendue dans dix pays, pour rencontrer ceux qui élaborent des solutions concrètes dans les domaines de l'agriculture, de l'énergie, de l'économie, de la démocratie et de l'éducation.

Table des illustrations

Cahier couleur

page I	ph ©	Laurent Pyot - (JM Pechart / Opération Canopée)
page II	Coll. TCD ©20th Century Fox - New Regency Pictures - Anonymous Content - RatPac Entertainment	
page III	Coll.	TCD ©Tig - Majestic / DR
page IV	ph ©	Wales News Service LTD

Couverture

Plat 1	ph ©	Ryan McVay / iStock /Getty Images
Plat 2	Coll.	TCD ©Rhombus Media - BRON Studios
Plat 3	ph ©	@NikitaGouëzel

Malgré nos efforts, il nous a été impossible de joindre les ayants-droit de certains documents pour solliciter l'autorisation de reproduction, mais nous avons naturellement réservé en notre comptabilité des droits usuels.

PAPIER À BASE DE FIBRES CERTIFIÉES

Hatier s'engage pour l'environnement en réduisant l'empreinte carbone de ses livres. Celle de cet exemplaire est de : 600 g éq. CO_2 Rendez-vous sur www.hatier-durable.fr

Iconographie : Hatier Illustration, Nelly Gras
Principe de maquette : Marie-Astrid Bailly-Maître & Sterenn Heudiard
Illustrations intérieures : Xavier Coste, Patrick Deubelbeiss
Édition : Éva Baladier, avec la participation de Tina De Filippo
Mise en page : CGI – **Cahier couleur :** Sandra Fauché
Dépôt légal: 06368-6/01 - Avril 2020
Achevé d'imprimer par BlackPrint CPI Ibérica S.L.U.-Espagne